人生若只如初见

插图珍藏版

安意如 ◎ 著

人民文学出版社

图书在版编目（CIP）数据

人生若只如初见：插图珍藏版/安意如著. —2版. —北京：人民文学出版社，2022（2025.5重印）
ISBN 978-7-02-017321-1

Ⅰ.①人… Ⅱ.①安… Ⅲ.①古典诗歌—诗歌欣赏—中国 Ⅳ.①I207.227.2

中国版本图书馆CIP数据核字（2022）第120058号

责任编辑　王一珂
装帧设计　刘　远
责任印制　宋佳月

出版发行　人民文学出版社
社　　址　北京市朝内大街166号
邮政编码　100705

印　　刷　三河市中晟雅豪印务有限公司
经　　销　全国新华书店等

字　　数　240千字
开　　本　880毫米×1230毫米　1/32
印　　张　13.125　插页15
印　　数　12001—15000
版　　次　2011年8月北京第1版
　　　　　2016年10月北京第2版
印　　次　2025年 5 月第4次印刷

书　　号　978-7-02-017321-1
定　　价　59.80元

如有印装质量问题，请与本社图书销售中心调换。电话：010-65233595

【目录】

【再版序·一杯春露冷如冰】 〇〇一

【新版序·此一生，与谁初见？】 〇〇一

【增订版序·长沟流月去无声】 〇〇一

【第一辑】

【人生若只如初见】 〇〇三

【执子之手，与子偕老】 〇一五

【愿得一心人，白首不相离】 〇二一

【天地合，乃敢与君绝】 〇三一

【上山采蘼芜，下山逢故夫】 〇三八

【郎骑竹马来，绕床弄青梅】 〇四二

【结发为夫妻，恩爱两不疑】 〇五一

【思君令人老，轩车来何迟】 〇五八

【青青子衿，悠悠我心】 〇六二

【欲得周郎顾，时时误拂弦】 〇七〇

【人生若只如初见】

【天不绝人愿,故使侬见郎】 〇七七

【红豆生南国,春来发几枝】 〇八四

【第二辑】

【春江花月夜】 〇九三

【欲知心中事,看取腹中书】 一〇一

【众类亦云茂,虚心宁自持】 一〇七

【易求无价宝,难得有心郎】 一一二

【吾爱孟夫子,风流天下闻】 一二〇

【白首相知犹按剑,朱门先达笑弹冠】 一三〇

【洛阳亲友如相问,一片冰心在玉壶】 一三七

【看花满眼泪,不共楚王言】 一四五

【不知世上功名好,但觉门前车马疏】 一五一

【昔日芙蓉花,今成断根草】 一六〇

【故人入我梦,明我长相忆】 一六六

〇〇二

【目录】

【十年一觉扬州梦,赢得青楼薄幸名】 一七二

【星沉海底当窗见,雨过河源隔座看】 一七九

【唯将终夜长开眼,报答平生未展眉】 一八五

【从此无心爱良夜,任他明月下西楼】 一九〇

【第三辑】

【落花人独立,微雨燕双飞】 一九九

【衣带渐宽终不悔,为伊消得人憔悴】 二〇五

【伤情处、高城望断,灯火已黄昏】 二一二

【零落成泥碾作尘,只有香如故】 二二〇

【不思量,自难忘】 二二五

【枝上柳绵吹又少,天涯何处无芳草】 二三二

【而今听雨僧庐下,鬓已星星也】 二三九

【一怀愁绪,几年离索】 二四五

【有梅花,似我愁】 二五四

【人生若只如初见】　〇〇四

【人间别久不成悲】　二六二
【风住尘香花已尽】　二七二
【一声何满子,双泪落君前】　二七九
【不见去年人,泪湿春衫袖】　二八七
【那人却在灯火阑珊处】　二九四
【问世间、情是何物,直教生死相许】　三〇一
【断肠人在天涯】　三〇八
【窈窕淑女,君子好逑】　三一四
【雪满山中高士卧,月明林下美人来】　三二〇
【当时只道是寻常】　三二八

【第四辑】
【红楼隔雨相望冷】　三四一
【雪月花时最忆君】　三五〇
【衣上酒痕诗里字】　三五七

【目录】

【梦入江南烟水路】 三六四

【身外闲愁空满】 三七〇

【行云流水一孤僧】 三七四

【也无风雨也无晴】 三七八

【附录·功夫应在诗外】 九思 三八四

【跋·古今多少事,渔唱起三更】 三八九

【再版序】

【一杯春露冷如冰】

题目是李商隐的一句诗,近来总是频繁出没于我的脑海。全诗是《谒山》:"从来系日乏长绳,水去云回恨不胜。欲就麻姑买沧海,一杯春露冷如冰。"他在黄昏时观山景,陡然生出一种怅惘。

人世匆匆,寻不到系日的长绳,没有任何人可以阻止落日西沉,时间流逝。流水去,暮云生,爱恨变幻此消彼长,他凭着顽愚天真,辗转其中,奋力追逐,最终仍是两手空空,孑然一身。想寻到麻姑买下消逝的沧海,追回曾经的热望。可是沧海桑田纵然没有消失不见,怕也被麻姑酿成了光阴之酒,凝成手中这杯浅浅的、将冷的春露了。

将沧海桑田握在手中,举杯饮下。诡丽吗？诡丽的。可是李商隐的一生,是尴尬伤损,极不浪漫的一生。身陷牛李党争,背着负恩之名,忝于幕僚书吏之流,他终究没有定下心来寻仙问道,也没有机缘像白居易一样闲居洛阳,归隐于市,做一个红尘看客。他是在这世事罅隙中挣扎求存的一个人,那些《无题》,是他精心修饰过的伤痕,说不出口的心事万千。

世事如刀,其人若泥。有错吗？有的。他最不该在得到令狐家长久的厚待之后,一时眼浅去做了对家王茂元的女婿,以为可以缓解窘迫家境,乃至于仕途通达,结果落入世人眼中,成了背恩无行之辈。世人皆慕强,也许不够胆色指责那些真正误国害民的豪横之辈,但指责他一个弱冠少年还是滔滔不绝游刃有余的。

他陷于里外不是人的窘境中,无力自辩。半生蹭蹬,一生郁郁。到头来,还是要几次三番求令狐绹援手。

难得的是,令狐绹还是帮了他,给他留了体面,可正是因为他没有能力、没有底气拒绝这援助,才显出他的人生真是潦倒到底。

一杯光阴酿成的春露,就中纵有春花秋月,能一醉回当初,喝到他嘴里也是苦涩难当。

这个春天,这个谷雨,本该是前往杭州喝茶的时节。清明火,谷雨茶,生活本该如苏轼笔下那般"且将新火试新茶。诗酒趁年华",而今却变成了"欲就麻姑买沧海,一杯春露冷如冰"。情怀已死,旧

【再版序】【一杯春露冷如冰】

游难再。

这篇文章落笔是颇为踌躇的。在疫情肆虐的当下,写风花雪月的文章,与我内在真实的情绪不合;写激愤的文章,又难免落入想当然的自说自话,让那些真正受苦受难却仍在努力坚持的人看了泄气,徒增抑郁。

该如何表达当下的感受和认知,乃至于找出其中值得存留的价值,是我在写这篇文章时反复思考的问题。如果这个时候,我的文章还在自顾自地表达古典诗词的美丽与哀愁,我会觉得羞愧难当。

当然可以选择写温柔的文章,来矫情镇物,鼓吹岁月静好,可是我觉得置身事外,欠缺基本的觉察共情判断力的作者,不如少提笔,少卖弄。

我没有成为鲁迅,可我的杜甫,在中年等我。我看见垂垂老矣、鬓染秋霜的他在恼人的凄风苦雨中追逐呼喊抢他茅草的顽童,踉踉跄跄忙着修补漏雨的茅屋,在这样的困顿中,他的心愿仍是"安得广厦千万间,大庇天下寒士俱欢颜"。

少时曾感慨,我所见闻的历史都是过往,我所经历的生活平静无波。终于,在我人到中年时,跌跌撞撞进入到历史的当下,终于,开始感同身受地明白生活的不易和苍凉。

我开始发自内心地祈愿:国泰民安。

当我们裹挟在历史的洪流中,成为主动或被动负重而行的人,那种压力是清晰而鲜明的。它不是一座山,不是一粒灰,而更像是一根如鲠在喉的刺。

是一定要过得无灾无难吗？不是的。尤其作为佛教徒,对人生无常、生老病死、成住坏空,都应该学着笑纳,这是基本功课。幸福美满只是相对而言。可是,对别人正在经历的苦痛磨难,绝不能一笑了之,轻描淡写地说一句,这就是生活,这都是经历;也不能想当然地觉得,与我无关。

所有的心存侥幸,到最后都变成切肤之痛。

"无尽的远方,无数的人们,都与我有关。"人间四月天,本应想起的是"若待上林花似锦,出门俱是看花人"。可一座座城市的停摆,一个个行业的困顿,让我想起的不是诗词里的陌上花开,繁花似锦,而是艾略特的《荒原》。

"四月是最残忍的月份,在死去的土地里哺育着丁香,记忆和欲望混杂,又让春雨拨动着沉闷的根芽。"

当年读的时候,觉得《荒原》是典型的西方语境,不如古典诗词来得风流蕴藉。同是写丁香,李商隐的《代赠》写得更绮丽,引人遐想:"楼上黄昏欲望休,玉梯横绝月如钩。芭蕉不展丁香结,同向春风各自愁。"

我自幼喜读李商隐,但是在当下,起码在当下,丁香结般的愁怨打动不了我,许多人倚楼待黄昏,也不是因为相思难卸,而是期待自由。"四月是最残忍的月份"这句话真实到戳心。

《荒原》和《无题》一样精于用典,令人费解。也同样复杂,充满想象力,艾略特和李商隐都喜欢运用蒙太奇手法,打破空间和时间的界限,让各种画面交织,呈现出历史和现实并存的繁复意象。

艾略特一直努力诠释人对囿于时间的世界的逃离。李商隐亦是如此。他最好的诗都笼罩着红楼隔雨、欲说还休的悱恻,带着不忍去和不能归的矛盾惆怅,咫尺天涯。可是如今啊,我更加能认同艾略特说的,"杰出的作家不在时代之中,也不在时代之外,而在时代之上"。李商隐传递了情绪,表达了人生的虚无和憾恨,但他始终欠缺当机立断抽身而退的决绝,他不够冷酷,不够练达,总是在对错的边缘迟疑,然后泥足深陷,困身其中。

是柔软的人,心不甘情不愿地被世情束缚,周身上下牵绊太多,所以跌倒在红尘泥泞中,"虚负凌云万丈才,一生襟抱未曾开"。又是才华横绝的人,所以纵然一时蒙尘,也掩盖不了灼灼之华。

疫情、水灾、空难,日子没有过,而是重来了。我从未想到死神已经毁掉了这么多的人。我们失去的远不止是一个春天,是很多人再也无法看见以后的春天。

疫情让很多事慢下来,当然对写作并不影响,对读书更不影响。尽管业内流传的辛酸段子是:事实证明,书店是最安全的地方。因为三年以来被流调的人,好像都没有去过书店的。

明面上人们得到了念叨多时的慢生活,讽刺的是,当生活不得不慢下来之后,人们陷入更大的恐慌。发现了吗? 这是人的劣根性,我们其实并不能安然地享受生活,尤其是困顿失序的生活。

去他的从前车马很慢,一生只够爱一个人,我现在只盼着快递准时,深爱随时可以出行的自由。那些倡导慢生活的人,所念想和宣扬的,归根结底还是闲暇的富足,是貌似不经意间显露出的优越感和情趣。我始终不信,喝一泡茶,品一炉香,插一瓶花,可以让人生得以升华顿悟,那所谓的顿悟和了然,不过是嚣嚣念止所获得的喘息罢了。

愉悦短暂,顿悟浅薄,也太依赖于外境。读多了诗词,你会发现我们所熟知的古代诗人,都曾奋身投入时代的洪流中,千里辗转万里奔波为稻粱谋,甚至于在名利上汲汲以求。杜甫如是,白居易如是,李商隐如是。他们不追求慢生活,反倒曾努力争取实现抱负的机会,生怕落于人后。

是名垂青史的诗人,也是被生计折磨到清高难存的人。时代的一粒灰,落到他们头上何尝不是一座山?每个人都在负重而行。

你能想象杜甫饿肚子吗?"烽火朝然,鼓鼙夜动"的安史之乱中,他常年饿肚子,饿到野蔬充膳,橡实为粮,他的小儿子就是在战乱流离中饿死的。

长安居,大不易,白居易早年衣不盈箧,食不满囷,奋斗半生才买得长安新昌里二手房,到老才在洛阳购置田舍,过上"十亩之宅,五亩之园"的土豪生活,闲适之余却仍然老病缠身,还要面对故人凋零。

至于李商隐——李义山,他从不是清贵公子。上有老母需要赡

【再版序】一杯春露冷如冰

养,下有一个需要进学考科举的弟弟和两个待嫁的妹妹,早年抄过书,入仕后常年帮人写公文,他是个卑微的公务员加赘婿。即使娶了节度使的女儿,寒困羸惫,进退失据,赚钱养家的焦虑和出人头地的愿望从来没有放过他。

你叫他如何慢得下来?

真正的慢是什么呢?是不断地锤炼内心,挣脱开世俗观念的枷锁,超越自身的得失,是面对困境时的怡然自得,是面对生死时的从容不迫。

"此心安处是吾乡",真正心口如一,言行一致,学以致用,不负苍生不负君的人,千载之下屈指算来,只得一个苏轼吧。他倒是随遇而安,随时随地在尘埃里开出花来,将日子过得丰满风趣,可他本身就是"郎艳独绝,世无其二"的人,又有他弟弟苏辙一路力撑,外加赶上了北宋最好的黄金时代。

他生命中所有的人,从亲人到师长,再到朋友,哪怕是政敌,几乎都在爱他,呵护他。他有世人难及的达观和通透,也有绝无仅有的好际遇。除却乌台诗案和新旧党争,他的一生少有其他不得志的时候。即使后来又被贬到了惠州、儋州,还是不缺人尊重、陪伴、惦念的。

可纵然幸运如苏子瞻,也有困居黄州的时刻,也会感慨"年年欲惜春,春去不容惜……也拟哭途穷,死灰吹不起"。

人生大抵如此,匆匆百年,跋涉荒原,辛勤耕作,乐少苦多,但同样也是恩多怨少,良善长存。读诗词,是用别人的章句,浇自己的块垒。若问我这十余年来阅读写作的所得,我会告诉正在看这篇文章的有缘人:

要学会享受孤独,接纳不安和不足,消解妄想,明白自己是个普通人,随时随地准备从头来过。同时要心怀希望,懂得感恩,不怨天不尤人。

真正的道理都是朴实的,红尘幻境却虚妄频生,觉得自己可以做什么的时候,尽可能去尝试,不给自己留下蹉跎的借口,只是要看清自身能力的局限,接受失败的存在。

看多了那些才华绝代的人,看清了他们经受的磋磨,反而生出一种踏实和谦卑来。比起古人,我们所谓的才华算什么呢?不过是偶尔憋出几篇拾人牙慧的文罢了,连文章都算不上。

"愿为五陵轻薄儿,生在贞观开元时。斗鸡走犬过一生,天地安危两不知。"如王安石罢官后所喟叹的某种风流恣意,对半生变法劳绩的惘然回望。他一生居安思危,不知享乐为何物,一身敢为天下先,洞见到强敌环伺的现状,繁华表象下国力的孱弱,来日的不堪一击。正因如此,才要剖肝沥胆,刮骨疗毒。

到老来,他袒露些许心声,不是不懂享乐,不是不愿轻薄度日。只是知道生如朝露,去日苦多,总要为后人试一试拼一拼搏一搏,哪怕落得骂名。

历史上,从来没有超过百年的和平,能半生安稳,已是福德。在

【再版序】
【一杯春露冷如冰】

任何艰难的境遇里,都有不忘初心,想着济世安民的人,也不乏尽心尽力肯对陌生人施以援手的人,不抱怨,肯忍耐,不等于麻木沉默,袖手旁观。

灾难和希望始终并存,没有人喜欢灾难,但灾难委实不可避免,它让人性显露的同时,让善意更璀璨,让信仰更坚固。纵然最终会沦为面目模糊的大多数,我们还是要成为彼此生命中可以回想依靠的温柔所在。

"锦瑟无端五十弦,一弦一柱思华年。"时光的不可追返,不是令人仰天长叹,束手无为,我们可以做的,是持守正念,精进自身。是心如春阳,走过荒野,将手中春露暖过,赠予更需要的人。

【新版序】

【此一生，与谁初见？】

有太多人喜欢这一句，"人生若只如初见"。

可知我们都遗憾深重。命运像最名贵的丝绢，再怎样巧夺天工，拿到手上看，总透出丝丝缕缕的光，那些错落，是与生俱行的原罪。

因为太多人喜欢，竟不忍捐弃这句话，曾考虑着是用它做书的名，还是用另一个名"沉吟至今"，那也是我喜欢的一句诗，只是偏于深情，不及这句苍凉。

最终还是用了这句。

【人生若只如初见】

我厌倦用非常严肃的面孔去对待诗词,因为在我幼时,在我接触它们的时候,用的是非常轻松自在的方式。我到现在还记得那是一本很美的画册,一面印着画一面印着诗。没有人强调,没有人告诉我,你必须平仄平仄平平仄地去读,你必须知道这首诗的作者有怎样的思想,怎样的经历。这些都无关紧要,我只是记得它们,喜欢它们,然后,终有一天,我们互相明白。

所以更愿意用敬惜之心去对待,将自己看作花匠,知道这些花种需要怎样的照顾和理解。这种行为本身已是爱宠。细心地将它们种下,与之对话,更期待看到藏于花蕊之内的真相,美好的,残忍的。在完成以后,将它们记取,放它们自由——就像我的前人们所做的那样。

这是一本这样的书,虽写尽了情事,也只是透过这面风月宝鉴去观望世事。最终它超然地与情无关。就像我们与一个人相遇,初见,也曾山水迢迢。眉目相映,以为能够携手相随千里万里,却最终擦身而过。一错手,就慢慢地,渐渐地,不记得了。

而那些诗,那些词,我亦只看做每段故事的注解。它们与故事本身并无联系。是某个人某一天用心血在时光上刻下的印记,到最后,情分淡薄地与这个人也无关系。

人生若只如初见,仿佛,这样重要。可是,此一生,与谁初见又有什么关系呢?生是虚妄,跋涉无人之境,源自虚空的,终要重回虚

【新版序】此一生，与谁初见？

空。你看，这些轮回了千年的花种，至今还在无我无他地盛开。

谁也带不走谁，谁也留不下谁。

写这本书时，我在南方的小城里。经常写到天光寥落，趴在窗台上抽一支烟，回身看依旧闪着冷光的屏幕，看那些未完成的文字，一行一行，如同未走完的路。我知道，我不急。因为一切会在合适的时候，合适地到达。我们只需要给对方时间，因为已不是初见，所以彼此更懂得珍惜，再也不会错过。

我们真正能留下的，只有邂逅时的一段记忆，初见时花枝摇曳的惊动。既已为你盛开过，再往后就荣枯生死各不相干，若要死死纠缠，定然两败俱伤。

没有人知道，我在写它们的时候经历了怎样幽微馥郁的心境。好像在夜里踏着幽蓝星光，走进一座森林，轻轻叩动刻着兽头的门环，敲开一个古老城堡的大门。城堡的后面有着神秘花园。

那森林的位置在东方，那是个古老的中国式的花园。那里面住的不是王子和公主，不是会变成吸血鬼的英俊伯爵。他们会是雅的，簪起长发，青衫磊落的男子，他们会纵酒高歌，抚琴作画，亦会在落日桥头，断鸿声里，无语自凭栏。思慕着寥寥一面之缘的女子，蕴育着未了的心愿，期待再续未尽的情缘。抑或是烈的，横戟赋诗，青梅煮酒，期待着身上青云，鹏程万里。

男儿心如剑，只为天下舞。

【人生若只如初见】

亦有女子,着了艳妆,卸了艳妆。静夜无眠守在高楼,香闺寒夜,数着雨打芭蕉第几声。待月西厢,抱衾自来,纵情欢爱也好。命寿太短,情爱太长,有时候即使用破一生心去泅渡,也未必看得见曙光。

就让我盲了吧。看不穿你所有虚情假意,只触碰到你转瞬即逝的真心。

明知是心存侥幸啊!

等着意中人的蓦然回首青眼相加,期待被人爱,被人怜惜,这是人软弱固执的宿命。在这里,武媚娘和陈阿娇是一样的,江采萍和杨玉环是一样的,班婕妤和王昭君是一样的,卓文君和王朝云是一样的,霍小玉和鱼玄机是一样的,薛涛和李季兰是一样的,李清照和朱淑真是一样的。没有争斗,没有输赢,无分对错。她们都只是寻常女子,挣脱了加诸身上的枷锁,只以真性情相见。

在这里,时间开始稀薄,时空爱恨的界限开始模糊。人也逐渐散去,留下的,只有水中的倒影,花径里的余香。

那些艳如落花的词,证明她们曾来过。"此一生,与谁初见?"我们总是习惯给自己设置问号,却不忍明示自己有些事已经该画上句号。

其实,在一生行尽的时候,这个问题,原也不是那么重要。

我在写这些诗词的时候,若碰巧在摆弄电脑,就会在"百度"上

【新版序】

此一生，与谁初见？

键入这句词。我一直喜欢用"百度"多过"谷歌"。仅仅是因为"百度"更容易让我想起那句"众里寻她千百度"，让我想起那些似有若无的哀伤，让我感到每个人都曾在千年的光阴里流浪。

键入一句话是心存念想，想知道同样的种子，曾在谁的掌心，开出过怎样的花朵。我知道，我是在寻找令自己熟悉动容的气息。看一看从最开始到现在，这句话本身经历了几许轮回，是早已面目全非，还是固执地容颜不改？

对一个人来说，生活在身边的人很重要。对一首词来说，附着在它身上的气息很重要。虽然我知道，它们不属于我，也不属于现在的任何人。可是，这种陌生的熟悉感会产生奇妙的化学反应。它就像一个万花筒，让一切看起来都有可能似曾相识。

这些诗句，宛如三月春风里纷纷飘散的花种，有着各自宿命的因缘，落入不同的心田，开出不同的花。乱花渐欲迷人眼，花和人就是这样有深切的缘分。花的开谢暗合着人世的荣枯。人间少女行走花间，也曾牵动春心，人间男子秉烛赏花，照见的也是自身寒苦。

良辰美景奈何天，赏心乐事谁家院。锦屏人忒看得这韶光贱！花总是开在人生的罅隙里，边缘上。摇曳的，拘束的，自在的，委屈的，繁盛的，寥落的。

这样辗转过了千年。

必得相信这些诗词是有灵性的。它们懂得交付，选择适合生存的土壤，不被弯折，不被埋没，没有人可以随意更改，勉强它们。如果不懂得，就会张冠李戴，狼狈惭愧。

疼惜而不迷恋，如同对自己生养的孩子，在适当的时候要舍得放手。

要爱，就要浪迹天涯，独立去寻。即使众人一起唱赞美诗，也注定分手，独自上路，做孤独的证道者。你看见杏树开花的枝丫，你的神灵出现，与他的决然不同。

2009年3月于北京

【增订版序】

【长沟流月去无声】

忆昔午桥桥上饮,坐中多是豪英。长沟流月去无声,杏花疏影里,吹笛到天明。 二十馀年如一梦,此身虽在堪惊。闲登小阁看新晴,古今多少事,渔唱起三更。

——陈与义《临江仙》

闲来无事翻宋词,翻到这一页,竟是怎么也过不去了,非要憋出点什么来,才能放过自己。写作的人多半有这点执念。

说实话,在两宋词里,陈与义这首《临江仙》不算不知名,也算不得特别知名,起码比不上李煜、大小晏、苏轼、李清照、辛弃疾等人的词吧!真要列个宋词知名度排行榜,这首词的排名应在前十以外。

但我却特别喜欢,所以《人生若只如初见》这本书的增订再版序,就用"长沟流月去无声"为题吧!而跋可用结语那句"古今多少事,渔唱起三更"。

实不相瞒,每次编辑让我修订再版时,我的内心都是拒绝的,这种抵触犹如让我再生个孩子,或者给自己的孩子整容。(当然我未婚也未育,这只是个情感比较强烈的比喻……)我觉得原来写(生)的那个挺好啊!三观正五官也正。

然而每次都是我妥协,妥协的原因是有个时间问题。太短了不行,一两年一修订,我觉得你炒冷饭,骗读者钱呢?闲着没事哪来那么多感慨呢,观点老更新不累啊?

掰着指头数了一下,五年是一个我比较能接受的时限。

编辑说,时隔五年让大家看几篇新文章,不为过吧?再说,你自个儿买件衣服还不一定穿五年呢!

我一想也是,这审美日新月异的,咱且不说内容,一个封面让人看五年也确实有点过分。

("剁手党"被人捉住痛脚,只好讪讪同意。)

回过头再说这首《临江仙》,为着这首词,我记下了一个地点——"午桥",去洛阳时巴巴地要去看,结果,哼哼,不用说你们也猜得到!中国的大小城市,都喜欢整出个"十大景""八小景"之类的,多

【增订版序】长沟流月去无声

半名不副实。

说好的午桥呢？说好的洛阳八小景之一"午桥碧草"呢？！不要说念想中的风流佳境，连草都不是当年的草！只能握草！

情意结坑死人呐！我曾无数次地这样自己坑自己，百折不挠，真是上了一当又一当，当当都有新花样！气得我干了一大碗胡辣汤，才算把这篇翻过去。

想起看《甄嬛传》时，看到甄嬛坐在秋千架上吹箫，皇上从杏花树下经过，两下里相见。我心里咯噔一下，心说这次是怎么都躲不过去了！果然……

任眼前如何良辰好景，情愫渐生，可我记得清清楚楚啊！"杏花疏影里，吹笛到天明"，上一句是"长沟流月去无声"，下一句是"二十馀年如一梦"——思前想后，句句悲凉。

电视剧里嬛嬛和他的四郎回不去了，现实中陈与义流离到南宋，他和他的家国，也都是束手无策，回不去了。

繁华幻灭，国破家亡，当真是"二十馀年如一梦，此身虽在堪惊"。

"闲登小阁看新晴"，不过是强自宽解，一个时代覆灭后，侥幸劫后余生的人，总不免有痛定思痛的惆怅。

往事如斜阳芳草，是心上的疏梅淡影，挥之不去，拂之还来。

平生事，欲说还休，可与人道者，不过一二。

回头想想"长沟流月去无声"，真是一句令人心惊怅然的句子。

【人生若只如初见】

那英豪身会老,那美人心会残,豪情碎,朱颜凋,前尘事如烟花坠。

经历了那么多惊心动魄、刻骨铭心的事,偏偏要云淡风轻地说一声:"长沟流月去无声。"……真叫人欲哭无泪,欲悼无凭。

当年看张爱玲那么多的书,最痛彻心扉的一句就是《半生缘》里曼桢对世钧说的:"我们回不去了。"——时光吞噬了过往,消融了人事,将唏嘘化为流水,爱恨变作月色,清冷如霜雪。任你万般痴心不舍,该来的总会来,该走的总会走。

这些年来,在书页中神游,我皆视作是旅行,如同去了许多地方,见了形形色色的人,看到了良辰好景,也窥到了人生的重峦叠嶂,风雨莫测。

诗中情,词中意,绘出一卷卷风流,道出人长久的沉迷和偶尔的清醒。有时候,是暗红尘霎时雪亮,有时候,是热春光一片冰凉。

读了那么多的诗和词,有人问我懂得了什么? 我其实也说不清。中国文化的最高境界恰如陶渊明之句:"此中有真意,欲辨已忘言。"

有些事越思辨越清明,譬如为人处事的原则,不可伤人,不可害人,多少才人是折在自以为是、自命不凡上头。为人要有慈悲心肠,亦要杀伐决断,若没有足够的智慧和定力摄持,善良是缺乏力度、难以持久的。

再譬如,自古功名误人不浅,引无数人心热,舍生忘死,至今亦然。想过理想的生活,想达到理想的境界,就必须明白自己的心性和能耐，做出足够的努力和取舍，明白世事之可求不可得，不可勉强，亦不可心意犹豫，得陇望蜀。(说来容易，真正拥有这份清醒分寸是极难的。)

有些事，却是无论如何也不敢妄言参透的，譬如欲望的怂恿，人性和命运的波诡云谲。

心如野马，执念成劫。诗词于你我，应视之为修心之道，而非炫身小技。不可耽于风花雪月，沾沾自喜，更不可将其视作精神的麻醉剂，遇事不顺就来一剂。

有才华而无心智，才华终是负累；有才能而无胸襟，才能终无担当。

我以文字为舟筏，求渡彼岸，看岸上鲜衣怒马，风流情仇都成过眼云烟，更应明白大道无常，心存悲悯，可念不可执。

【第一辑】

【人生若只如初见】

一、怨歌行

说班婕妤应以《怨歌行》开篇,说杨贵妃该拿《长恨歌》作题,可是不,有了纳兰容若的一句"人生若只如初见",一切有了开始存在的理由。

夜深不睡,读《饮水词》,通书看下来,我仍觉得这句最好。其实这一阕词着实平淡,但这一句又实在叫人哑然,像张僧繇画龙的一点,又像西门吹雪的剑,准确,优雅,无声地吻上了你的脖子。感觉

【人生若只如初见】

到的时候,已经回不到最初。

"何事西风悲画扇",讲的是汉成帝妃班婕妤,历史上著名的幽雅贤德的女子,名门闺秀。成帝初年入宫,因美而贤,深获殊宠。一次,成帝想与她同辇出游,她言道:"贤圣之君皆有名臣在侧,三代末主乃有嬖女。"退而不敢奉诏。

那是君王爱恋正浓的时候,因赞她贤,后宫亦逢迎她,被传为美谈,仿佛她是那楚庄王的樊姬,李世民的长孙贤后。她也自得,以为深承君恩,又不没家训,如此地相得益彰。许皇后愚钝,她是不动声色宠冠六宫的人,这样好的日子哪里找去?只愿恩爱长久,如宫名长信。

可是,有一天,她来了!她带着她的妹妹合德一起来了。

飞燕入汉宫,是她寂寞的开始。一切,是那么地出乎意料。所有的怜爱,宠幸,都随着那身轻如燕的舞女入宫,戛然而止。

山盟虽在情已成空。

人世如此翻云覆雨,似纳兰说的"等闲变却故人心,却道故人心易变",也似刘禹锡的《竹叶词》:"长恨人心不如水,等闲平地起波澜"。

她作《怨歌行》,又名《团扇歌》,以团扇自比,忧戚动人——

新制齐纨素,皎洁如霜雪。

裁作合欢扇,团圆似明月。

【人生若只如初见】

出入君怀袖,动摇微风发;
常恐秋节至,凉意夺炎热;
弃捐箧笥中,恩情中道绝。

　　这是她女知识分子的遣情,自遣。她不是那许皇后,在飞燕极盛的时候,犹自站在那儿不躲开,生生地,惹人厌弃。班婕妤对自己的处境有很清醒的认识,否则她不会自请去服侍太后,在成帝死后又去为成帝守陵,孤独终老。

　　她只是料不到,料不到,自诩清高、目下无尘的自己,日后竟成了宫怨的代言人。很多年后,有个男人,仿佛从《团扇歌》中窥到她的苦况,作了《长信秋词五首》来怜惜她——

金井梧桐秋叶黄,珠帘不卷夜来霜。
熏笼玉枕无颜色,卧听南宫清漏长。

高殿秋砧响夜阑,霜深犹忆御衣寒。
银灯青琐裁缝歇,还向金城明主看。

奉帚平明金殿开,且将团扇共徘徊。
玉颜不及寒鸦色,犹带昭阳日影来。

【人生若只如初见】

真成薄命久寻思,梦见君王觉后疑。
火照西宫知夜饮,分明复道奉恩时。

长信宫中秋月明,昭阳殿下捣衣声。
白露堂中细草迹,红罗帐里不胜情。

　　我猜,她决计料不到如此。若是知道,纵然长信宫中,孤灯映壁,房深风冷,也挺住喽,咬碎银牙也不作什么劳什子《怨歌行》,白白地叫人看了笑话。

　　叹一句遇人不淑呵,她是樊姬,可夫君绝不是楚庄王;她有无艳之贤,夫君却绝无一鸣惊人的志气。她其实不弱啊,美貌才智都有,却输在太拘于礼法,她太规整,没有飞燕起舞绕御帘的轻盈,亦没有合德入浴的妖娆妩媚。

　　她是太正经,撂不下来身份。做什么都要循于礼教,不明白,你只是婕妤,不是皇后,做了妃子,始终也只是个妾。天下女人,迈入皇宫的和未入皇宫的,其实都一样。只要皇帝愿意,他都可以嫖得到。婕妤和舞姬本质上是一样的,不过是换了个名称而已,有什么好讲究的?皇宫是个金碧辉煌的妓院,皇帝是天底下最大的嫖客。

　　还记得周星星版的《鹿鼎记》吗?韦小宝初入天地会的那段,陈近南一脸正气地拉他进密室说,我们反清复明,就是要抢回属于我们的钱和女人!韦小宝问,那为什么要说反清复明之类的屁话呢?陈近南说，聪明人只对聪明人说实话，外面那些笨人只要拿空洞的理想忽悠之……韦小宝大悟，两人一拍即合。出来后，两个人依旧是一脸正气地面对那些呆鸟，慷慨陈词。这一棒子敲得狠，狠到后来，看见有草莽叫嚣着要反什么复什么，我都觉得好笑，总想起这句话，还是欣赏王晶的直接和周星星的犀利。男人看男人，才见得恶毒。

这些男人们哪，皇朝天下，也不过是嫖客相争。

飞燕和合德，这一双姐妹，是倾国的尤物，生来是要招惹男人的。成帝说，吾当老死在（合德）"温柔乡"里，一语成谶。

有一天，她爱的男人终于死了，死在另一个女人的身上。

当繁华过尽，天子与凡人一样躺在冰冷的墓穴里时，那个曾被他抛弃的爱人，被他冷落遗忘的班婕妤，仍在他的陵园里，陪着他一生一世。

只是，婕妤闭目时，会不会想到当年初入宫的景象，想起那日他坐在高高的黄金辇上，伸出手来，微笑如水的模样；她会不会后悔当初缩回手去，没有和他同乘一辇。两相依偎，或许是最亲密无间的时刻。

非常短暂。人生若只如初见。

二、长恨歌

人生若只如初见，何事秋风悲画扇？
等闲变却故人心，却道故人心易变。

骊山语罢清宵半，泪雨霖铃终不怨。

何如薄幸锦衣郎，比翼连枝当日愿。

——这是纳兰容若的《木兰花令·拟古决绝词》全篇。我所念念于心的"人生若只如初见"读到下阕，应该是从汉代走到唐朝来的时候了。汉唐，这是五千年里最辉煌的年岁，至今是中华民族的骄傲，它们遗下的风韵洒在我们血液里，像金子一样熠熠生辉。

如花美眷，似水流年，从班婕妤到杨贵妃，有多少人走了又回来，来来回回躲不开的是命运的纠缠。不如，随着这两个女子款款的身影，闲闲看过千年的花开花落，王朝兴替，借着"骊山语罢清宵半"的好辰光，说一说这个"祸国"的女人，虽然，弹指又过了千年。

那场惊天动地的"黄昏恋"开始于骊山。那是历代皇家的行宫，一个很不叫人安分的地方，周幽王烽火戏诸侯的事儿就是在那儿做出的。结果，亡了四百多年国祚的西周。再后来，唐玄宗在那里遇上杨玉环，断送了开元盛世。

骊山的温泉宫，李隆基最爱的地方，只是那时候，他最宠的人还不是杨玉环。所以，她做了他儿子寿王的妃，他成了她的长辈，亦因此有了后来的兜兜转转。他那时候喜欢的女人是武惠妃，一个精明美貌的女人，则天女皇帝之侄武攸止的女儿。

与很多人所想不同的是，李隆基内心里对自己的祖母，有着很强烈的欣赏和景仰之心。他觉得祖母是一个了不起的女人，甚至是一位英伟的帝王。因此,他对遗着一点祖母和姑姑影子的武惠妃也有着强烈的好感和绵绵的情意。

开元二十五年,武惠妃病重,明皇决定去骊山过冬,第一次遇见杨玉环。偶然的邂逅没有火花,只是皇家一次例行的谒见而已。稚气明朗的玉环给皇帝留下了很好的印象。杨玉环有令人着迷的青春活力,她聪明,但不锐利,融融地,让人很放松。对已过中年的皇帝而言,是潜在的刺激。

这种需要在武惠妃死后益发明显。孤独的大唐皇帝,需要一个新鲜的女人了。像白居易说的:"汉皇重色思倾国,御宇多年求不得。"白乐天不能写明是"唐皇",一来,不合韵;二来,纵然唐朝世风开明,终究也要有些避忌。况且时人多以"汉唐"并举,说汉反而有更深长的味道。

五十六岁的老皇帝偷偷地爱恋起自己的儿媳,这是"不伦"的事,即使在今天也要受到指诟,然而他终究还是做了。因为玉环是当世最美的女子,又和他一样精通音律。昔有伯牙摔琴谢子期,可见知音对"音乐人"而言有着磅礴难挡的魅力,何况爱情的魅力还远远不止于此。

说"三郎"与"玉环"的爱情,免不了要说到白居易的《长恨歌》,仿佛是千年来同听一场哀艳的爱情悲歌一样。必得和贾宝玉一样手拿曲谱,听人唱得一句"开辟鸿蒙,谁为情种?"一切才于恍恍中开场。

【人生若只如初见】

白乐天。我现在不太喜欢这个男人了。年少时读他的《卖炭翁》，平易近人，老妪能解，只觉得他是顾念老人一等一的好人；看他的《琵琶行》，又觉得他是能够同情贫贱女子的有情人。说什么"座中泣下谁最多？江州司马青衫湿"，整得跟真的似的，害我白白感动好久。

后来窥见他的士大夫底色，人性斑斓的一面，对他也就少了那样纯粹的喜欢。人家白先生真正感怀的是"同是天涯沦落人"，他由高位掉落下来，心里有落差，正处于抑郁悲愤的时候，这时候，闻得歌女一曲琵琶悲悲切切，琵琶弦和了他的心弦——悲伤就势倾泻出来。这种感觉就像我们为情所伤时，听着情歌流眼泪。真是觉得那首歌特别好，或是对觉得唱歌的那个人有什么怜惜么？未免多情了。

其实是我自作多情。我当时没读懂。他自己也说了，"相逢何必曾相识"，人家真正感怀的是自己可能像那个商妇一样遭人冷落。前途堪忧。只怕那一夜的相逢过后，再想起时，她已经模糊成那谁谁谁，某某某了。他不会在意的，商妇的过去和将来，对他而言就像风中的枯叶，看见时偶然一愣，大风卷过，也就剩一片空白了。

最使我厌的，是他自诩"既解风情，又近正声"，一边说什么"樱桃樊素口，杨柳小蛮腰"，一边又说"十载春啼变莺舌，三嫌老丑换蛾眉"，蓄家姬就蓄吧，却还是一派遮都遮不住的自得之色。这样做作实在是叫人厌恶。

【人生若只如初见】

少年显才华,中年露锋芒,晚年享安乐,白居易走的是一条中国知识分子欣赏和追求的人生道路。可是,在对待女人和爱情的态度上,同是男人的他比李隆基逊了何止一筹?

李隆基是沉溺了,他是"春宵苦短日高起,从此君王不早朝"了,那又怎样?若不是后来的"安史之乱"生灵涂炭,若不为天下苍生计,谁也没有资格来指责他的不是。这天下是他打下来的,平韦后,清太平,大唐的辉煌岁月,浩浩河山,谁及得上临淄王李隆基的功勋?即位后,一扫武周后期的积弊,励精图治,开创开元盛世,论到做皇帝,他比哪个差?

这样的男人,是天纵的英才,是旷世的名主,合当有个绝代的佳人来配他。所以李白说的好:"名花倾国两相欢,常得君王带笑看。"

他为什么爱她?我们看了很多史料、小说,总之他们是情投意合的一对。两个人都喜好音律,他做羯鼓,她作舞,志趣相投;再者,她美,美得"天生丽质难自弃",她媚,媚得"回眸一笑百媚生"。她单纯,她朗直,她听话,但是她不乏兰心蕙质。甚至在今人所著的小说里,她会跟他闹脾气跑回娘家,只因自己的孩子生病了,她去看,而他吃醋得紧,跟她发了大大的一通脾气。因为……让她独自去面对前夫和孩子,万一……牵动旧情,该怎么办?

他最后还是拗不过思念之苦,服软将她接回。在她面前,他不再是君临天下的万乘之尊,更像个意绵绵、情切切的少年郎,多喜又多愁的有情人。

【人生若只如初见】

〇二

她也哀戚欲绝,深深知道什么叫"一日不见如隔三秋",没有什么铁打的富贵,不变的恩情,从此后宠冠三宫,也不敢任性妄为。他们的爱多数时候是平等的。卸下那些礼节后,她娇呼他为三郎,我的三郎。这样温馨平等的爱,是他在别的妃嫔身上怎么也感受不到的。没有人敢毫无顾忌地招惹他,又毫无困难地让他高兴。对人如对花,日日相见日日新,他和她,在一起的每一天,都是新的。

他料不到,年过半百,自己能重新活过。于是对她的宠爱达到无以复加的地步。她的姐妹、兄弟、族人,个个沾恩。一时间,杨家泼天的富贵,让天下人生出从此"不重生男重生女"的感慨。只是,这人间又有几个帝王家的爱,能如三郎和玉环,如此的纯粹芳香?

他们是一生一代一双人,独一无二。

他的爱宠,她受之如饴。并不惊讶,仿佛只是应当,这份坦然是人所不及的。而她待他也真,这真就不再是帝王与妃嫔之间的恩宠,而是寻常人家寻常夫妻的恩爱。这真,连帝王都要爱惜不已。所以,"七月七日长生殿,夜半无人私语时",是平常夫妻之语;"在天愿作比翼鸟,在地愿为连理枝",也是寻常夫妻的誓言;对帝王而言,这种寻常,反成了不寻常。

寂寞。帝王心。

她亦只是个小女人,喜欢被娇惯,喜欢受宠溺,像被人供奉在暖房中名贵的花朵,也一直适宜于这样的生活。从寿王到明皇,他们无一例外地给予她最大的包容和娇宠。她从不考虑太多,因这仿佛都是她理应得到的,她也可以轻易得到这些。

所谓的红颜祸水,往往是无辜的。像幽王裂帛,千金买笑,烽火戏诸侯,都不是褒姒要求的。她不笑时,这男人已经发了痴,她轻启朱唇,似有若无的那么一笑,这男人早已疯过数百回了。玉环也一样,她不为家里人讨官,自有那皇帝忙不迭地封赏个遍。

一个男人爱着一个女人时,不用她要求,什么都为她想得周全。他愿以江山换一笑,奈何?

一家子顷刻鸡犬升天,自然有奸佞小人攀附过来,权倾朝野,富可敌国不是稀奇事。若想富贵的长久可要费点脑筋,不为朋党,岂有势力?几千年来的先贤不都是这么示范的吗?这些,是因为她的关系,却不是她的过错。

她是一个不涉时政的娇憨女人,最终变了风云,全在意料之外。身在福中不知祸,更不知自身干系天下苍生,王朝国祚。这是所有"红颜祸水"的悲哀。

否则,三郎,怎忍你千里奔波劳碌出潼关,怎忍你皇图霸业转眼成灰?今日里还是"缓歌慢舞凝丝竹,尽日君王看不足",转眼,竟已是"九重城阙烟尘生,千乘万骑西南行"。

她像那紫霞仙子,意中人是绝世的大英雄,有以天下相赠亦不皱眉的豪情。可惜,在那绚烂的开头,谁又见得到那命中注定的结局?

玉环不知,是以长恨。

李商隐诗云:"春蚕到死丝方尽,蜡炬成灰泪始干。"彼此太浓腻的纠缠,往往如是。

需要一个死,才能戛然而止。这种决裂是上天的旨意,不允许人弥补。这才是——"天长地久有时尽,此恨绵绵无绝期"。

三郎,我误你,所以"宛转蛾眉马前死"也无所怨。只求三军齐发,护你早日回长安。

玉环,我并不觉得被误,从未觉得后悔,只是救不得你,我抱恨终天!

悲剧的开始往往毫无征兆。命运伸出手来,把种子埋下,幽秘地笑着,等待开花结果的一天。"温泉水滑洗凝脂,夜半无人私语时"。大明宫韶华极盛时,谁会料到,结局竟是马嵬坡前"一抔黄土收艳骨,数丈白绫掩风流"?

命运伸出手来,我们无能为力。有些爱要用一生去忘记,恨,一样会模糊时间。

若,人生若只如初见,多好。他仍是他的旷世名主,她仍做她的绝代佳人,江山美人两不相侵。没有开始,就没有结束。

【执子之手，与子偕老】

我们几乎可以认定，"执子之手，与子偕老"是《诗经》里可以和"窈窕淑女，君子好逑"媲美的著名诗句。

一个是庶民的誓言，一个是庶民在对心仪的女子求爱，一个忧伤，一个愉悦，却都是非常直朴的表达。先秦的人活得更接近大自然的天性，高兴了就唱，不高兴也唱。中国最早的诗歌不是四平八稳写在纸上的，而是唱出来的，飞流直下三千尺般的跌宕起伏，珠玉落银盘似的清脆响亮。

我们常常看见，电视剧里一些稚童，在学堂里摇头晃脑念"关关雎鸠,在河之洲,窈窕淑女,君子好逑"的可爱样子。男女相悦是如此的天经地义,《诗经》传达的本就应该是这样发自心芽的喜悦或是忧伤,而不是后来被朱熹注的乌七八糟,"一颗红心向太阳"式的教条版《诗经》。

朱熹这个人曲解诗意,我是非常不喜欢他的。开篇就将庶民求欢的《关雎》曲解为歌颂后妃之德,凡是涉及男女之爱,他都斥之为"淫",又一再将自己的学术意志强加于一本天性自在洒脱的书,好比将一只遨游碧天的凤凰圈养成供人取乐献媚的山鸡,舞姿再高妙,都已失去最初的翩然仙气。

幸而,《击鼓》未被荼毒。研究"诗"的学者,几乎没有异议地认定它是一首说"戍卒思归不得"的诗。一个被迫参加战争戍守边疆的士兵,含泪唱出爱情的誓约。换言之,它是一首"反战诗"。

鲁隐公四年(公元前719年)夏,卫联合陈、宋、蔡共同伐郑。"击鼓其镗,踊跃用兵。"诗的开头,一场战争打响,他是那个主战国队伍里的一个普通小兵,跟随他们的将领孙子仲,踏上茫茫的征途。

但是这次,不是天下兴亡匹夫有责,不是一个民族一个国家面临侵略时,子民必须承担的责任,只是君主之间的穷兵黩武,争权夺利。

战争,征服的欲望好像一个巨大的旋涡,以无法抗拒的力量,将所有无辜的人席卷入内。当北宋的范仲淹写下"人不寐,将军白发征夫泪"时,心情想必是晦暗萧瑟的。他一定想到过放弃,逃离。甚

【执子之手　与子偕老】 〇一七

至，有一瞬他想要有一种力量去解放这些身处漩涡里的人，也解放他自己。大家逃了吧，散了吧，这四面边声连角起，长河落日孤城闭，大雁的哀号，连营的号角，是如此的摧人心肝！

可惜，他无能为力。每个人都无法逃脱，从将领到士兵，所有的人都是受害者，需要背井离乡，告别家人，将自己放逐到千里之外。而死亡，那本就不能确定何时出现的流星，在战场上，更可能随时陨落。

"土国城漕，我独南行。"如何的依依不舍都将离去。你能够了解吗？我非常羡慕那些能为我们的王挖土筑城的人。是的！他们的确是非常辛苦，但是，当他们从天没亮，做工做到夜晚，觉得非常劳累的时候，他们能够回家。他们有家可归。

即使，即使……每天吃的只是野菜粗粮，那碗野菜汤也是他的女儿去采摘，他的妻子细细地洗过，他的儿子清晨去砍柴，他的母亲守在灶台边添柴加火。一家人一起用力，熬出这碗浓汤，然后耐心地煨着，在夜幕降临的时候，点着烛火等他归来品尝。

你知道吗？他们再苦再累，毕竟可以留在故土，每天可以见到家人，喝一碗野菜汤，就是死了，魂魄也能安然。而我，必须要远涉千里，去赴那死亡的盛宴。

君子于役，不知其期。

或许，有幸我可以不死吧。可那时我已经白了鬓发，像道路边老了春心的杨柳，再也舞不动了。

你听见那些出征回来的士兵们怎么唱的吗？

他们唱："昔我往矣，杨柳依依。今我来思，雨雪霏霏。行道迟迟，载渴载饥。我心伤悲。莫知我哀。"他们哀伤的声音，像一双无形的手，一刻不歇地揉搓我的心，让它始终褶皱，不得舒展。

告别了你，在风餐露宿的长途跋涉中，我忘记有多少人因疾病和劳累死去。前面的人倒下去，后面的战马跟着踩踏上来。鲜血，混入泥土。我看见一张张绝望的脸。他们在我的眼前沉没下去。走过去的时候，我不敢回头，回头已经没有意义。等我们再经过这里时，他们已成了累累白骨，湮没在泥土中。明天，依旧会有无数的战车、战马，无数的人踩在他们身上，沉默走过。

当我们不能回头的时候，我们只能继续往前走。

终于可以暂时地驻扎下来，我们是那群死人中的幸存者，应该感到庆幸的。可是我剩下的只有对你的思念和忧伤，它们浩浩如江水，我无力地沉沦其中。

最后一颗星终于消失在天边。仰望天际时，我今夜最后一次想到你。天明，又将起程，我不知道，明日明夜的此时此刻，我还有没有命坐在这里思念远方的你。

我的战马不见了！我得去寻它。它是我最忠实的朋友和伙伴。当然，务必要找到它。没有它，我将会被弃绝在这荒郊野外，我将没有能力走完这长路,回去见你——我的妻。

叫我到哪里去找呢?哦!原来它就在远处的树林下。你瞧!我是如此的神思恍惚,精神涣散,怎么忍心再去鞭打我的马儿呢?它和我一样,一样思念着家乡。

你知道吗,马嘶像风,像寂寞地掠过荒原的风,我一听见它的叫声,眼泪就流了下来。我仿佛看见你每天去田间为我送饭,柳絮飘落在你的头发上。那时候,风吹得你黑发如风中的杨柳,轻舞飞扬。

"生死契阔,与子成说,执子之手,与子偕老。"我看见这八个字如红色的流星坠落,当我闭上眼睛的时候,我几乎感觉不到死亡的疼痛。只有,一生路尽,蓦然回首时的甜美眷恋。

连日的搏杀终于猝然结束。我是如此的眷恋这人世,虽然它有百般的疮痍,虽然我无法完成"执子之手,与子偕老"的誓言,可是,此刻如潮水般侵袭我脑海的全是属于你一个人的记忆。我如此清晰地记起,是某年某月的某一天,我拉着你的手,对你许诺,要"执子之手,与子偕老"。

于嗟阔兮,不我活兮。于嗟洵兮,不我信兮。

现在,请你原谅我,无法做到对你的承诺。生死的距离太遥远,你我的别离太久长,不是我不想遵守你我之间的誓约,我的妻,我的眼睛再也无法亮起。

这是一个深沉而无望的爱情故事,一个征夫和妻子之间的爱,沉默到连名字也没有。他们死后若有爱的墓碑,也许上面只有一片空白。

可是,《击鼓》的忧伤弥漫了整部诗经,卫国的风,无休无止地吹,吹红了,我们的眼睛。

我记得,有一个女人曾在自己的文字王国里借着一个男人的口来探讨情的真义,她要他引用《诗经》上的句子向另一个女人求爱:"死生契阔,与子成说。执子之手,与子偕老。"

她说,这是一首最悲哀的诗……生死与离别,都是大事,不由我们支配的。比起外界的力量,我们人是多么小,多么小!可是我们偏要说:"我永远和你在一起,我们一生一世都别离开。"——好像我们自己做得了主似的。

是的,无法自主。可是,为什么还要忍不住奢望,奢望可以执子之手,与子偕老?

【愿得一心人,白首不相离】

很多年后,当那个与她携手一生的人临死前,念的是多年以前她写给他的词——"愿得一心人,白首不相离"。他一直耿耿于怀的是当年,那件伤她至深的事。

突然之间,她早已枯涸的眼眸里,又荡漾起水意,因确知他的死,日渐荒芜的心,如梦方惊。

——他仍记着,那是多年前的事了……

她泪眼盈盈。这眼依稀还是初遇时,那一双横波目,隔着湘帘,望过来。

刹那之间,绿绮琴的琴心变了——

蒹葭苍苍,白露为霜,所谓伊人,在水一方。

他仿佛真见着古人歌咏的女子,素色衣裙,幽立水边。风拂过,湘帘轻摆,悠悠荡荡,如女子乘舟涉水而来,轻微的响声,在他的心里变得清晰剧烈。

绿草苍苍,白露茫茫。他看见命中注定的女人等待着他,因为她映在水里的倒影,正是他。

扬眉轻瞥,他不动声色地窥望。他的才名,或者单单是这把梁王所赠的绿绮琴,就足以使身边这些附庸风雅的人装模作样地闭目欣赏了。

溯洄从之,道阻且长,

溯游从之,宛在水中央……

他在意的,是帘后隐而不露的知音。她的身影虽然隐没在帘后,仍可窥见伊人眉似远山,面若芙蓉,远远近近,像一幅清丽的画——蜀山蜀水中盛开的一蓖芙蓉。只是,他在水边徘徊四顾,仍是不得亲近。

他相信自己再高超的琴艺,在她的面前亦不艰深。一曲《凤求

【愿得一心人　白首不相离】

凰》,在别人听来如聆仙乐,于她却是寻常。不过是两人对坐交谈,娓娓道来。他们是彼此心有灵犀的两个人。如同这天地间只剩下两个人的清绝,一切的手段方法都用不着。由你心入我心的自在无碍。

帘风后面,鬓影钗光,桃花旖旎,她的身躯轻轻颤动,闻弦歌而知雅意。

> 凤兮凤兮归故乡,游遨四海求其凰。
> 时未遇兮无所将,何悟今夕升斯堂。
> 有艳淑女在兰堂,室迩人遐毒我肠。
> 何缘交颈为鸳鸯,相颉颃兮共翱翔。
> 凤兮凤兮从凰栖,得托孳尾永为妃。
> 交情通体必和谐,中夜相从别有谁?
> ⋯⋯⋯⋯⋯⋯
> ——司马相如《凤求凰》

他赞她高贵如凰。是的,他在示爱,他要"求"她!她怦然心动!这一曲毕,她推说热,回到内堂,她需要凝神。没有人知道,在刚刚的几分钟之内,她萋萋的芳心已被打动。十七岁时嫁了人,那时只是年少夫妻,并不深知爱的欢娱和哀痛,还没来得及学会爱,不足一年,他死去,她回到娘家。

【人生若只如初见】

对那个人的思念,后来想起来,更多的是对自己的怜悯,将所有的青春美貌放诸他身上的一场豪赌,结果还没开局就被死亡OUT。一切还没开始,不应该就此结束。野心而放任的文君并不甘心。或许,每一个失败的女人都会不甘心,但是卓文君,无疑多了几分勇气,几分眼光。

回家后她一直这样寂寂地,父亲以为她是为情所伤,因此并不愿拘禁她。没有一个慈爱的父亲愿意拘禁自己的女儿,何况,在他眼中的女儿是如此的温柔,美丽,忧伤。

他好像并不知道女儿的多情。所以后来,她才能如此轻易地和司马相如夜奔。

岂止是多情,其实文君的内心一直如蔷薇盛放。只是她不打算让父亲走近她的花园,窥见她心底的秘密。不过,多情不等于放荡,如果遇不上让她阳光丰盛的男子,文君宁可一生寂寞。

他来了,这个说话略有口吃的俊雅男人,巧妙地避过了自己的弱点。他用绿绮传情。琴音如诉,她心动神驰。

凤兮凤兮非无凰,山重水阔不可量。
梧桐结阴在朝阳,濯羽弱水鸣高翔。

文君夜奔。相如家徒四壁,她抛下千金之身,当垆卖酒。他也舍得下文人的架子,风流洒脱,穿上粗布衣,就在小酒店里当起了跑堂,和伙计一起洗碗刷碟。

想必真是存了寒碜老爹的意思,使的苦肉计。不然在成都卖酒就行了,何必巴巴地跑回到临邛来,把个酒店就开在老父家门口,挑明了要试验卓王孙的舐犊之心有多深:我已经沦落到这般田地,你兀自高堂美酒,我看你忍不忍心?

主意必定是文君拿的。只有女儿才最了解自己父亲。她料定父亲过不了多久,一定舍不下面子,会来阻止她的"莽撞"。果然!父亲很快就登门"求和"。

闹市当垆,她就是这样的生动活泼、出人意料。相如也好,是才子,却不拘泥于行格,没有迂腐文人的霉味,涤器街头,依然坦荡荡自在欢腾。

这两个人行的妙事,千载之后还让人莞尔。

相如抚琴,文君夜奔,他们恰好是活泼泼一对新鲜天地里的新鲜人。彼时大汉王朝鼎革肇新,传不数代,正是好日子初初开端,好像三月桃花苞,粉粉嫩嫩,有无尽的春意在里面。天地间亦是红日朗朗,山河浩荡。盛世人心宽阔,有什么容不下、看不过的?

然而,过了这几百年,数到宋、元、明你再看,这样的浪漫故事再不曾有过。不是这人世间再没有第二个卓文君和司马相如,而是在他们的身后,"浪漫"这扇门已经慢慢合拢,久久不曾打开了。

父亲原谅了他们,又分家资奴仆给他们,好日子倏然而至,他的雄心和气运也来了。汉景帝之后,武帝即位,他是新的处世风气,著名的好大喜功之人。汉武帝对司马相如早年随梁王时所写的《子虚赋》十分赞赏,于是司马相如再次来到京师,献上《上林赋》。

《上林赋》盛赞帝王狩猎时的盛大场面,举凡山川雄奇,花草繁秀,车马显赫,扈从壮盛,皆纷陈字里行间。此赋以气势恢宏,文藻华美著称,是汉赋里面的翘楚之作,司马相如华丽铺陈的文风对后世影响深远。

好大喜功的皇帝一见之下,龙心大悦。立即拜相如为郎官。相如也不孚众望,很快就漂亮地完成了皇帝交给的两件政治任务,一时风头无两。

文君在家乡也得知了消息,她感到非常幸福和满足。如果挑男人是一场豪赌,从开始到现在,她都赢了。

想着他当年衣锦荣归的场面,她笑了笑,连苦涩的意思都没有了。

人生弹指芳菲暮,当年意气风发,指点江山的男人,如今成了缠绵病榻的老叟。若想到人生的虚无苦短,很多事就没有了计较的必要。

文君,是我不好。他喃喃说,仿佛又是当年向她认错时的模样。

长卿。她握住他的手。不要说这样的话,事情已经过了,我的白头吟,不是将你唤回了吗?今生今世,文君都没有后悔和你在一起。

是呵……他艰难地点头,望进她的眼睛里。这里面安静温婉,

【愿得一心人 白首不相离】

是他毕生眷恋的港湾,但也有惊涛骇浪的时候。

他们曾闹翻过。他的妻是那样多情却刚烈的女子,容不得他有二心。

天下男儿皆薄幸,事情落到卓文君面前也是如此这般,并不触目惊心。人世间的悲欢离合,有时无异于转过寻常巷陌遇见一个寻常人。他,名气大了自然交游广阔,眠花宿柳渐渐成了寻常日子的寻常风景。而她,曾经眼中的唯一风光,渐渐淡成背景。

她,不能忘记他曾经递给她的家书,寥寥十三个数字:"一二三四五六七八九十百千万",唯独无"亿"。君心淡漠,已没有忆了。

他要纳妾。

可共患难而不可共富贵。她冷冷地笑,连悲痛的时间也没有,立刻给他回信。

一别之后,二地相悬,只说是三四月,又谁知五六年,七弦琴无心弹,八行书无可传,九连环从中折断,十里长亭望眼欲穿,百思想,千系念,万般无奈把君怨。

万语千言说不完,百无聊赖十依栏,重九登高看孤雁,八月中秋月圆人不圆,七月半烧香秉烛问苍天,六月伏天人人摇扇我心寒。五月石榴如火偏遇阵阵冷雨浇花端,四月枇杷未黄我欲对镜心意乱。忽匆匆,三月桃花随水转。飘零零,二月风筝线儿断,噫!郎呀郎,巴不得下一世你为女来我为男……

一,二,三,四,五,六,七,八,九,十,百,千,万,噫(亿)。她写的家书首尾连环,成为一首连环情诗。若要玩弄文字游戏,我卓文君当真逊于你司马相如么!偏偏要"噫"。不过,噫也不是那个忆!

用你心,换我心,始知相忆深;你若不想我了,那我何必想你。她又作诗,写得比期期艾艾的他明白响亮——

皑如天上雪,皎若云间月。
闻君有两意,故来相决绝。
今日斗酒会,明日沟头水。
躞蹀御沟上,河水东西流。
凄凄复凄凄,嫁取不须啼。
愿得一心人,白头不相离。
竹竿何袅袅,鱼尾何簁簁,
男儿重意气,何用钱刀为?

并附书:"春华竞芳,五色凌素,琴尚在御,而新声代故!锦水有鸳,汉宫有水,彼物而新,嗟世之人兮,瞀于淫而不悟!"她气犹未平,随后再补写两行:"朱弦断,明镜缺,朝露晞,芳时歇,白头吟,伤离别,努力加餐勿念妾,锦水汤汤,与君长诀!"

【愿得一心人】
【白首不相离】

文君的《白头吟》,一曲民歌式的轻浅明亮,像一把匕首爽利地亮在她和司马相如之间。她指责他的负心移情,戳破他虚伪尴尬的面具——"朱弦断,明镜缺,朝露晞,芳时歇。"她连用四个排比来追拟彼此之间行将断绝的恩情。

她不悲啼,连指责,亦心思清明;而又说"努力加餐勿念妾",既表明态度,又为彼此留了回旋余地。她明白自己仍爱他,其实不想失去他,所以不忘表白自己的深情。这是聪明女子的聪明做法。

我心底还是关爱着你的,希望你离开我之后依然可以衣食无忧,不要有歉疚担忧。只是"闻君有两意,故来相决绝",你若要分手,我绝不纠缠。放心吧,斩断情丝的决绝我不是没有,甚至可以男婚女嫁两不相干。

她并不是一味隐忍、只懂得哭泣的女人。却是坚决的,心怀单纯的女人。于这俗世中坚守和一个人白头到老的愿望,并不是过分的奢望。所以如果你做不到,就请离开。

女子少有的决绝之美,毫无顾忌地从她的身体内迸发出来。这种美为世所稀。自她之后,女子的决绝竟也成了一种壮烈。

锦水汤汤,与君长诀!

这是最后的一搏,如果他不回头,她就放手。

他回来了,白头安老,再离不开。

文君。他用尽最后的声音唤她,轻谑得好似当年,进入她心房时,春风与春草的轻微触碰。

那一年,春草重生。

长卿。她看见他闭了眼睛,知道他,永远不能再回来。

可以,从你的身上看透生死,因你的死获得重生的安宁,可是,我确认,不能与你相绝。

长卿,请等待我。

【天地合,乃敢与君绝】

曾经我是那个和你指天为誓的人。

《汉乐府》中记下我对你的誓言:"上邪!我欲与君相知,长命无绝衰。山无棱,江水为竭,冬雷阵阵,夏雨雪,天地合,乃敢与君绝。"

如果你忘记了。我愿意再说一次。是的,我夜夜在说。夜阑尽处,闪烁的微弱心火,映出我当时决绝的容颜。

我两指并立,以手指天。我说,请苍天为证,我愿与你相知,相爱,希望上天让我们的爱情永不衰绝。除非,山峰消失在眼前,江水枯竭,冬天旱雷阵阵,夏天雨雪霏霏,天地闭合,混沌不开,你我,重归洪荒之时,生命不在,我才能与你分开。

直至今昔,想起你的时候,这样的情景还是会如生如死地出没在我眼前。我感觉自己从来没有离开过那里,那条奔流不息的滔滔大江,两岸隐隐的青山。只要我愿意,它们可以瞬间来至我眼前。

但是,感情终于被时间晾干。在漫长无尽的时光中,我对你的思念,终于枯涸。曾经的殷殷艳艳,变做一点赤红,紧缩成我心口的朱砂痣,手指抚上去,它还残留一点温热的红。

思念,终于抵不住时间。我看见那张曾经无比诚挚的脸。我的忧伤如线,突然从内心的最深处涌出来,千丝万缕,像那盘丝洞里天真的妖精,缚住了别人牵住了自己。

有哪一个人,不会以为爱着的时候,自己手中的这点爱,是女娲补天时漏下的精华;有哪一个人,不会以为身边这个人,会伴着自己渡尽浩浩余生。

可惜,我们看不见结果。

遇见你的时候,我不曾想过自己会是夫人。是夫人又如何,是你的掌上花心头好,却是凄凄惨惨戚戚,命里名里带牢了一个"戚"字。

二八女多娇。我仰起秋水明眸映照你的时候,你低头,闻见我发间青草的气息。那时,我仍是田间民家女,高挽着裤腿,双脚踩在泥泞间。冰凉的泥巴没了脚背,干的时候剥落下来,双脚依旧莹然如玉,像我现在舂的米。

【天地合】
【乃敢与君绝】

彼时,君未成名我未嫁,一切,如这个春天刚刚开始。在田野间奔跑的我们,穿越青青的稻禾,拥抱在一起。那一片黄花绵延如云,起伏坐仰之间,送我至辉煌的顶点。

我看见你的脸。你唱:"大风起兮云飞扬,威加海内兮归故乡,安得猛士兮守四方。"黯然神伤,全不是传言中的激昂。

你说,戚姬,其实我不想争夺天下,战败了,正好功成身退。你说,天下人仰慕我,我仰慕的其实是那个目有重瞳,七十二战无一不胜的霸王。这天下,本该是他的,而我,不过是那些不敢和他斗,又不甘人下的人,推出来与他对抗的挡箭牌。

说什么,天命攸归,其实是身不由己。

我说,我也不想你争夺天下。我要你陪着我,不管你是谁,是君主,还是生斗小民,我爱的只是你。我不要和你身边的那些人一样,不要利用你去做任何事,不要你成为满足我野心的工具。

这尘世太短,战争太频繁,你一次又一次地流离。我们必须用力地急促地爱。所以我一定要告诉你——

我欲与君相知,长命无绝衰!

是的。无论是为了爱情,还是后来为了生存,我都希望与你"长命无绝衰"。你是我的爱,我的依靠,我的护身符。

可是,你死去了。你看不见,她将我贬作奴隶,囚在这永巷中,剃去我的头发,剥落我的绫裳,让我的脖子带上沉重的铁链,日夜不可停歇地舂米。

这个卑贱、恶毒的女人。她知道,你爱宠我。她嫉妒我桃花般娇嫩的容颜;她嫉妒我的青丝能在暗夜幽幽闪光,而她的,一寸寸一丝丝,凋零,断裂。

我的青春浓艳得让她一无是处。即使她换了最新的发髻,抹了再艳的胭脂,也掩不住呆滞如鱼目的眼珠,枯老似橘皮的脸色。甚至,连她的身体走近了些,也闻得到落叶般腐烂的气息。

我想,后来我变得恶毒了,不复纯善;我用尽心机去笼络你;我恨不能掏出这三寸芳心开给你看,让你停伫我的芳园。可是,后来,我真的没有开始时那么爱你。

我开始有恨。恨你我之间,隔了那么多女人!她们是山,是河,什么时候她们都消失了,才应了我的誓——乃敢与君绝。或许,她也一样的恨,爱情,对一个男人的占有,都是独一无二,硫酸般强烈。

眼泪、笑容、诳言、媚语,床上床下,我搬弄你,伏在你的胸口膝头,软语呢喃——

如意的眉目如此像你;如意英武聪慧;如意的性格完全像你。当然我不会再说你。我说的是陛下。陛下,尊贵的大汉天子,你穿上龙袍,就不是那个与我在野地里野合的人。

不只是称谓的距离。我们之间,短短数年,心与心之间何尝不是沧海桑田?我想我,现在需要一个可以依靠、可以控制的男人,而

【天地合】
乃敢与君绝

他永远不会背叛。

因此我爱上了我的儿子如意。我坚信,有一日,他会和你一样送我至辉煌的顶点。

可惜,我不如她,我始终不如她。她是玩弄权术的女人。一个丧失了爱情的女人,她的全部智慧和精力,会转移到政治上。权欲会满足她萎缩的情感,让她干枯的身体再次饱满如春潮泛滥。而我,只是个玩弄着爱情的人。如何玩弄,也是个摆脱不了感情的人。

如意,是赵王,最终也没有成为太子。而我,成了阶下囚。成王败寇是一步之遥,仅仅是一步,项羽差了这一步,而我,也差了一步。而人生,偏偏亦步亦趋,一步不能移。

"子为王,母为奴,终日舂薄暮,常与死为伍。相离三千里,当谁使告汝?"在永巷里,我凄婉地唱。我真的错了!即使红颜成白发,曾经的冰肌雪肤覆满尘土,如何的疼痛屈辱我都应该学会默默承受才对。我不该哭。因为你不在了,那个曾经如山峙立的人已经消失在天水之间,是永远地、决绝地消失了。

我的山平了,水竭了,天翻地覆,归至洪荒。这天地漆黑,她的怒如火红岩浆,会毁灭我们母子。

如意被毒死。我呢,那场酷刑,即使在阴曹,我也忍不住浑身战栗。为此,我宁愿不去投胎。再不要投生为人,被人灌了哑药,熏聋耳朵,挖去眼珠,割去四肢,割去舌头,然后扔到茅坑里。

如花似玉,倾国倾城的人儿。她叫我——"人彘"。

在茅坑里爬了三天,我才能如愿以偿地死去。

后来,我曾经看见"敦煌曲子词"里的那个女子伏在她的情人身上。云鬓横斜,花摇影破,一地迷乱。她就在这样的狼狈里,忙忙地向情人表白:"枕前发尽千般愿,要休且待青山烂。水面上秤锤浮,直待黄河彻底枯。白日参辰现,北斗回南面。休即未能休,且待三更见日头。"

我听了在地下嗤嗤笑。她连发誓也学极了我的口吻,可见如我这般又是个傻女。枕前发尽千般愿,已经不时兴了!听我为你打破迷局,要休不待青山烂,天明就可以告别;水面上秤锤一定不会浮;黄河滔滔亘古长流,永远不会枯;东西永隔参辰二星,白日绝不会出现;北斗星永远在北方,不能回南面。

未休即是休,何必三更见日头?

誓、言,不见都带着口字吗?偏偏是有口无心。

可是,为什么听人再唱起"汉乐府"时我仍然会哀伤?婉转清亮的乡音入耳,我开始明白,四面楚歌,为什么霎时就击溃了项羽的铁骑雄兵。再坚固的人,也抵不住相思。思乡,缠绵绕骨,无可逃脱。

当有人,将我曾经的誓言歌了千遍时,隔了千年,我忍不住从黑暗中将眼睁开。我要看,这誓言为何依旧如此鲜明?世间是否还有爱情存在?

【天地合】
【乃敢与君绝】

真的。依然存在吧……因为沉睡了千年，在我醒来的一瞬，我脑海里浮现的那个人依然是你。胸口的朱砂痣突然蔓延成血。

山无棱，江水为竭，冬雷阵阵，夏雨雪，天地合，乃敢与君绝。有时候，爱只是输给了生死、时间，以及欲望。

当我们回归心海深处，那片幽蓝深静中，我是鲛人，依然会为你落泪成珠。

爱是沧海遗珠。

【上山采蘼芜，下山逢故夫】

上山采蘼芜，下山逢故夫。
长跪问故夫，新人复何如？
新人虽言好，未若故人姝。
颜色类相似，手爪不相如。
新人从门入，故人从閤去。
新人工织缣，故人工织素。
织缣日一匹，织素五丈余。
将缣来比素，新人不如故。

【上山采蘼芜】
【下山逢故夫】

这首汉乐府,是首弃妇诗。说的是一个女子在山道旁碰见自己的前夫,女子没有因被弃而羞愧避让,仍施礼相见(长跪)。问他近来可好,其实是问新妇如何。前夫便回答说,她不如你啊,她不如你漂亮,不如你伶俐,外表看起来差别不大,手脚可比你拙笨多了,你一天可以织素五丈,她一天只能织缣一匹。以缣和素的价值来比,她是远不如你了。

我爱这诗里的女子,怨也怨得光明正大。她从大门入,我从旁门出(閤),而今我敢出声问就是知道你会后悔,她样样不如我,我虽因她离你而去,那是你我之间的相处出了问题。单以才色论,我不会输给她,现在知道你并不满意(你如果满意,不会对着前妻抱怨),我心中感到很满意。

汉乐府诗,很多反映的都是平民生活,平民思想,不刻意去粉饰,所以看得见当中有微光一般的欢悦和挥之不去的沉重。这诗中男子是个刻板无趣的人,遇见了前妻,还真言无不尽,坦白从宽,说的尽是家长里短的事云云,前妻一天能织布五丈多,新妇只能织一匹(一匹为四丈)。敢情这女人在他眼中的价值就体现在晚上陪他睡觉,白天家务操劳。在他看来,新人和旧人的差别就在于素的色泽比缣好,卖的价钱比缣高——真是个不加掩饰的世俗男。

这场景置换到现代就好比一对夫妻在菜市场遇见了,前妻过来打招呼,问声,你和她现在过的怎样呀?男人叹气说,你们长得差不多,但她做家务就不如你勤快了,再说了,你一个月工资五千,她好的时候能拿三千,差的时候只有两千五。

这俗男俗得人人厌弃,却俗得真实,历历在目,世上绝对不乏其人。这遥远的汉代的对话,落到今天来,可以说陌生么?在我们自己对他人的比较中,在我们听其他人对他人的评价中,这种话是不是随处可见,似曾相识,本质一致?

这对话不是爱情,道出的却是被爱情掩藏的真相。

原谅这男人吧,无须鄙视,谁叫我们都是俗人。我们的价值观不免被烟火熏染,要生活就要落入柴米油盐酱醋茶的圈套。生活,说得好听点是为稻粱谋;说得难听点,所谓追求品质也就是追求缣与素的差别。

真正使人难受的是,生活是如何教人刻薄,使人丧失了不含价值比较地去看待感情的能力。

我们都变得对人有要求,要求越来越高,非此不能得到安全感。忘记了,安全感的建立是在两个人不计回报为对方付出的基础上。打算也是在为对方打算。这就好像寒夜里两人拥抱取暖,别计较谁的身体更寒冷一些,温暖了别人,也温暖了自己。

记得张爱玲在《红玫瑰与白玫瑰》里写道,振保在公共汽车上遇见再嫁的王娇蕊。他见她虽然不比当年艳美,看来过得也不差,几句话寒暄下来,他觉得她离了他变得懂事,居然生活得比原先充实,而他离了她空虚,生活得不知所谓。她生了个可爱的孩子,带着孩

【上山采蘼芜】
【下山逢故夫】

子去看牙医,连她的操劳,她的老,他也嫉妒,那是她经历了生活的明证,最紧要的是她懂得了什么是爱,如何去生活,而他这七八年,虽然成了家,立了业,却像悬浮在空中一样,被心里那些条条框框拘着,无时不在演戏。失了当年的温柔激切,他心里空荡如一江水。谁知再相逢,失意的,悲从中来,潸然泪下的,不是她——是他。

人生是不断学习放弃的过程,不管是主动还是被动,不断摔倒再爬起的过程就是成长。由一段腐朽败坏的感情中,萌发新生的力量,如阴霾之后焕然的天空,从淤泥里生出皎洁莲花,都是轮回涅槃,就像娇蕊对振保说的,自你之后,我学会了如何去爱,认真的……爱到底是好的,虽然吃了苦,以后还是要爱的,所以……她不怨他,他的轻浮,终败给了她的认真。

这诗里的女子也一样,如果她是因为被人所弃就自怨自艾倒地不起了,自己都过得羞于见人,想来她不敢主动询问,你和她过得如何?

这怨也不期期艾艾,这恨也磊落光明。恨的是你见异思迁,怨的是你有眼无珠。话虽如此,你我如今只是路上相逢,相顾相询后分别。

从今山长水远,不再有其他牵连。

【郎骑竹马来，绕床弄青梅】

妾发初覆额，折花门前剧。

郎骑竹马来，绕床弄青梅。

同居长干里，两小无嫌猜。

十四为君妇，羞颜未尝开。

低头向暗壁，千唤不一回。

十五始展眉，愿同尘与灰。

常存抱柱信，岂上望夫台。

十六君远行，瞿塘滟滪堆。

【郎骑竹马来】
【绕床弄青梅】

五月不可触,猿声天上哀。

门前旧行迹,一一生绿苔。

苔深不能扫,落叶秋风早。

八月蝴蝶黄,双飞西园草。

感此伤妾心,坐愁红颜老。

早晚下三巴,预将书报家。

相迎不道远,直至长风沙。

——李白《长干行》

《长干行》是很小的时候,我读过的诗。却在二〇〇九年的某夜,忽然之间在心里活过来。为了一首诗失眠,多么青春无敌的事情!可我明明早过了多愁善感的年纪。

有时候记忆是会反刍的。孩提时,我不觉得小伙伴有多珍贵,有亦可,无亦可,况且是独生子女的心态,吃独食吃惯了。你来我家玩欢迎,过后你得走,我并不喜欢家里多一个人,吃什么都得两人分,看电视还要和人抢。

我喜欢一个人待在家里。不然你把我带到大人堆里也行,我喜欢坐在那里听大人聊天,不爱跟小朋友们瞎咋呼。这种童年的经历,自己并未意识到是一种缺失。

现在回想起来,不免心有遗憾。早熟的过程就是流失的过程。每当我的朋友们谈论起自己的发小时,流露出他们并未意识到的优越感，我总不由自主在一旁暗自羞惭。

我没有依然联络的儿时玩伴，更没有青梅竹马为我遮阳撑伞。我所有的感情，都在独立成长，没有人相扶相持。好像一夜白头，倏忽就到了必须站出来，自主担当的年纪。

果然我不爱看青春校园言情小说是为此——没有感情上的共鸣。面对明显稚气张扬的爱情，我不能感动。我看过的书里，《红楼梦》写青梅竹马的爱情写得最悲哀，宝玉在潇湘馆里声声问着："妹妹今儿吃了药没？一夜咳几次？"窗外林荫密密，日影迢迢，如这人世亲厚。原来大爱是亲，是太上忘情。他对着黛玉，只管掏出自己的一片心，这心里有敬有爱，没有浪子之情。

可叹二人不可动摇的痴心，无可取代的感情。存在是为了后来的意难平，映证离散是人生的必经之路。

我以为，有没有这样一个人存在无关紧要。可在这个失眠、与烟为伴的夜晚，当"郎骑竹马来，绕床弄青梅"的情景在心里复活时，我忽然意识到这是一种不可或缺的美好，痛恨起自己的荒芜，我承认羡慕，甚至狠狠地嫉妒李白诗里的女孩。

我何尝不需要这样一个人存在，即使我们只是年幼时的玩伴，即使他如今已经娶妻生子，即使我们早已失去联络。有这样一个曾经的存在，供我回味，也好过从未有过。

我也必须承认。我迷恋的是一种情境。细思来，古人的爱情多是青梅竹马式的。自幼相识，彼此知根知底，所以才有那么多指腹

【郎骑竹马来
绕床弄青梅】

为婚的事,差的只是红盖头下那张经年未见的脸,不知你的性情如今变成什么样。

确实挺不好,襁褓中就丧失了选择的权利,怎甘心!万一这个人和我不对路,又不许我退货,多霸道。可说到头又有多大的不好呢?人的感情如波跌宕,本来有冒险的性质,任凭你自恃精明,千挑万捡,一样有走眼的时候,结婚还是需要冲动,白头到老更是要运气加福气。

那就这样吧。有一个人,在年幼时就出现,你还是个坐在小马扎上手把花枝的小女孩,他骑着竹马哒哒哒跑过来,在你的身边好奇张望。淘气的小男孩,为了引人注意还不时作怪干扰你。

你们一起把玩花枝。幼年相识,没有成年之后的负担,无需察言观色仔细掂量,你自是你,我还是我,在这人世的初遇,风清月朗两不相欺。眉眼一动,就看到你嘴角笑意衍生。

李白的诗省略了两小无猜的嬉闹。两人间有几许欢乐风波,无需赘述,那是转瞬即逝的青春。

如果一个人的一生,如一首诗般简洁明快多好。转眼到了谈婚论嫁的年纪,两个人顺理成章,结为夫妻。

"十四为君妇,羞颜未尝开"。这小小的你,含苞待放的你,惹人怜惜。我渴望与你抵足而眠,眉目交映,春色深浓的似我心中化不开的喜意。

你粉颈低垂,流转的眼波按捺不住小小的惊讶,如那蝴蝶在花蕊间振翅流连。相互间有一种惊艳惊喜,我明白你对我的情意是小荷才露尖尖角,不可勉强攀折。

即便是两小无猜,突然有一天转换了身份,亦需时间去适应。你我虽然共处一室,同榻而眠,却是最熟悉的陌生人,一个人接纳另一个需要过程需要时间,爱一个人就是守护一个人,我会等,等你有一天,主动靠过来,等你需要我,你信任我,就会张开双臂接纳我。

那女子便在丈夫无声的守候中成长,一日一日,沉淀出情意的重量。原先的惊扰变作丝丝甜蜜。原来为人妇是这样,有一个人为你遮风挡雨,有一个人你可以信任,可以倚着他的肩,说些女儿心事,琐碎家事。他听了只管朗朗地笑,不烦不恼,因他视你为妻,为女。

明明他眉目平凡,偏偏日日相看日日新。明明他不是芝兰玉树,把他抛入茫茫人海亦能转身就认出,单凭他身上有与你日夜厮守浸染的气息,休戚与共绝不会错。

看似寻常的夫妻生活,让世间多少男女朝夕相对,而渐渐盘根错节,生死不移。

《长干行》是乐府旧题,被李白拿来写出了新意,新意被人间烟火淬炼过,恰如陶渊明诗"暧暧远人村,依依墟里烟"般真切明净。这诗里的夫妇二人并非不事生产,可以举杯邀月,梦里生钱。为生计,为将来这女人便要在家操持,而男人亦要出外打拼。

古来诗文喜欢埋怨商人重利轻别离,这是文人定下的歪调子,

【郎骑竹马来　绕床弄青梅】

居心不良。

"不起三更早,哪得五更财",这道理是放诸四海而皆准的。除了不事生产专事败家的二世祖,躺在家里就有钱花的,自古没有。就算当日石崇富可敌国,发家之初也要苦心经营,不辞劳苦。若不是为做生意山长水远路过白州,想他也不会遇见绿珠。

而那和珅,虽然位极人臣做的是无本生意,也需要时刻小心在意。他审时度势,侍君侍上一刻不得怠慢。他又哪一刻是放松的?所谓"偷得浮生半日闲",那真是偷。偷偷摸摸的偷。

纵然是在资讯如此发达的现在,可以足不出户,做个SOHO族吧。你不动身子,也得动手动脑子。况且在过往的年代,想把稀缺之物贩到稀有之地牟利,由南至北这么走一趟,就得经年累月。

且不说一路崇山峻岭、风餐露宿、豺狼虎豹拦路、土匪山贼劫道,沿途几多不可知的艰险,想想就毛骨悚然。就算被你平安到达,货物还能不能适应市场需求成功卖出,被不被人算计,是盈利还是亏损,风险都得一力承担。至于盈利之后的所得,能不能平安带回家中,也是前途难测生死未卜。

这诗中男子经过的长江三峡,是古来商旅常行线路。瞿塘滟滪堆是瞿塘峡口的大礁石。每年阴历五月,江水上涨,滟滪堆被水淹没,过往船只不易辨识,极易触礁沉没,古乐府有"滟滪大如襆,瞿塘不可触"之语。所以这女子在家念夫,才有瞿塘滟滪堆,五月不可触的担忧。

【人生若只如初见】

三峡边云山雾罩,岭高入云,两岸猿啼哀不可闻,连久经沙场的将军也闻之落泪。又何况是初次出门远行的少年?滟滪堆乃人间奇险,过往船只九死一生,覆灭的不计其数,过瞿塘俨然闯鬼门关,正当"今日不知明日事"的时候,更被猿声牵动愁肠,思念起远方的高堂、娇妻,不禁涕泪滂沱,肝肠寸断。

这样跋山涉水舍生忘死换来的利,还被文人拿来开涮嫌弃,认为比不上鸳鸯交颈的温存,郎情妾意的厮守,实在是太不厚道。劳碌奔波养家糊口怎么就轻了?谋生盈利怎么就背离纯洁的情感了?难道非得"感时花溅泪,恨别鸟惊心",才是有情有义?

人生不可能面面俱到。当你不满现状,选择外出去闯荡发展,你就不能奢望还有高床软枕,可以春宵苦短日高起。你必须忍受风霜扑面,颠沛流离,假如你觉得温饱足矣,那就意味着去除欲心,不厌憎计较,不嫌贫厌富。红尘厮扰,真正做到知足常乐,需要何等坚忍宽广的心胸。

无论哪种选择,都不可凭着一时兴起。生活不易,世间男女都不易。女人在家担惊受怕,应当怜惜。男人在外奔波劳碌,更该体谅。

感情是"凝眸处,应怜我一段新愁"。有多少寂寞也得摁住了,委屈也无可言说。我望眼欲穿。门前你走过的路径已经长满青苔,秋风扫落,黄叶凋零,西园草木已衰。当蝴蝶再来时,我不知道此处还能不能吸引它们翩跹驻留。如当你回来时,看到我黯然的容颜,

【郎骑竹马来
绕床弄青梅】

你会不会满心失望,你会不会了解,我是因为思念你而摧折了自己的青春?

当她在家中凭栏远眺,恨如春草衍生时,他未必不在浔阳江头临风洒泪,感慨日暮乡关何处是。你怎知那个人赚了钱就一定去寻花问柳,而不是日夜兼程往家赶呢?

有时候,委屈别人,不过是在委屈自己,你把这个人想得如此不堪,结果是自己也跟着跌价,情绪败坏。草率地用"负心"去定义一个人的不归,委屈了那个人的辛劳。须知,疑心芥蒂一旦产生就难以根除。

怀疑促使失去,甚至在兴起此念时,你就已经在流失你的感情了。

李白的诗有一种深静婉转,艳柔刺激,无论男女都有担当,所以花前月下也有了人世的慷慨分量。绝非无病呻吟,诗的结尾写这女子自言只要接到家书,就会亲自出门迎接。如果接到他的家书说就快回来,哪怕远至七百里外长风沙,风急浪高,她也会前去等候迎接。

只是——李白还是忍不住玩弄了我们,他留下了一个悬念,就是女子的丈夫究竟有没有回来。人生祸福难测。也许是等到他还,夫妻双双把家还。也许等来的是男子永不能回来的消息。她便存了抱柱信,化作了望夫石。这在诗里是有暗示的。

《长干行》娓娓道来,少年夫妻一往情深。先是丈夫对妻守候,如静待一树花开,及后是妻为丈夫等待,只盼你叶落归来。读来心下一阵一阵温柔怅然,好像花落于肩,香扑满怀。生活是由寻常点滴小事连缀而成,他们未必是吟风弄月的才子佳人,只不过红尘一对布衣夫妻,衣食劳碌,相敬相惜之心却不逊于任何人。

维系两人的正是男女之间的信义,由孩提时代滋生的,盘根错节的情感。

同不可回转的时光一样,不可复制的情感。青梅竹马,两小无猜,我今念起,杳如童话。

【结发为夫妻,恩爱两不疑】

闲来无事,我将鬓发绕在指间把玩,很容易便想起"结发为夫妻,恩爱两不疑"的诗句。想起来的时候,指间心上,霎时都萦绕了一股亮烈的缠绵,而整个人却会深深地沉下去。

不记得是什么时候,在哪里看过这两句诗。只知道看过以后那种感觉就融化了,一直沉湎在心底。化作春泥更护花。

古代女子订婚后,即用丝缨束住发辫,表示她已经有了对象,到成婚的当夜,由新郎解下。《仪礼·士昏礼》中记载:"主人入室,亲脱妇之缨",就是这个意思。

宋人孟元老《东京梦华录》中也记载:"凡娶妇,男女对拜毕,就床,男左女右,留少头发,二家出匹缎、钗子、木梳、头须之类,谓之合髻。"此种礼仪是结发的变种,盛行于唐、宋以后。新婚夫妇,在饮交杯酒前各剪下一绺头发,绾在一起表示同心,好像意味着两个人会相互扶持,一起慢慢由青春年少携手行至白发苍苍。

古时女子若思念丈夫或情人,不好写信,也不便托人带口信,就托人送上一只锦盒,锦盒里藏有青丝一缕,细心的还绾成同心。远方的那个人见了,立刻不言而喻——青丝绵绵是她的情思绵绵,青丝暗合着"春蚕到死丝方尽"的意思,表示她的思念和坚贞。

结发不仅是古人的婚俗,更是夫妻信义,彼此忠贞的象征。唐人传奇《杨太真外传》里有一段小插曲:唐玄宗有次思念起被遣送至上阳宫的梅妃,就派太监把梅妃请来,两人叙旧不到一会儿,杨贵妃就闻讯赶来。大惊失色的李隆基将江采萍藏在夹帐里,仍旧被太真发现,于是醋海生波,和皇帝大吵一架。李隆基一怒之下派人将贵妃送出宫去,不久又对她思念不已。此时高力士手捧贵妃青丝一缕,呈到他面前。青丝在手,李隆基忆起两人相爱的情景,连夜将杨玉环接了回来。

这个聪明慧黠的女人,用一缕青丝绊住了明皇的心。谁说中国人刻板、不懂得浪漫呢?我总觉得把两个人的鬓发绾成同心结,实在是比玫瑰钻戒香水更质朴、更让人心旌摇曳的信物。我爱你的时候,将你的头发绕在指尖,如同加诸在自己心上无形的禁咒,千丝万

【结发为夫妻 恩爱两不疑】

缕,抵死缠绵。

我们的情感一直是缠绵深重的,好像作茧自缚的蛾,将自己和对方深深缠绕,一代一代人,前赴后继。

"结发为夫妻,恩爱两不疑"是苏武《留别妻》里的开头两句。苏武年轻的时候是汉武帝的中郎将。天汉元年,匈奴示好,放回曾经扣留的汉朝使节,汉武帝派苏武率使团出使匈奴,送还被汉朝扣留的匈奴使者。临行前夕,这个在中国历史上以刚烈节义著称的男人,不无感伤地写下了一首《留别妻》——

> 结发为夫妻,恩爱两不疑。
> 欢娱在今夕,嫣婉及良时。
> 征夫怀远路,起视夜何其。
> 参辰皆已没,去去从此辞。
> 行役在战场,相见未有期。
> 握手一长叹,泪为生别滋。
> 努力爱春华,莫忘欢乐时。
> 生当复来归,死当长相思。

诗中并没有豪言壮语,没有一贯大丈夫表示衣锦还乡的意念。此刻他甚至以"征夫"自比,并不觉得这是一件日后会让他光照千秋的事情。只是君王的命令,让他不得不离开深爱的妻子,踏上茫茫的前路。因为有"行役在战场,相见未有期"的顾虑,全诗弥漫着一股淡淡的忧伤,好像推开窗看见天淡夜凉月光满地时的惆怅。

匈奴野蛮凶残,出使之事前途未卜,他也难过担心。然而在临别之夜,他收敛起自己的不安,忙着安慰妻子不要担心。他说,我自从和你将头发绾在一起成为夫妻,就从没动摇与你恩爱到老的想法。和你相爱缠绵,陶醉在今夜。和你在一起的时光是如此美好,所以此刻良辰更要好好把握。明天我就要为国远行了,因此不得不起看现在是什么时候?天亮没亮?

当星辰隐没在天边时,我就不得不与你辞别了。这一走,如同到了战场,不知道什么时候才能与你团聚。我对你依依不舍,不由自主地流下眼泪。出使匈奴是件很险恶的事。或许这是你我今生的最后一面。我感觉能够长时间握着你的手也是幸福的,所以倍加珍惜现在的每分每秒。我永远也不会忘记和你相爱的欢乐时光。如果我有幸能活着,一定会回到你身边。如果我不幸死了,也会永远想你……

读完此诗,对苏武妻子的羡慕,像气泡一样在我心里翻腾不息。一个奉王命出差的男人,有的不是趾高气扬,而是用他的平和坚定去抚慰妻子敏感的心。苏武,她可亲可敬的丈夫,在她面前表现出的深情缠绵,与他后来面对匈奴威逼时的昂然刚烈是截然有别的。

现在呢?有多少男人仍有这个心,肯在出差前写一封信给妻子,告诉她——我爱你,善自珍重,勿牵勿挂?有时候仅仅是动动手指打个电话告诉她:"我在外面,晚上不回家吃饭了,你别等我,别饿

【结发为夫妻 恩爱两不疑】

着自己。"这恐怕也做不到。

我们的恩爱,我们的浓情,如同冬日渐渐短促的天光,越走越快,直至消亡……

苏武带着礼品,率领一百多人的使团出使匈奴。使团在匈奴时发生意外。由于匈奴内部发生谋反事件,副使张胜参与谋划,累及苏武。匈奴单于派降王卫律劝他投降,苏武认为"屈节辱命,虽生,何面目以归汉!"当场拔佩刀自刎,后经胡巫抢救,暂时脱离危险。

单于佩服其有气节,想让他归顺,对他百般劝诱、威胁,但苏武誓死不降。单于又把他置于大窖中,不给饮食。时逢天降雨雪,苏武在窖中吞吃雪和毡毛,数日未死;匈奴人认为他有神灵保佑,不敢杀他。单于无奈,让他到苦寒的北海(今贝加尔湖)无人之处放牧羝羊,并告诉他只有公羊产乳才让他回归汉朝。苏武在北海,虽生活屡陷困顿,甚至掘野鼠窝,吃野鼠所藏草籽,但他"仗汉节牧羊,卧起操持,节旄尽落",仍不降匈奴。

白发苍了,节旄落了,流年如刺,分分秒秒都是煎熬。大汉朝最英武的皇帝殡天了,公羊又怎么会产乳呢?北海的雪依然是那种坚固如铁的洁白,光滑如镜的湖面,映出他苍老如野草的面容,青筋突兀地显露于曾经富有光泽的皮肤之上,皮肤好像断裂的冰湖湖面,呈现出一道道皲裂的伤口。年老的印记,触目惊心。

可是老了,老了又能怎样呢?不过是苍老而已,每个人都要经历的恐惧,无法摧毁他高山深海般的信念。

孔子说:"志士仁人,有杀身以成仁,无求生以害仁。"又说:"使于四方,不辱君命。"这正是苏武最最真实的写照。只是有时,他抱着羊群入眠时,那种柔软会让他恍惚流泪,好像是妻子的手在轻轻地抚慰他的胸口。

一种悲戚之感,一种倦怠无力突然出现。他闭上眼睛,外面,白日已尽。

读到"生当复来归,死当长相思"时,诗已经结束了。心里忽然非常惆怅。我想,在事情刚刚开端的时候,没有人能够预测到结局。当时苏武那样说,如同交代后事,并不意味着他已经预知自己的后半生,将被羁留在匈奴长达十九年。

人生的旅程深邃悠长,我们对未来一无所知,亦未尝是什么坏事。如果我们一早确知结局,还有多少人敢去赴那茫茫的前路?当时他这样说,正是为了坚定自己和妻子的信心,好像一个人看清了身后是绝壁以后,义无反顾地跳下去,或者仍有一线生机。破釜沉舟是中国人才有的决裂勇气。

汉昭帝即位后数年,匈奴与汉和亲。昭帝派使臣请求归还被扣押的使节苏武等人。匈奴怕苏武回国对自己不利,谎言说苏武早死了。后来昭帝在上林苑射得大雁一只,足系血书,有人认出是苏武的字迹。昭帝于是又遣汉使到匈奴,经过一番交涉,苏武在十九年后终于重回祖国。汉书载:"武留匈奴凡十九岁,始以强壮出,及还,须发尽白。"

【结发为夫妻 恩爱两不疑】

中年出使暮年还,朝廷有感于他的志节,给了他非常优厚的待遇,宣帝封他为"关内侯"。然而在无限风光的背后,是妻离子散的沉痛。白发苍苍的苏武终于实践了自己对妻子"生当复来归"的诺言,可惜,回来得太晚,妻子以为他早死了,已经改嫁。

她或许没有改变对他的爱,可是她再也没有气力等待。时间逼视着她的眼眸,一天,两天,一年,两年,十年……她苍老了,黯然了。在强大的时间面前,谁能没有一点移动?

在匈奴的十九年里,苏武紧紧握住了象征汉使的旌节。看似一无所有的他内心始终坚定,充盈。因为他知道,自己身后站立的是强大的大汉天朝。只要,他不倒下,他不放弃,他的国家就不会背弃他。那个遥远的国度里,有他神圣的君王,挚爱的妻子,亲密的家人和朋友。他们一定殷切思念,等待他回来。

然而有一天,回到故国,放下节旄的时候,他发现自己才是真的一无所有。那双习惯了握汉节的手,已经空了。

苏武把财产全部分送给亲朋故旧,自己什么都没有留下。他已经什么都不需要了。年老,孤独,他知道自己会一个人静默地走入死亡的花蕊。

死亡是自私而公正的事,它不许你陪我。

"结发为夫妻,恩爱两不疑"——你知道,我对你的誓言,如同我手中高擎的汉节,如何星月沉沦,都不曾低落。

【思君令人老,轩车来何迟】

读到"思君令人老,轩车来何迟"这两句时,对你的思念像碧绿的春水一样涨满了空荡的江。波心盈盈,荡荡无极却只是一秒钟的事。

思君令人老,可以是一生,又或者只是一瞬之间,头发花白了。

"古诗十九首"里的句子。它是一根针,在一刹那,不,比刹那还要短的转念之间,就戳破了我的心。然后,思念如我身上潋滟的血,涌出来,缠绵如春水。

思君令人老,有民歌的朴直。你知道,我素爱词淡意深的句子,

【思君令人老】
【轩车来何迟】

它让我想起你的时候,变得毫不费力。

《古诗十九首》多写游子思妇之情,是一个五言古诗的结集,由南朝昭明太子萧统选编十九首入《昭明文选》。萧统是个有情人,身上不受那么多礼教的桎梏;他亦是个眼明的人,看出这些诗的真好处。由于萧统选择精当,《古诗十九首》也同《文选》一起流传深广,成为公认的"古诗"代表作。这组诗大约是东汉后期安、顺、桓、灵四帝年间的作品,虽不是一个人写的,然而先后不过数十年间所作,是一个时代的。

这些诗,在魏末晋初的时候,突然流行起来。西晋的陆机曾经逐首逐句地摹仿了其中的十四首,总题目就叫《拟古诗》。东晋的陶渊明,也都有学习"古诗"手法风格作的《拟古诗》。其实每一种流行都是有原因的,就像弗洛伊德所说,人的每个举动不是无端做出。

《古诗十九首》流行的原因,如衣上酒痕诗里字,点点滴滴都是凄凉意。

东汉桓帝、灵帝时,宦官外戚勾结擅权,官僚集团垄断仕路。上层士流结党标榜,中下层士子为了谋求前程,只得奔走交游。他们离乡背井,辞别父母,"亲戚隔绝,闺门分离,无罪无辜,而亡命是效"。然而往往一事无成,落得满腹牢骚和乡愁。

魏晋的时候,这种景况有坏无好,繁华似锦中掩不住的是荒凉。世族的阀门紧闭,连潘岳那样的才子,也要"望尘而拜",落尽风骨,才拜得仕途一线天开。春光已老,佳期如梦,点点滴滴地疏狂放纵,也只是,那遮不了的思愁满眼,盖不住的隐痛如山。离思如雨,一声声,空阶滴到明。于是古时抒写游子失意的《古诗十九首》再次归来,东汉末年的古风吹得魏晋新人不尽萧瑟。

然而因它是当时清寒的文士、底层士人作的文章,以男女思情为主题,所以就有人说,这是游子荡妇之思,品格不高。可是,只要人放低所谓格调,丢开不必要的清高,读了,就能感觉它真的好,像晴天落白雨似的明亮缠绵,让人,忍不住爱到心里去。

"燕赵多佳人,美者颜如玉。被服罗裳衣,当户理清曲。"——游子荡妇之思亦是贞亲。非常爱的时候,谁敢说杜十娘怒沉百宝箱是虚假?

然而这又果真是荡子与荡妇之间才有的问,才有的怨。"轩车来何迟?"这种幽切而大胆的指责,不是"荡妇"不敢问。寻常闺阁女,后来被礼教勒紧了脖子的女人,连怨也是小心翼翼的,讲究矜持,要"哀而不伤"。似那杜丽娘,在牡丹亭里游游曳曳,罗袖掖地,也只敢唱:"如花美眷,似水流年,似这般、都付与断瓦颓垣。"

游园,梦中的片时春色使她日渐瘦损,在幽闺自伤自怜,画下自己的容貌。寂寂的死去,如一株植物死去。

惊梦,如果不是惊了梦,她只是荒园,青冢,白骨一堆。断瓦,颓垣。

所以,做荡子与荡妇也有叛逆的痛快!这诗里荡子与荡妇俱是真诚的,对爱不虚伪,对爱恭敬谦卑,只是并不纵容背叛。他们叫现

思君令人老【轩车来何迟】

在人喜悦,会心一笑。我们开始了解,在爱里,清楚地诉求和沉默地承担同样值得尊重。

你听她怨那可恶的男人。他是个荡子,已经订婚了,却依旧轩车来迟,何必讲究什么高风亮节,遵循古礼？可知,一再的蹉跎,会错了花好月圆的好时节。辜负了我,待嫁女心如蕙兰。我是这样寂寞地、微弱地开放着,单等你来取。

有花堪折直须折,莫待无花空折枝。你若不来,就像这花开你不采,过时了,我的心也将随秋草一起萎谢。

有时候,爱是坚韧的东西。可是有时候,它只是一池碧水,一榭春花,一陌杨柳,一窗月光。天明了,就要干涸,萎谢,褪色,消失。

短暂到,不能用手指写完,等——待。

思君使人老呵,百年修得同船渡,可是,还要千世才可修到共枕眠。突然,没有欲望再等待了。

就让轩车来迟吧。爱的错手,只是个瞬间。然后我们黯淡下去,在彼此的眼底看见沉沦。

可是,我看见你来,我问"轩车来何迟"时忍不住仍是淡淡的惊喜。你没有来迟,对不对？

有一个人,你来了,就好了。

遇上那个人时——似露珠在花叶上,轻轻颤抖的喜悦卑微。这样的轻佻,我们,无人幸免。

【青青子衿,悠悠我心】

　　我的朋友S,是一个非常嗜好读《三国》的人。当我想了解曹操的事情时,我跑去问他,我说,S,告诉我《三国》里曹操最爱的人是谁?

　　真的,不骗你,我这样问的时候,我的意思是问"曹操最爱的女人是谁?"我以为他也会这么理解。是的,正常人的逻辑是这样,但是他告诉我曹操最爱的人是典韦。

　　真是个让人意外的答案! 在我没有来得及把嘴巴合上的时候,S仿佛已经明白我的另一层意思。他说,如果说曹操还曾经有过心

【青青子衿】
【悠悠我心】

仪而没得到手的女人，那应该就是袁绍的儿媳甄氏。不过，三国是个男人的世界，女人根本无足轻重。

那么，我就可以理解，为什么《诗经》里的"青青子衿，悠悠我心"在曹操的《短歌行》里成了对贤才的思慕。

三国乱世，那是阳光灼烈的世界，最好每个人都拥有沙漠里寻找水源生存般的决裂和义无反顾。那个时代没有空地让女人的碧草春心孜孜蔓延。

最早在《诗经》里，有一个多情的女人在城阙等候着情人。她望眼欲穿，就是不见情人的踪影。她着急地来回走动，不但埋怨情人不赴约会，更埋怨他连音信也不曾传递。

她唱着——

青青子衿，悠悠我心。
纵我不往，子宁不嗣音？
青青子佩，悠悠我思。
纵我不往，子宁不来？
挑兮达兮，在城阙兮。
一日不见，如三月兮！

你衣服纯青的士子啊，你的身影深深萦绕在我心间。虽然我不能去找你，你为什么不主动给我音信呢？你佩玉纯青的士子呀，我

【人生若只如初见】

无时无刻不在思念你,虽然我不能去找你,你为什么就不来看我?我一个人孤孤单单地守候在城楼上,我一天不见你,就像过了三个月那么漫长。

后来《短歌行》里,曹操也在忧虑,他高唱着——

> 对酒当歌,人生几何?
> 譬如朝露,去日苦多。
> 慨当以慷,忧思难忘。
> 何以解忧?唯有杜康。

没错。他是在忧愁,甚至以他敏感高贵的心智,他已经非常明晰地感受到人生的苦短和无常。人生短暂得就像清晨的露珠一样,经不起日光照耀。

我们生命的曲线如此蜿蜒曲折,看不到尽头。可是,有时候,发现我们身边的事物:一树唐朝的花,一座宋朝的楼,一口明朝的钟,一把清朝的椅子,一坛酒,只是五十年前埋下去的酒,如果它们愿意,都可以获得比我们更久远的存在。站在城市的广场中间,看见日头缓缓落下,来来去去的人消失了,那扇门关闭了,我们又像根本没有存在过似的。

然而曹操是个绝对积极的人,他本身就像赤壁大火一样风风火火。感慨归感慨,他却绝不是为了伤春悲秋而活着的人,接着,这个

【青青子衿】
【悠悠我心】

男人就在《短歌行》里毫不掩饰地表示了自己求贤若渴,以期建功立业的万丈雄心。他说——

> 青青子衿,悠悠我心。
> 但为君故,沉吟至今。
> 呦呦鹿鸣,食野之苹。
> 我有嘉宾,鼓瑟吹笙。
> 明明如月,何时可掇?
> 忧从中来,不可断绝。

这里的"青青子衿"二句直用《子衿》的原句,一字不变,意喻却变得深远。连境界也由最初的男女之爱变得广袤高远。

不得不承认曹操是个绝顶聪明的人,他在这里引用这首诗,并且强调自己一直低低地吟诵它,除了在政治上有明确的用意,在艺术上也有其非常高妙的地方。这个人能以文才笼络"建安七子",当然不容小觑。

他说"青青子衿,悠悠我心",固然是直接比喻了心里对"贤才"的思念,更值得注意的是他所省掉的两句话:"纵我不往,子宁不嗣音?"他用一种委婉含蓄的方法来提醒那些"贤才":我纵然求才若渴,然而事实上天下之大,我不可能一个一个地去找你们;就算我没有去找你们,你们为什么不主动来投奔我呢?

"明明如月，何时可掇？忧从中来，不可断绝。"天上的明月常在运行，我的求贤之思何时可以实现？缺少贤才的忧虑常常会让我忧伤，像流年一样不可断绝。下面他还用了《诗经·小雅·鹿鸣》中描写宾主欢宴的句子："呦呦鹿鸣，食野之苹。"曹操用这些古诗句，成功地表达了自己对贤才的渴求。诗句语气婉转，情味深细，阐释了自己内心深处的需要，达到他原来颁布的《求贤令》之类政治文件所不能达到的效果。

"但为君故，沉吟至今"……后来的后来，我们一直引用他的话，表达我们对情人的思念和忠贞。然而当时的曹操，他的"但为君故"，为的是天下数之不尽的贤才；他的沉吟，亦是在思考如何招揽贤才，完成自己的皇图霸业。虽然都是在低吟"青青子衿，悠悠我心"，虽然都会感觉到"忧从中来，不可断绝"，然而，雄才大略的曹操是绝不会像《诗经》里的郑国女子一样幽怨的。

即使和当时的绝色美人甄宓失之交臂，在情场上被儿子曹丕撬了墙角，他也能够迅速调整好心态，像任何一个不为女色所误的贤明君主一样，全心投入到自己的霸业当中去。诚然，他是喜好女色的男人，却绝对和荒淫无关。

当时有民谣"江南有二乔，河北甄宓俏"。三个女人，和三个国家一样鼎足而立。男人胜之以城池，女人胜之以眉目。甄宓的美，是如此的惊心动魄，兵不血刃！曹操一生经历过无数女人，曹丕也不是吃素的，可是这两个铁血的男人，却在甄宓的美貌之前软下来。

【青青子衿】
【悠悠我心】

《三国演义》里写到甄宓和曹氏父子的相遇——"时操破冀州,丕随父在军中,先领随身军,径投袁绍家,下马拔剑而入。有一将当之曰:'丞相有命,诸人不许入绍府。'丕叱退,提剑入后堂。见两个妇人相抱而哭,丕向前欲杀之。忽见红光满目,遂按剑而问曰:'汝何人也?'一妇人告曰:'妾乃袁将军之妻刘氏也。'丕曰:'此女何人?'刘氏曰:'此次男袁熙之妻甄氏也。'丕拖此女近前,见披发垢面,丕以衫袖拭其面而观之,见甄氏玉肌花貌,有倾国之色。遂对刘氏曰:'吾乃曹丞相之子也。愿保汝家。汝勿忧虑。'"事后,"操教唤出甄氏拜于前。操视之曰:'真吾儿妇也。'遂令曹丕纳之……"

请注意,在曹丕进府之前,曹操已经派了兵士守在袁绍府,曹丕可是斥退兵士才得以进入的。这说明,曹操这个好色之人在官渡之战以前已经久闻甄氏美貌了。一时不慎被儿子先抢去,气得恨不得拔剑欲斩之,是谋臣们多番劝谏之后,才肯顺水推舟把甄氏"让"给儿子的。

甄宓是什么样的女子,在惊怖战栗之中,披发垢面之际,仍不能遮掩她出尘的气质,绝代的风华,使人一见而不能自已呢?还险些引起了一场"父子夺妻"的闹剧。

史称,甄皇后有倾城之姿,善绾"灵蛇髻"。曹子建写她"翩若惊鸿,婉若游龙。荣曜秋菊,华茂春松。仿佛兮若轻云之蔽月,飘飖兮若流风之回雪。远而望之,皎若太阳升朝霞;迫而察之,灼若芙蕖出渌波……"(曹植《洛神赋》)

曹植的《洛神赋》是中国文学史上的名篇,和宋玉的《神女赋》一起树立了一种女性美的终极典范,在传统文学中影响极大。千百年来,我们对女性的审美取向,就没有脱离过二赋的范围。

传说曹植也曾向曹操请求娶甄氏,曹操却为曹丕迎娶了她,错点鸳鸯使二人抱恨终天。甄氏死后,曹植入觐,曹丕看到他,有点悔意,把甄氏的金缕玉带枕赐给了他。曹植行至洛水,恍惚如见甄氏,遂写下了《感甄赋》。后来这个太露骨的名字被甄宓的儿子魏明帝改为《洛神赋》。

这故事就是李商隐诗中说到的"宓妃留枕魏王才"。乱世桃花逐流水,甄宓在几个男人掌心之中转辗起伏,一生不能自主,后来被郭女王谗言所谮,被文帝赐死在邺城。年仅39岁的甄氏,下葬之时,"被发覆面,以糠塞口",极为凄惨。

她和曹子建之间注定是一场镜花水月,没有开始就已经结束的爱情。

"天下才有一石,曹子建独占八斗,我得一斗,天下共一斗。"谢灵运如是说。然而这个被谢公极口称赞的男人,却用他满腹的才气,毕生的思念,为一个不可能属于他的女人写下了流传千古的名篇。

"山不厌高,水不厌深"——在曹操身上阙如的深情,在曹丕身上流失的纯真,在曹植的身上得到了全部的回归。他不会是个雄才大略的君主,他太纯善,争夺嗣位的途中败给他的兄长是理所当然

《班姬团扇图》 明 唐寅

当繁华过尽,天子与凡人一样躺在冰冷的墓穴里时,那个曾被他抛弃的爱人,被他冷落遗忘的班婕妤,仍在他的陵园里,陪着他一生一世。

《贵妃出浴图》 清 顾见龙

她是一个不涉时政的娇憨女人，最终变了风云，全在意料之外。身在福中不知祸，更不知自身干系天下苍生，王朝国祚。这是所有"红颜祸水"的悲哀。

《听琴图》 明 杜堇

相如抚琴,文君夜奔,他们恰好是活泼泼一对新鲜天地里的新鲜人。彼时大汉王朝鼎革肇新,传不数代,正是好日子初初开端,好像三月桃花苞,粉粉嫩嫩,有无尽的春意在里面。天地间亦是红日朗朗,山河浩荡。盛世人心宽阔,有什么容不下、看不过的?

《洛神赋图》 局部　　宋　佚名

《洛神赋》是曹植最动人的作品。姑且不去考证,曹植和甄宓之间是不是爱过,父子三人争情夺爱又有多大的可信度。只是如果,蓬莱文章,建安风骨,没有了甄氏的美貌来映衬,该减却多少风情?

願誠素之先達
解玉珮而要之

《赤壁图》局部　明　仇英

周郎早逝。他果断得像流星，在最高点陨落，留下最精彩的瞬间供人怀想。所以他的一生都是辉煌的。他的戛然而止留给世人评说和想象的空间，人们是刻薄而善忘的，人们怀念一个少年将军不朽功业的热情，远胜于一个耳目昏花的白发将军。对他，这样及时的结局，未尝不是美满。

《王维诗意图立轴》 北宋 米芾

《红楼梦》里宝玉的一支红豆曲唱得好："滴不尽相思血泪抛红豆……"那时节已是清朝。看呐，王维的诗就这样传下来，致使后人以红豆寄相思，竟成了约定俗成的风习。好的诗就有这样感人的效力和功用。

《琵琶美人图》 明 吴伟

一个女子在高楼上弹琴，曲调忧伤凄清，绵延直入虚空，只有相思的曲儿，才会这样缠续绵长。可是，突然弦断音裂，想必是女子思情切切，再也弹不下去了。

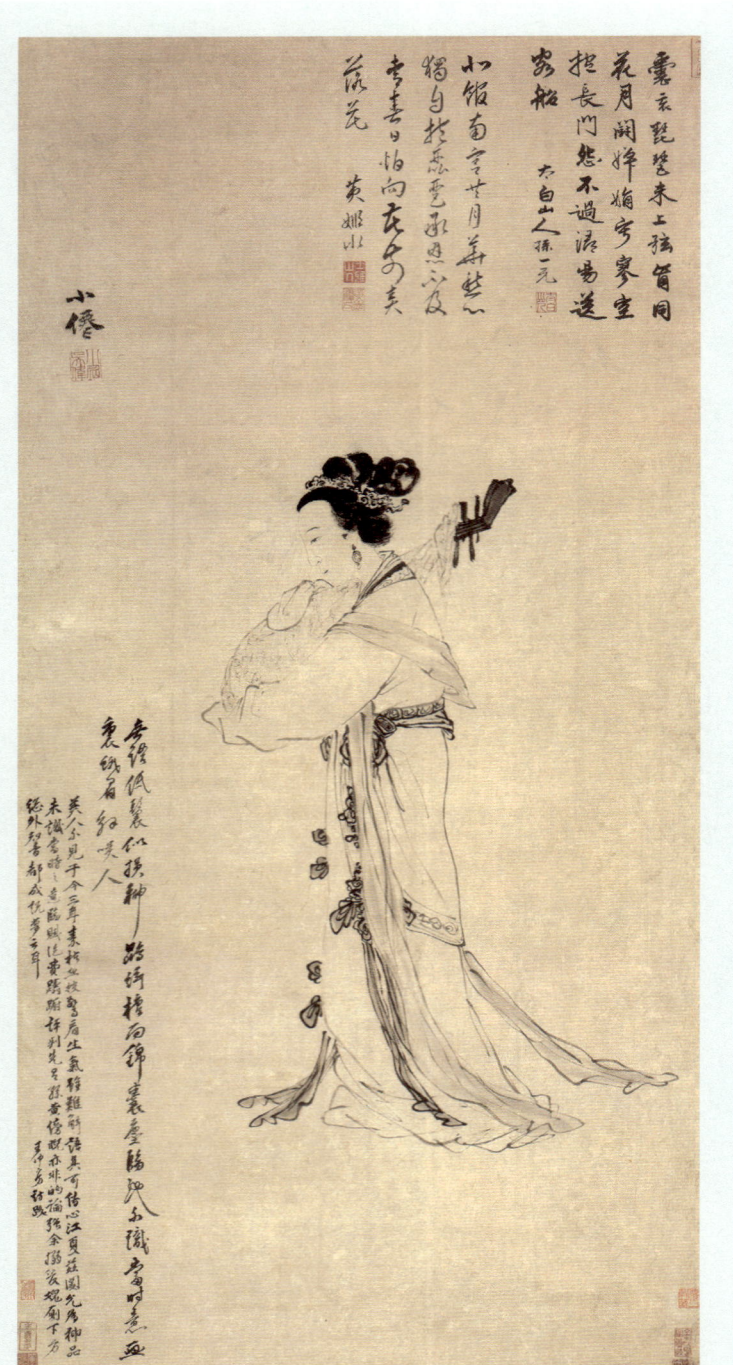

《太白行吟图》 南宋 梁楷

我是一个很放诞纵情的人,所以喜欢李白多于杜甫。喜欢太白诗中磅礴的仙气,纵心任情的姿态,意境高远而不冷僻,远非晚唐贾岛孟郊之类的苦吟诗人可以企及。太白是盛唐的风光绝盛,杜甫也高绝,奈何盛境以后的人,再雄浑工整也透着离乱后的萧条。

《孟浩然诗意图》 清 王翚

唐朝的田园诗人为数不少,但是能真正配得上评家「恬淡清真,语出自然,淡语天成」的赞誉,而又由始至终有这种气韵的,只有孟浩然一人。他的诗句像一股新阳照耀下的禾苗泥土,散发着生动自在的田园气息,又闲闲地透着隐逸之风。后人即使苦心摹拟,往往也只是得其神韵之一二而已。

《文苑图》　　五代十国　周文矩

小时候，刚对男人有念想的时候，我想嫁给古龙。后来，我一直像个小情人般爱慕着李白，王昌龄则是我心里那个把酒言欢的蓝颜知己。比朋友近一点，比情人远一些。对于有才情的洒脱的出类拔萃的男人，我总是难以割舍，贪得无厌。

《杜牧诗意图轴》 清 超揆

杜郎，我和那些扬州的女子一样，唤杜牧为"杜郎"。杜郎的扬州既有"春风十里扬州路，卷上珠帘总不如"的绮丽多情，也有"二十四桥明月夜，玉人何处教吹箫"的惆怅伤怀。

的事。然而,他拥有的深情,是曹丕如何努力也无法获取的。

"青青子衿,悠悠我心。但为君故,沉吟至今"……他像他的父亲一样沉吟,却永远不会成为他哥哥那样阴鸷的男人。有些人,他们的心田只能耕种一次,一次之后,宁愿荒芜。后来的人,只能眼睁睁看它荒芜死去。

何必可惜?昙花一现的惊艳,只要出现一次已经可以。荒芜的本身就是一种保留。因为静默,你永远不会了解它蕴藏了怎样深沉如海的情感。

烟花不会让人懂得,它化做的尘埃是怎样的温暖。它宁可留下一地冰冷的幻象,一地破碎。如果你哀伤,你可以为它悼念,却无法改变它的坚持。

《洛神赋》是曹植最动人的作品。姑且不去考证,曹植和甄宓之间是不是爱过,父子三人争情夺爱又有多大的可信度。只是如果,蓬莱文章,建安风骨,没有了甄氏的美貌来映衬,该减却多少风情?

曹植用《洛神赋》告诉我们——爱情是不会死的。

【欲得周郎顾，时时误拂弦】

看《赤壁》，看得我发噱，尽管已有充分的心理准备，依然笑场。不知道为什么，梁朝伟和金城武两位公认的演技精湛艳惊四座的大帅哥，演起诸葛亮和周瑜来，感觉就是货不对路。

剧中有一处细节，周瑜在校场操练，兵士依令而行，应声如雷，他却耳尖听到笛声，镜头转换，是一老者带一牧童在校场外吹笛。周瑜走向牧童，伸手找他要笛子，取过之后帮他处理笛膜。经他妙手回春之后，牧童的笛音果然高扬清脆了许多。想必是导演有心利用这个细节来证明周郎通音律，可惜梁朝伟过于严肃的表情，以及这样杀气

【欲得周郎顾】
【时时误拂弦】

腾腾的场合,很难让我把这个周瑜和听曲的周瑜联系起来。

这么一来我倒忆起印象里那个玉面郎君。历史上的周瑜,真真当得起"风流"二字。风流是浩荡意态,不是惺惺作态,只要他在那里,你就觉得人间有春色,天地有好音。

江南山水遥渺,江南儿女多情。自身既已多情,自然希望有情人来相映。于是天生周郎,真是秀气所钟,天人感应。

出类拔萃者多,得天独厚如周郎者少,周郎俊逸,周郎儒雅,周郎安邦定国,周郎妙解音律。我今念及亦觉周郎如星月,朗朗照人心,可想当年,赤壁大捷举国欢腾之际,雄姿英发的周郎会如何风靡万千少女心。

谈笑间,樯橹灰飞烟灭,周郎名满天下,可意气风发的周郎卸下战甲还那样的温雅,他似乎只是轻轻转身就从杀戮的荒凉进入人世的富丽中——周郎是做什么都漂亮从容。时人有歌谣曰:"曲有误,周郎顾。"他心细如尘,高踞华宴上,仍是能注意到角落里歌姬指尖小小的误拨。他眼风掠过,仿佛桃花开尽,淡薄春光里有袅袅情丝。他似春风拂过,自身并不自知有多恼人。

他怎知她的心神正是为他而乱的,他不经意的一次注目都足以使她的世界山河颠倒。

在他之后出了谢安,风流高雅为世所重。李白奉谢安为精神偶像,终其一生都在诗文里追慕谢公。李白赞谢安,"为君谈笑净胡沙",谢安却是周瑜之后多少代的后辈。不能说他指挥若定的气度是从周郎处承袭的,可不能否认,后人因循着周郎风仪,才开出了魏晋风流。

当谢安还隐居东山时,他未免不会想到前人。那羽扇纶巾的男子,他谈笑风生傲视天下的姿态,难道不是一个雄心隐隐又必须深藏不露的男人所暗赏的吗?

李白慕谢公,苏轼却爱周郎。这两个被世人尊称为仙的才人,各自有着不可超越的情结,苏轼咏周郎虽不如李白赞谢公频繁,却真是震电惊雷之文,最著名的不用絮言,正是无人不知无人不晓的《念奴娇·赤壁怀古》。

大江东去,浪淘尽、千古风流人物。故垒西边,人道是、三国周郎赤壁。乱石崩云,惊涛拍岸,卷起千堆雪。江山如画,一时多少豪杰。 遥想公瑾当年,小乔初嫁了,雄姿英发,羽扇纶巾,谈笑间、樯橹灰飞烟灭。故国神游,多情应笑我、早生华发。人间如梦,一樽还酹江月。

子瞻在历史遗迹前流连,有人煞风景地指出他可能跑错了地方。观瞻的可能并非是当年赤壁之战的赤壁,何须较真呢,他是来寄托情怀,并非要考古。他要叹的是江山更迭,英雄何处,这凭吊别处也可以做。只是那日,浪卷云飞,惊动了他的情怀,曾经睥睨天下的英雄已经走回历史深处,化为前尘,但他们留下的功业使无关人

【欲得周郎顾】
【时时误拂弦】

念及也心潮澎湃。

他饮着酒,任流水载着浮舟漂流,日色就这么旧了,梦在身边温温柔柔召唤。他在迷蒙中感到功业的真实和虚幻,但他说不清,或是不愿思路清晰,这种错乱震撼着他,使他忧闷,也使他轻松。

周郎已去。周郎不知,他无心成就的高度令多少凡夫俗子望而却步。其实,子瞻自身已是出类拔萃,却依然在周郎面前黯然神伤。男人都梦想成为英雄的原因或许是凡人易老,而英雄永远年轻。

多不情愿也要承认,人和人终是有区别的。有些人的起点可能是另一些人一生努力的终点;有些人一生顺遂明媚;有些人,蹉跎沉沦。一生晦暗潮湿,像一枚委屈的、投错地方的种子。

周郎早逝。他果断得像流星,在最高点陨落,留下最精彩的瞬间供人怀想。所以他的一生都是辉煌的。他的戛然而止留给世人评说和想象的空间,人们是刻薄而善忘的,人们怀念一个少年将军不朽功业的热情,远胜于一个耳目昏花的白发将军。对他,这样及时的结局,未尝不是美满。

周郎不知,他无意间的一顾,竟成典故,而这典故在很多很多年后,成全了一对才子佳人。

那是唐代宗年间的事,李端是大历十才子之一,大历十大才子虽然听起来阵势很大,却还真是不太为后人所知,可见组合牌也不是时时可以打响。可能水平差不多的文人在一起容易混淆,丧失自身特质。其实他们当中有几位的丽词佳句还是很值得称道,各自的故事也颇有精彩动人之处,当中最著名的无过于李益和霍小玉。而令一位姓李的才子,妙句赚美女的故事也很有意思。

李端为驸马郭暧和升平公主所喜,经常出入驸马府中,诗歌唱和,虽多是应酬应景之作,也可见才情不凡。《唐诗鉴赏辞典》上有他的一首《听筝》,流传甚广。

鸣筝金粟柱,素手玉房前,欲得周郎顾,时时误拂弦。

自从李端成为驸马府的座上客之后,宴饮作陪之事总是少不了,《琅嬛记》上说李端一来二去便和驸马府中的一位歌妓情愫暗生,两人不免眉目传情——这在唐朝好像是很公然的行为。驸马郭暧看出两人有意,有意成全,又想考一考李端,便笑言,你吟诗一首,若好,我便将这美人赠予你。

固所愿尔,不敢请尔。李端把握机会,当即吟出这首《听筝》。李端在诗里借用了周郎听曲的典故,巧妙地把男女之间逢场作戏转化为他和女子的心心相惜。一件偷偷摸摸的事变得光明正大起来。

闻弦歌而知雅意,这意境就清旷许多,绝非泛滥的撩拨调情可比。这样,他既表达了女子对自己的好意,也证明自己非轻浮之辈,言外又称颂了驸马,富贵是硬件,但连府中歌姬都风雅,可见驸马本人更是非同寻常——能在短短的二十个字里说得如此滴水不漏面面俱到,可见李端不单才思敏捷也是个很会应酬的人。郭暧闻言大

[欲得周郎顾 时时误拂弦]

悦,信守诺言将美人赠予李端,顺手赐席间所有金银器皿以充嫁资。

我少年时,很为这首诗心动。那时候刚知道"知音"的典故,正不知何处附庸风雅,觉得这样对坐弹琴(弹筝)的行为很高雅,又觉得这首诗中男女之间欲说还休的情态很美妙。诗简洁不艰涩,描绘的情境又很富贵娴雅。这样的诗那真是叫我过目不忘。

这诗里诗外的人事都深丽静好,周郎身边有小乔,而李端有弹筝的佳人对坐,连成人之美的驸马和公主都是一对热闹的欢喜冤家。

郭暧和升平,是《醉打金枝》的男女主角,男的是中兴之臣郭子仪的六子,女的是大唐天子的爱女。事实上郭暧并没有动手打公主,只是小夫妻俩吵架拌嘴了,老百姓可能觉得这样还不够热闹,就给演绎成《醉打金枝》。

他们的故事,在戏曲和民间传说里被演绎成郭子仪大寿之日,郭府家宴。公主倨傲迟到,又不肯依礼跪拜叩见公婆,使得驸马在家人连襟面前很没面子——被人取笑为夫纲不振。郭驸马多喝了几杯,回家数落公主,公主岂是忍气吞声的小媳妇,反过来数落驸马。驸马乘醉打了公主一耳光。据说,郭驸马还放了句大话,不是我们郭家扶保大唐,你们李家人能不能做的稳皇位还两说呢——这下事儿大了!公主哭啼啼回转皇宫,告状去也!郭家一片愁云惨雾以为大祸临头。

郭子仪的担忧还有更深的原因,谁不知郭子仪功高盖世,功高就怕盖主,事实是事实,但你不能说啊,万一皇上趁机借题发挥说你恃宠而骄,一顶"大不敬"的帽子扣下来,你接还是不接?

郭子仪忙把儿子五花大绑地进宫请罪,幸好唐代宗开明,不但不计较,反过来还劝慰诚惶诚恐的郭子仪:"不聋不哑,不做家翁。"意思说,他们小夫妻的事情就由他们自己去解决吧,我们只当看不见,不要出声,何苦操那个心呢?

我因为这句话,对代宗印象奇好。这可爱的皇帝,简直是开明得让人感激涕零!有很多婚姻的矛盾都因家庭事务中,长辈居高临下事必干涉的态度而激化。事必躬亲往往会好心办坏事。像代宗这样拥有至高权威的,反而能够笑嘻嘻做个和事佬,这才是真正的通达之人。

所谓儿孙自有儿孙福,既然清官难断家务事,不如无为而治。结果公主和驸马经此一役之后感情更好,驸马自然知道谨言慎行,公主也知道家翁分量可观,回宫告状没有便宜可占,不如自己收敛,懂事一些。

我愿意相信,代宗的豁达大度潜在影响了驸马和公主,因此才有后面李端和美人成其好事。这样的诗,诗里诗外的故事,虽然离得远了,读来却亲切不过。因为这些人,曾活于同我们一样的世上。

恋旧的人总是多怀一份温柔,念想。相信美好感情未随时代远走,潜藏在年轻又苍老的心里。一年一年,人来人往,春草重生。

【天不绝人愿,故使侬见郎】

我在夜里读完《子夜歌》,如同喝了一杯香馥却冷掉的花茶。抬头看见窗外星河斑斓,别有凉意,一时黯黯无言。心里缠绵悱恻地难受,像"子夜"这个浓烈芬芳的名字突然之间在暗夜里花开如树,惊艳寂寞。

《子夜歌》云是晋女子所作,似五言绝句,分春歌、夏歌、秋歌、冬歌。日本俳句分春、夏、秋、冬,即是受了《子夜歌》的影响。

《子夜歌》的春歌第一首：

春林花多媚，春鸟意多哀。春风复多情，吹我罗裳开。

气氛舒畅广大，几乎是没有特定的对象的情思。春风要算得挑拨了，然而有一个和字，更一个惠字，凡此皆非西洋文学里所有。

——节自胡兰成《中国文学史话》

我对《子夜歌》的印象最初来自胡兰成。他仿佛对《子夜歌》别有钟情，除了在《今生今世》一再引用、申变，后来又在《中国文学史话》里多次提及，大谈《子夜歌》的气韵和好处，用来比较中国人的亲、爱，和西洋人恋爱之间的深浅差别。我是爱惨了他的文字和才气，于是老老实实读下来，斑斑点点落在心里。后来去看《子夜歌》，发现胡兰成论中国的诗词文化，真是像深入到精神内核里再绽放出来的花千树，猝然而深远。

曾经，听到一个关于《子夜歌》的凄艳传说。相传东晋孝武帝时，大臣王轲之家里发生过鬼唱《子夜歌》的事。这件事见载于《宋书·乐志》："晋孝武太元中，琅琊王轲之家有鬼歌子夜。殷允为豫章，豫章侨人庾僧虔家亦有鬼歌子夜。"殷允为豫章太守也是晋武帝太元年间的事，如果那时就传说有鬼在夜里唱《子夜歌》，那子夜肯定是东晋以前的女子。

《旧唐书·乐志》里也说："《子夜歌》者，晋曲也。晋有女子名子

【天不绝人愿　故使侬见郎】

夜,造此声,声过哀苦。"所以我就一直在想,是怎样的哀戚,能直通幽冥,让身在寒泉的鬼,同感悲伤呢?

直到我读了《子夜歌》,才知道《子夜歌》里其实也有许多欢愉明亮的。一个男子在路上等到爱慕的女子,赞她容色艳丽,满路遗香。男子说,你一来路上都芬芳了,女子(也许就是子夜吧)又欢喜又妥当地回答:"芳是香所为,冶容不敢当。天不绝人愿,故使侬见郎。"

这是多么漂亮且精当的回答。她不说自己不好,却也不过分的骄傲,只那样谦卑和顺地说一句:"天不绝人愿,故使侬见郎。"情切切,意绵绵,十个字像蜷曲的花苞,深深浅浅裹住了情郎的心,更藏有"缘由天定,爱是天意"的禅意在里面。

彼时,爱也不是爱,遇也未曾遇,像新春初至,花树未发的萌萌意思,一切都还是无立足境。你我,没有后来的交颈而眠抵足交缠,还是个清净自在身。

《子夜歌》里唱到:"天不绝人愿,故使侬见郎。"汉乐府里女子发誓亦要呼一声"上邪"! 中国人是敬天的,尤其男女之事更爱讲个天意,天作之合,天成佳偶,天生的冤家……

世间万物,花木山河,连人的本真也是唯天所授,所以接受起来恭谨和顺。

这样的柔和贞顺,在今人的身上渐渐缺失了,我们越来越愿意相信自我的个人的力量,以为可以改变很多事,到头来依然没入命运的漩涡；愈来愈爱做深刻的思考，却离纯真愈来愈远，已经不能与自然作最纯粹直接的交流。

人类一思考，上帝就发笑。有时候，是我们自己决定了自己棋子的命运。

爱看她对情郎撒娇："宿昔不梳头，丝发披两肩。婉伸郎膝上，何处不可怜！"我忍不住微笑，似乎可以看见那一种娇憨依恋。她说，你离去以后，我无心梳洗，就这样的潦草的过，看你看到我这样子会不会心疼？

她丝缎一般的长发随意洒落在肩头，像乖巧的猫儿一样伏在他的膝上，任情郎盘弄抚摸。长发被他缠绵翻飞的手指牵引。但即使是那样的嫣婉，为什么笑容甜美的她，眉目间仍有深深的忧伤，不时在心底泛滥成灾？

快乐总是短暂的，忧伤才是人类命中的毒瘤，随血液生衍，无休无息，某些时候会变得凶猛，不可遏制。很心疼《子夜歌》里的那个美丽女子，春花秋月何时了，她简直无时无刻不在忧虑着。

从表现的情绪来说，南朝民歌中欢娱之辞所占比例很小，其基调都是哀伤的。在浪漫的、不被礼教约束的爱情关系中，关系受阻被隔，空怀相思，很容易就心神不宁，而一晌贪欢，翻脸不认，从此后踪迹全无，甚至恶言中伤，也是常有的事，爱情的失意，容易形成悲伤的基调。《子夜歌》以及后来的《花间集》对此都有深刻的阐释。

是女子天生比男人多心多敏感？还是大家都已一早窥测到结

【天不绝人愿 故使侬见郎】

局的荒凉？只是男人通常选择沉默着不说，在某一日冷静地接受结局？

"揽枕北窗卧，郎来就侬嬉。小喜多唐突，相怜能几时？"读到这里我才恍然大悟：原来，当"唐突"的"小喜"过去后，"相怜能几时"才是她忧虑的根本。女心贪婪，容易眷恋。所以为爱情能否天长地久而烦恼的多半是女人，男人对此常常洒脱得出乎意料，或是表现得不动声色。

可是，依然爱你的时候多，因为相思，忘却自身的时候多，因为是女子，到底是女子。

"白露朝夕生，秋风凄长夜。忆郎须寒服，乘月捣白素。"——在白露降临的秋夜里，想起你缺少御寒的衣物，于是再也睡不稳，起身在明亮寒冷的月光下，为你捣素制衣。想把千丝万缕的情愫织进衣里，让你穿在身上会有融融暖意。

"夜长不得眠，明月何灼灼。想闻散唤声，虚应空中诺。"——黑夜是如此漫长，我不能够入睡。看见窗外明月皎洁，想着你在天涯那端，满心茫然。突然听见你在叫我，忙忙地应了一声，却不过是我太思念你而出现的幻觉。

爱是生命里最绚烂的一场幻觉，花开得太荼蘼，有时，走完天涯道路，也不愿醒来。

读《子夜歌》在深夜。静默安然的心之花园里，突然飘来夜来香的迷离芳香，我在听子夜这样的女子娓娓道来。春消夏长，一年四季,那些存在于她生活中的点滴快乐和忧伤。幽香胜芳。

她的一切的喜悦哀伤,都和那个始终不见面容的男子休戚相关。

朝朝暮暮朝朝。他都是那样模糊清晰的存在,是与生俱来的胎记,由生到死,一直存在。

> 光风流月初,新林锦花舒。情人戏春月,窈窕曳罗裾。(春歌)
> 青荷盖渌水,芙蓉葩红鲜。郎见欲采我,我心欲怀莲。(夏歌)
> 秋风入窗里,罗帐起飘扬。仰头看明月,寄情千里光。(秋歌)
> 昔别春草绿,今还墀雪盈。谁知相思苦,玄鬓白发生。(冬歌)

后来流传的《子夜四时歌》是《子夜歌》的变曲,以四时景物为衬托。《乐府解题》曰:"后人更为四时行乐之词,谓之《子夜四时歌》。又有《大子夜歌》《子夜警歌》《子夜变歌》,皆曲之变也。"

《子夜歌》和《子夜四时歌》是南朝民歌的集大成者,也是古代民歌里情诗一类的翘楚,两者均有南朝辞采艳丽的特点。相比之下,《子夜四时歌》更为精致,当中有几篇并有引用典故和前人诗句之处,托名为民歌,实际上出于文士之手或经他们修饰的成分当更多。不过这种精致不妨碍南朝民歌出语天然、明朗而又巧妙的特点。吴歌中的《大子夜歌》("大"是赞美之意)说:"歌谣数百种,《子夜》最可怜。慷慨吐清音,明转出天然。"再怎样浓烈,它们仍是民歌

【天不绝人愿 故使侬见郎】

的底蕴。栀子花一样的洁白清淡。

南朝民歌在汉乐府民歌的基础上兴起、发展,对后世的影响十分深远。从鲍照到齐、梁的文人诗,再到后来宫体诗的兴起,南朝民歌的影响力宛然可见。唐代以后,南朝民歌继续影响着文人的创作。直到清代,历代文人对南朝民歌的模仿剿袭,始终没有断绝过。

不过,历代文人学南朝民歌,学的最好也最著名的人还属李白。他的很多短诗,以语言清新自然见长,就是学习南朝民歌的收益。

我是最近看了《子夜歌》,才知道《静夜思》竟是脱化于《子夜四时歌》秋歌:"秋风入窗里,罗帐起飘扬。仰头看明月,寄情千里光。"

至于他的《子夜吴歌》,无论是语言和形式以及立意都明显脱胎于《子夜歌》,不过李白才情高妙,写男女相悦,也有浩然仙气,结果反而比晋女"子夜"的《子夜歌》流传更久远,也更著名得多。

关于《子夜歌》的作者,晋朝女子"子夜"的一切,资料少得非常可怜。我用尽力气去找,也没有结果。想来,她只是一个有才情的吴地女子,温婉、能干、慧黠、多情、多愁善感。

或许,子夜只是斑斓星河里的一颗传说,可是我希望她是真的存在过。

爱是一种需要不断被人证明的虚妄,就像烟花需要被点燃才能看到辉煌一样。

【红豆生南国,春来发几枝】

那棵树应该是在无锡顾山,我却一直以为在嘉兴西塘。像张爱玲对英格兰和法兰西颠倒了印象一样,对昭明太子萧统手植的红豆树所在的位置,我一直无法纠正自己错误的认识,就像一千四百多年前萧郎和慧娘的一见钟情,明知是错了,也只有一路错下去。

应该是杏花烟雨的江南,春草漫过河堤的时节发生的爱情。原谅我们说相遇,今人或古人,所有的缠绵悱恻都愿和烟雨、江南沾染丝丝缕缕的联系。

真的是大俗,可是仔细思量着,却又大雅。当中自有一番不可更易的情结在,不尽是文人骚客,痴男怨女的婉转凄凉。

老子说:"上善若水,水善利万物而不争。"这是说水的因时因势而起,无为而为。水是至柔至刚之物,来去自如,滋养万物,亦同佛家说"缘起缘灭",总不强求万物羁留,动则氤氲有致风生云起,静则坚毅如山石。至于人和人之间的情缘来去,用什么形容也不如水贴切。

人一旦爱了,一颗心就能百转千回,像江南水乡的小河道,弯弯曲曲间衍出无数缠绵来;一旦不爱了,亦有黄河之水天上来的决裂和汹涌。

现在,我们回到他们相遇的时刻,去见证那场烟花的绽放。那一天,他许是腻了宫娥翠袖,腻了丝竹箜篌,腻了伏案编书。他出游,信马由缰,到郊外寻花问柳。那可是真的寻花问柳,他是一等一的才子,从小天资聪敏,过目不忘,来顾山隐居是为了编集《昭明文选》,不似乾隆下江南的附庸风雅。

走到一条清溪边,他觉得口渴起来,正好迎风送来茶香,抬头看见前面一座小小的茶坊,他便信步走了进去。那当垆卖茶的女子闻声转过身来。但见她云鬓乌黑,生得面若桃花,穿着布衣也难掩风流,他心里一喜。那茶,未曾喝到嘴边,却已先浸得人眼明心亮。

她捧了一盏茶过来,浅笑盈盈。这一笑,似已耗尽一生等待。她与他正像白娘子与许仙西湖初遇,相逢却似曾相识,未曾相识已相思。

他们这场相遇叫我想起了一段绝美的台词,那段话是这样说——

【人生若只如初见】

野花迎风飘摆,好像是在倾诉衷肠;绿草凄凄抖动,如无尽的缠绵依恋;初绿的柳枝轻拂悠悠碧水……看这一江春水,看这清溪桃花,看这如黛青山,都没有丝毫改变,也不知我新婚一夜就别离的妻子是否依旧红颜?

对面来的是谁家女子,生得满面春光,美丽非凡!

这位姑娘,请你停下美丽的脚步,你可知自己犯下什么样的错误?

这位官人,明明是你的马蹄踢翻了我的竹篮,你看这宽阔的道路直通蓝天,你却非让这可恶的畜生溅起我满身泥点,怎么反倒怪罪是我的错误?

你的错误就是美若天仙,你婀娜的身姿让我的手不听使唤,你蓬松的乌发涨满了我的眼帘,看不见道路山川,只是漆黑一片;你明艳的面颊让我胯下的这头畜生倾倒,竟忘记了他的主人是多么威严。

春花软柳,佳人如玉,我想,昭明的心旌摇曳也应该和剧中人一样。

此后,他便天天来,有时也着宫使接了她,去他的读书台上。他已经遣散了身边的宫娥,她就成了灯下伴读添香的红袖,在他疲累时奉上香茶一盏,那是虎跑泉的水沏出的清冽情意。有时,她也会启丹唇为他弹唱解乏,吴侬软语,一曲歌毕,他不禁叹道:"有此清歌做伴,何必丝竹污耳呢?"又一笑,"有慧如相伴,何用姬妾成群?"

她明白他是借机向自己表明心迹。她笑笑,带着低低地哀伤:"萧郎……你是太子,这是无可奈何之事。"

萧统也笑了。他仿佛永远考虑不到这点,体察不到她的忧伤一般,抚着她的眉说:"我是太子,慧如,我是太子,你要信我。"

她点头,眼中凝聚着难以化解的忧伤。不是她不相信他,只是身份地位太过悬殊,宗教礼法的桎梏,由不得她去妄自天真。

待到《文选》编顶杀青,他终于要回京去。临别马上,他仍是豪情不减,逸兴飞扬地手指远方:"慧如,来日我要凤笙龙管,紫盖香车迎你回京。"

她站在马下凄凄地望向他,无语凝噎。半晌才轻轻地取出一物放在萧统掌心,道:"昔有妇人滴泪成血,化做相思豆,今以一双红豆付君,若君早归,妾当免于此厄,不然,日后……望你见豆如见人吧。"

他就此别去,归来杳杳无期。果不出慧娘所料,世事绝没有他想的那样简单,他要娶她,招致的何止一方责难? 他是太子也一样,他大,大过平民百姓,大不过礼法森严如天。

"宫门一如深似海,从此萧郎是路人"。怀着寒微无路叩金门的凄伤,慧娘相思成疾,当他再来时,已是红颜零落青草稀了。

萧统并无哀哭嚎叫,只亲手栽下两颗红豆,黯然回京。回京后一病不起,数月之后,薨逝。

这应该是传说,可是哀艳妩媚之处不下于任何正史书纪的贞男烈女,而且精诚所至,天地精气亦有感知,萧统手植的两株红豆树,数百年后倏然合抱,树干并为一体,上枝仍分为二。

唐人王维从江阴过,见此树心有所感,作著名的《红豆》诗,流传天下——

　　红豆生南国,春来发几枝。愿君多采撷,此物最相思。

我已无从揣测王维所谓相思,是相爱之思,还是故国故园之思。还有,也不知这首诗是王维写给谁的。无从揣测也可有无限揣测,如果一定有这个人,我希望是电视剧里那个曾经在他生命里出现的唐朝公主。很多年后他对她说,当时我不得不走,因为再差一步,我就要陷入爱情。

只差一步,是相思,而不是相爱,感情如尘埃,就是这样的细致入微。

他是聪明且珍重的,自知爱不起她,一个心里只有薛绍的公主。也许看到红豆,他想起昭明太子和慧娘,亦想起自己和太平公主,都是心有遗憾的感情。

《红楼梦》里宝玉的一支红豆曲唱得好:"滴不尽相思血泪抛红豆……"那时节已是清朝。看呐,王维的诗就这样传下来,致使后人以红豆寄相思,竟成了约定俗成的风习。好的诗就有这样感人的效力和功用。

【红豆生南国】
【春来发几枝】

世人对好的东西亦苛刻。流传愈广,就代表接触的人越多,愈要能有所延深和拓展。应该是"要一奉十",经得起捶磨摔打。不止是文学名著,连情诗也要有这个气度雅量。

"安史之乱"中,著名乐师李龟年在长沙唱王维红豆诗,已遥遥有思念故国之意,战乱流离让人们少了隽永缠绵,多了深重的现实哀思。杜甫作"红豆啄馀鹦鹉粒,碧梧栖老凤凰枝",亦有此意。中唐以后,"红豆"两字的含义由单纯地指代爱情,渐渐延伸为故国故园之思。

到了明末清初,满人入关,汉人为民族气节所激引,这样的意象更为清晰。明遗民诗中不仅"红豆"从象征男女相思引申到故国之思,连"南国""碧梧""相思"等语汇亦转而象征与满清对立的南明政权。如明末钱谦益借注杜诗《江南逢李龟年》寄托南望永历之情,并以"一别正思红豆子,双栖终向碧梧枝"隐喻对柳如是的别后思念,那一缕隐微幽曲的故国之思也是昭然若见的。

从昭明太子到王维,从钱谦益到曹雪芹,从曹雪芹到如今。红豆树,红豆诗,红豆词,红豆曲,红豆歌……从无断竭。

我们,生生世世说相思,犹未厌倦满足。是贪恋也好啊。因着人世无常,众生有情,我尚未为你红豆熬成缠绵的伤口,美景良辰未赏透,怎么能就此放手?

【第二辑】

【春江花月夜】

春江潮水连海平,海上明月共潮生。
滟滟随波千万里,何处春江无月明?
江流宛转绕芳甸,月照花林皆似霰。
空里流霜不觉飞,汀上白沙看不见。
江天一色无纤尘,皎皎空中孤月轮。
江畔何人初见月?江月何年初照人?
人生代代无穷已,江月年年只相似。
不知江月待何人,但见长江送流水。

【人生若只如初见】

白云一片去悠悠,青枫浦上不胜愁。
谁家今夜扁舟子?何处相思明月楼?
可怜楼上月徘徊,应照离人妆镜台。
玉户帘中卷不去,捣衣砧上拂还来。
此时相望不相闻,愿逐月华流照君。
鸿雁长飞光不度,鱼龙潜跃水成文。
昨夜闲潭梦落花,可怜春半不还家。
江水流春去欲尽,江潭落月复西斜。
斜月沉沉藏海雾,碣石潇湘无限路。
不知乘月几人归?落月摇情满江树。

——张若虚《春江花月夜》

今夜,我以江为砚,月光作笺,流水为墨。写我,对你的相思。你人在春江上。

我面对你,其实羞惭。羞惭里饱含我不得不承认的嫉妒。嫉妒是因为我永远也达不到你的高度。人说,名字是一个人可给予他人的第一印象。可你连名字都透着空茫,无迹可寻,隐隐拒人千里。

我一直在思量,语言当中蕴藏的力量,是否也会随时间流逝而消解,一如老去的容颜,失去饱满的吸引,褶皱横生,难回到最初的简静。我厌恶自己总是浪费太多时间笔墨在喋喋不休的表达上。而你,只是静立在彼,就已如诗如画。

【春江花月夜】

你这个生年卒月都不详的男人,一生只留下两首诗的男人,在诗山词海中"孤篇横绝,竟为大家"。至少在"春江花月夜"这个题目上,没有人超越你,你身后的诗家跃跃欲试了上千年,当中不乏才智高绝之辈,却都拜倒在你脚下。

有些诗章落笔的瞬间就显露神迹。有些话是天机。需要慢慢参悟。

子夜的吴歌,浅浅的,谁吟唱……

今夜,你随着的月光,潜回到我心上。你的一生,无迹可寻。我所能知的,也就是一份随处可见的资料:"张若虚,扬州人。曾任兖州兵曹。中宗神龙(705—707)年间,与贺知章、贺朝、万齐融、邢巨、包融等俱以文词俊秀驰名于京都,其与贺知章、张旭、包融并称为'吴中四士'。玄宗开元时尚在世。存诗二首。"

关于你简略的介绍,遍地都是,却无一深入。你深深消隐了,在你生活的时代,在与他人的关系中,如同沉没的岛屿。你是淡泊到风光盛如大唐,也不能引你多留下几丝线索。

仅存的两首诗似乎成了了解你为数不多的机缘,亦是进入你生命的隘口。我于是似那月光,对你徘徊,为你难去。

照亮你双眼的月光,让你叹息惆怅的月光,随着涌动的夜潮,一次一次绽放。暗中促动这场艳遇的,是春天苏醒过来的江水,有不可餍足的激情;像情窦已开的女人,由着性子,在夜里也躁动,不安。

你却是静逸的,看那月亮飞扬起来。从天边融进水里,像一滴离开眼眶的泪水,不能控制自己的去向。

月光泼地如水,人在月中,濯濯如新出浴,你踏足江岸,徜徉月光,吸纳花香,这二者在这静谧夜里的完美契合,使你如临仙境。

花使得月色芬芳,月色使得花香惆怅。月色含香,月下的多情人怎能不心摇神荡?

薄情而狡黠的江流挟着月光,巧妙地绕过汀州,奔向草木丰茂的原野。原本清寂的原野,因有了月光抚照,在夜里也撩动万种风情。大片盛开的鲜花沁了月色,好像细密的雪珠泛出迷蒙白光,那原本肆意尘俗的美遂变得雅洁高远了。

你知道月是精灵。它有一双看不见的翅膀,它能够随心所欲变换形状;现在它又变作飞散的白霜,充满诗意自天而降。你看穿它轻薄,那汀州上的白沙却忍不住受它迷惑,似世间为情所惑不辨真伪的盲目女子,妄自与它痴缠,失去自我。

痴缠乏味。漂亮也乏味。注定了空欢喜一场。你将视线移开,转而望天上的一轮孤月。月光变化万千无处不在,它的本相却近乎永恒地悬在天上。孤清,是最直接的观感,亦是最接近本质的形容。

江天融为一色,万境皆空。月映人心,人心纤毫毕现,连最微妙,转瞬即逝的情绪也无所遁形。

一个关于时间的永恒的疑问在孤独的思索中产生了:"何人初见月,何月初照人?"这其实是一个永无答案也无需答案的问题,却是人回归本我之后产生的最根本的疑问。就像人会困惑:"我为什么活着?"

人太渺小,一生短暂,无论怎样大也大不过天地宇宙,无论怎样长的一生,终究被局限在时间之中。所以,人在天地之间永如稚子。稚子总发出天真的追问,想寻求无解的答案。

流水无尽,人世绵延无尽。在长短交织,变与不变的对峙之中,一个一个时代过去,一代一代的人老去。月,重复着它阴晴圆缺的频率永远年轻。人却在看似变化多端的生活中一成不变地老去了。

千万年前,江畔望月的人,和千万年后,江畔望月的人有什么不同呢? 答案,人是来不及知道了,只有冷眼旁观一言不发的江月知晓。

月色将他与无穷的岁月勾连。他由月色走入永恒的境界,走入更阔寥的天地。如行走在秦关汉塞。俯仰古今尽揽天地。不知今夕何夕,不知身在何世。一瞬间,他活了很多年,他是仙人,看见人世变幻。沧海化作桑田。一些人出现了,一些人消逝了。人事更替,事件总在不断重现,上演——爱恨情仇,终化作流水滔滔,混作人世磅礴的背景、声响。

喜怒哀乐,悲欢离合永不谢幕,总在一刻不停地繁衍。只有寂寞是真实的,只有孤独永垂不朽。

他的心,低徊处如月色般清澈通透,江水般蜿蜒流转,载他去见思念的人。

月映波心明如镜,远方思妇的倩影清晰可见,她在明月照耀的高楼上,彻夜无眠地等待,计算着游子的行程,他已行至何处？今夜又泊在哪个渡口？

你知道会有人这么思念你,你也正这般思念那个人。

天下最不乏离别,最不缺离人。每天都有游子像白云悠悠远去,每天都有思妇站在离别的青枫浦上扼腕长愁。潇湘路远,谁家的游子今夜同我一样随波漂荡？何处的思妇和她一样黯然望月,揉碎了心肠。

她的妆台盛开着你眼中一样旺盛的月光。水晶帘卷挥不去月光,捣衣石上拂不去月光,它去了又来。月徘徊,对多情的倩影依依流连,是游子之魂乘月归来么？为着思念,飞渡关山,不顾得山长水远,羁旅疲倦。

月色浸润女子,女子心中脉脉流出怅然。同在一片星空下,却只能无休止地想念着。听不到你的呼吸,触不到你的脸庞;情到深处,怎能不孤独;爱到浓时,就牵肠挂肚。可惜,我们都囿于别离,受困于人生的局促和不自由。

古人相信鱼雁传书,雁能长飞替人送信,却不能飞渡这一片银光。鱼能潜游,却不能为我带信到你身边,只能在水面激起阵阵波纹。你看见么？滟滟随波的,我的心——多希望此刻能随着月光,逆流而上到你身旁。

昨夜——我梦见落花飘在幽静的水潭上。可怜春已过半,你还不能还家。江水流走春光,春光将要凋零,我的老去,也如春光无可

【春江花月夜】

挽回。

水潭上,月亮升起,如今又将西斜。

张若虚存世的另一首诗叫作《代答闺梦还》。

> 关塞年华早,楼台别望违。
> 试衫著暖气,开镜觅春晖。
> 燕入窥罗幕,蜂来上画衣。
> 情催桃李艳,心寄管弦飞。
> 妆洗朝相待,风花暝不归。
> 梦魂何处入,寂寂掩重扉。

我将此看作是《春江花月夜》的前序或后续。一个女子,思念着未归的情人。在桃李繁茂蝶舞蜂飞中守着孤独,寂寂老去。

她等待的,也许就是那个夜泊春江的人。

红颜老死是可哀的,怀着期盼老去的美人却是可贵的。人生最可怕的是等待,最值得的也是等待!

春尽,夜深沉。当黑夜伴随着海雾降临,在浓得化不开的雾霭深处,依然有月光如眸,凝眺远方。

江边树影摇曳,不胜温柔缱绻的月色,透露了谁的企盼,眷恋这样浓重,酝酿出亘古的忧郁。碣石山隔着潇湘渡,天涯海角,长路迢迢,月色这样好,可又有几人能够如愿以偿踏月归来?

《春江花月夜》是乐府旧题，陈后主所制，原为宫闱唱和的欢娱艳歌。隋炀帝再作歌，虽有"流月将波去，潮水带星来"之语，人世清妍明丽，终不能同道尽天地玄机的壮阔相比。

张若虚的《春江花月夜》交织着一种思，一种惘，可能道出每个人心里都潜伏的挣扎。一边是成人式的思索关注，另一边是花间酣睡，月下思归，情愿永不长大，也拒绝成熟，愿意长久被宠爱、纵容。

当月光从古往今来，千千万万游子思妇的心头流过，当时间和空间有了交接，宇宙依然广大却不再孤悬。行色匆匆的人也就得以驻足，为此生的漂泊找一个归宿。人生的悲凉和欢欣在于——愿不能遂，仍要期待！

【欲知心中事,看取腹中书】

唐朝的三大女诗人,最开始熟悉的是鱼玄机,因为一句"易求无价宝,难得有情郎",觉得这个女人有无尽曲婉的心思,不共人言的哀伤。曾经沧海的遗憾,使她能够若无其事地说出这句伤心话。于是怜惜她。连她的泼狠,也觉得有种不顾一切的痛快。后来才觉得,鱼玄机是生生把在自己活成了一株罂粟,抑或,她本来就是一株罂粟,开始的美丽无邪并不能改变恶毒的本质。

后来,喜欢了薛涛。相较鱼玄机的疯狂偏激,薛涛的从容和沉稳非常得体,使人放松。喜欢薛涛随波逐流却能够拔节而出的清醒得体。她能够招人待见,绝不仅仅是有才有貌而已,最紧要的,是她有分寸。薛涛人如篱下黄菊,招展内敛,理性而不失感性,对女人而言,是多么难能可贵的两全。

但一年一年过去。一天比一天更喜欢了三个女诗人中的李冶,那暗花妖娆的李季兰。

和鱼玄机身份一样。李季兰也是个素有才名的女道士。十一岁时,被父母送入剡中玉真观中做女道士,改名李季兰;和薛涛一样,李季兰也有个蔷薇诗谶的故事。说是李才女六岁的时候,写下一首咏蔷薇的诗,其中有这样两句:"经时未架却,心绪乱纵横"。

她的父亲和薛涛的父亲反应差不多,都是又喜又惊,且有强烈的第六感,立刻预言女儿将是个"失行妇人"。父亲说"此女聪黠非常,恐为失行妇人"。因为诗中"架却"谐音"嫁却",小小年纪即做如此惊人语,难保以后做出什么事,赶紧着,往道观一送,指望借助清灯黄卷收收性子。

这事反正我不信,觉着比薛涛那个事还玄乎。多半是后人附会的。话说这古人一旦捕风捉影起来也相当没谱,堪为现在八卦狗仔队的先驱。六岁时能有个男的不跟女的玩的性别意识就不错了。思嫁,也太早熟了吧,难道她妈妈胎教那么成功?还是古代启蒙教育早?

不管原因如何,李季兰在小小的时候,就别无选择。被命运择中。她的父亲作为命运的代言人,替她选择了入道。

【欲知心中事　看取腹中书】

想这生命都有暗箭难防的悲哀,揭开这无稽的八卦,真相是,她的弃儿,被人以一种堂而皇之无声无息地遗弃了。

生命有大多暗箭难防的悲伤。如果我够煽情。我可以构设小小的她在沉重的道观大门缓缓关闭时露出错愕的表情,流泪嘶叫的场面。也可以构设她默默地,一言不发地目送他们离去——怎么能相信!血肉相连的父母就这样抛弃了自己,不是血肉模糊的割舍,而是蓄谋已久的果断遗弃。

也许要过很久才能相信,他们是真的不会回头了,不会再来接她返家了,一个个愿望散碎如灰。那个家在记忆里渐渐冰凉,冷却为化石,徒劳地想念却再也回不去的时光。

那就好好过吧。不会倚门眺望。再不会坐在墙头吹风,奢望远方会出现一个熟悉的身影。没有就没有吧。也许离开你们,是我成为我的必经之路。

这个我,并不是你所期许的循规蹈矩的妇人。让我们相互淡忘,不再记恨对方的残忍。

李季兰风流放荡放在唐朝的一众女冠中也是出位的。《唐才子传》记载她和当时的名士素有往来,畅谈诗文,席间言笑无忌。河间名士刘长卿有"阴重之疾",也就是"疝气",经常要用布兜托起肾囊,才可以减少痛楚。李季兰知道刘长卿有这种病,就用陶渊明的诗"山气日夕佳"来笑话刘长卿的疝气病。刘长卿名士风流,当即回以陶渊明的诗:"众鸟欣有托",举座大笑。

这种黄段子是属于比较深奥的,我想了半天才明白什么意思(想不明白的欢迎接着想)。不过明白是明白了,我也不敢当众和男士开这种玩笑。李道姑的泼辣大胆,让我这个自认开放的现代人目瞪口呆。

李季兰的才情与同时代的薛涛不相上下。她比前朝的才女谢道韫,后来的鱼玄机,诗才都要高许多。她还有一首诗是我非常喜欢的——

人道海水深,不抵相思半,海水尚有涯,相思渺无畔。
携琴上高楼,楼虚月华满,弹着相思曲,弦肠一时断。

——李季兰《相思怨》

这首《相思怨》深得民歌言语直白的妙处,而意境高远,又遥遥与《古诗十九首》的古风相应。读这样的诗不难身临其境:高高的楼宇上接青天,满天满地的月光笼罩下,高楼仿佛是神仙住的瑶台。一个女子在高楼上弹琴,曲调忧伤凄清,绵延直入虚空,只有相思的曲儿,才会这样缠续绵长。可是,突然弦断音裂,想必是女子思情切切,再也弹不下去了。

曲散肠断,这女子,抚琴独坐,神情萧索,黯然良久。月光照亮了沉默,爱原来是寂寞。

"海水尚有涯,相思渺无畔"这句话,这首诗,可否看作李季兰压抑之下真情流露之作？她在思念那可望不可及的人。一个明明是知音，却不能相伴相偎的人。

那个人，可能不是那个人洁如玉的诗僧皎然，但我私心希望是他。我无意怀疑皎然修行的定力，我只是为李季兰惋惜。难道得不到，想一想也不可以吗？

李季兰还有一首诗："尺素如残雪，结为双鲤鱼。欲知心中事。看取腹中书。"可与上一首诗并看。

心事就是学会在心里挖一个洞。洞越挖越深，一不小心就成了万丈深渊。人就行走在洞的边缘，一不小心连自己都失足，跌死在里头。

为了不受伤，便习惯用不在乎掩饰心伤。把心建成一个密室，将自己囚禁在里面，不见天日又心有不甘，希望有人来解救。她希望解救的那个人能一眼看穿她伪装的快乐坚强。看穿她的放荡形骸的外表下的软弱和羞耻。他一眼洞穿她有多悲哀。仅仅用一个拥抱就击溃她所有的防卫。

悲哀的是，有这样慧眼的人，却失去了爱她的余地。因为他要去救度众生，所以只能放弃她。

他写了一首《答李季兰》："天女来相试，将花欲染衣。禅心竟不起，还捧旧花还。"

他答得云淡风轻，却重的如同一个巴掌当众拍在她脸上，她竟也笑得云淡风轻，好像这真是个无关紧要的试验。若无其事地笑谈,她不晓得自己的道行也这么深了。

不动声色地心如死灰,她晓得自己又成为一个著名的广为流传的笑话,成为他禅心不起的明证。放荡的女道士挑逗修行有道的高僧。人们将她曲婉挣扎的心意解为不识分寸地自找没趣——这真是个一点不好笑的笑话。

只有她确信。这个月光一样明洁的男人是她一生情感追溯的终点。她看到他,就看到了此生修行的终点。

就让我停止所有的波动,化作静水深流,蜷伏在你眼里。

你是,我捧在手心的皎洁月光,因为太明亮,遮蔽了我的泪光。

我爱你。你不知道。你知道。你当作不知道。我无话可说。我应该保持沉默留给彼此一个再见的理由。

我的心伤就让我自己收藏。

【众类亦云茂,虚心宁自持】

我想薛涛这样的女子,还是做妓的好;如果不去做妓的话,还真没有更好的职业适合她。寻常男子配不上她绝色的姿容和才情,也难有心胸去包容她做个才女;若做个深闺贵妇,或者做个小家碧玉,前者空虚无聊,后者日日操心家长里短,日子久了,再好的珍珠也成了鱼目。

只有像歌妓这样的角色,虽然不是世俗意义上的良家子,倒也自由自在,有余地供她长袖善舞,伸展自如。所以没什么好可惜的。多数时候留得个虚名供后人钦敬,还是好过默默无闻,老死一生。要不然这世上追名逐利的心,怎么只见多,不见少?真能似薛涛这样长袖善舞,青史留名,未必不是幸事一件。

当初的妓不同于日后倚楼卖笑任君挑选的妓女,她们只歌舞助兴,不卖身失色。间或有个公子相公看中了,问主人要来,收为内室。即使身为姬妾,也是一个男人的私物,或爱或厌,但怎样地卑微到底,也比明清时价高者得的妓女们多点安慰。

唐宋的妓,更应称作姬,更不比怡红院里一叫一大串的俗艳。尤其是达官贵人宴席间应酬的女子,大多是有姿有才的女子。蛾眉婉转,还要胸有文墨,薛涛无疑是其中的翘楚。

薛涛梧桐诗谶的故事很有名。据说她八岁那年,她父亲薛郧看庭中有一棵梧桐树开得茂盛,便以"咏梧桐"为题,口占"庭除一古桐,耸干入云中"两句,让薛涛来续答,试她才华。薛涛应声而吟:"枝迎南北鸟,叶送往来风。"父亲听了,除了讶异她的才华,更觉得这是不祥之兆,女儿今后恐怕会沦为一个迎来送往的风尘女子。后来,薛父亏空钱粮。薛涛没入乐籍,沦为官妓。

官妓薛涛也与众不同,她的才情美貌名动蜀中,历任蜀中节度使都对她既爱慕又尊重。最先赏识薛涛的是名臣韦皋。韦皋听说薛涛诗才出众,且出身不俗,又见她美貌,便格外青眼有家。

有一次要她即席赋诗,薛涛即席写下一首《谒巫山庙》——

乱猿啼处访高唐,路入烟霞草木香。

【众类亦云茂　虚心宁自持】

山色未能忘宋玉,水声犹是哭襄王。

朝朝夜夜阳台下,为雨为云楚国亡。

惆怅庙前多少柳,春来空斗画眉长。

韦皋看过赞叹不已,传阅给席间众宾客,大家也都叹服。薛涛这首诗写的是过巫山神女峰,《谒巫山庙》的情景。其实这样的诗不算特别出奇。只不过自从宋玉的《高唐赋》以后,巫山云雨已经成了男欢女爱一夜风流的代言,薛涛却偏偏翻出了惆怅怀古的味道,大有凭山凭水吊望,感喟世事沧桑的味道。尤其最后一句"春来空斗画眉长"更隐隐指责前人沉溺女色,这样的立意出自女人之手已是不易,出自一个官妓更是殊为难得。

所以薛涛的诗好,后人赞"工绝句,无雌声"是有道理的。后来她和继任的剑南节度使李德裕在"筹边楼"饮宴,还写出了"诸将莫贪羌族马,最高层处见边头"这样见地深远、雄浑豪迈的诗,让人惊讶于她除了美貌之外的心胸见识。

她是终生辗转欢场,却未因此而见识浅薄,只盯着繁华声色,想着攀龙附凤。

历来名妓都有洗底从良的嗜好,好像非如此不能回归正途,证明自己冰清玉洁。严蕊悲悲切切哭诉自己,不是爱风尘。似被前缘误。杜丽娘绞尽脑汁要从良,孤注一掷结果上了恶当。

这些可怜的女孩不知道,白头到老是人世大谎。现世安稳是诱人深入的虚境。从良本身隐藏着不洁的欲念,越是挣扎越容易困惑。心不透彻才会处境维艰,执念会使得前路崎岖,本以为鲜花开满前路结果是荆棘丛生陷阱遍地。

薛涛不是从没有过自怜自伤的情绪,只是她心中境界高远,早在声色之外,她抛开了不必要的执念,在众人的议论中从容不迫优雅得体地展示自己。她接受,平静地迎向周围诧异目光,渐渐,议论减少,那些目光也接受了她。韦皋的情人,官妓的身份,早不是她的障碍。所以她可以跟历任节度使交好。

生活像泥沼,不再挣扎也就不会越陷越深。要明白,没有人可以轻贱你,能轻贱自己的,只有自己。

韦皋死后,旧部叛乱,唐宪宗派大将高崇文入蜀平乱。叛乱平息之后的庆功宴上,薛涛列席陪伴。写下一首《贼平后上高相公》:

惊看天地白荒荒,瞥见青山旧夕阳。
始信大威能照映,由来日月借生光。

这首诗之所以写得如此浅白,因为高崇文是个识字不多的武将。薛涛很会把握分寸。她该显示才华的时候落落大方,不该显摆的时候,绝不随意出头。在韦皋面前献诗,她大可以用词典雅写得文意深长,间接也帮韦皋撑脸。在高崇文面前,她写得越好懂,越容易得到高的好感。试想高如果拿到诗半天没看懂,要是他当众丢了

【众类亦云茂
虚心宁自持】

脸,那是很容易恼羞成怒翻脸无情的。

此诗虽然浅白,气势却很是豪壮。看薛涛诗有时真觉得她心里住的是一个男人,她写诗也不胶着字句,大有信手拈来自成文章的气度,是真有诗情才能挥洒自如。

薛涛人缘极佳,她有一首酬答诗。当中有两句:"众类亦云茂,虚心宁自持。"很能见出她行事的准则。

同为女子,我们看鱼玄机,感慨的是:"易求无价宝,难得有情郎。"二十六岁的鱼玄机因妒挞死了侍婢绿翘,断送了自己的生命。而薛涛晚年隐居高楼,穿起女道士的服装,安然接受老去的现实,因为心态平和,得享高寿。她殁后,当时的剑南节度使段文昌还为她亲手题写了墓志铭,并在她的墓碑上刻上"西川女校书薛涛洪度之墓"。相较鱼玄机,薛涛阅尽世事的淡定,更让人倾慕。

"众类亦云茂,虚心宁自持"。有这样心胸的女子,做什么都不会湮没不闻的。

【易求无价宝,难得有心郎】

长安,没有鱼幼薇已经很久了——传说中五岁颂诗百篇,七岁出口成章,十一二岁便诗名远播长安城的女诗童鱼幼薇。

不过,长安城郊的咸宜观里,多了一个鱼玄机。

大张艳帜的鱼玄机。

温庭筠走了,李亿走了,所有的男人都是林花谢春红,太匆匆。她这一生,似乎注定是留得住男人赏春,留不住他们为春停伫。

从一开始就是悲剧。悲剧,无论怎么也翻覆不出手心的,是宿命的棋子。人生是生死早限定的戏。

【易求无价宝
难得有心郎】

长长来路。命有玄机。

忆君心似西江水,日夜东流无歇时。你可知,被你抛弃的我,后来虽有"自能窥宋玉,何必恨王昌"的豪言,也曾有生不如死的黯然时候:

蘼芜盈手泣斜晖,闻道邻家夫婿归。
别日南鸿才北去,今朝北雁又南飞。
春来秋去相思在,秋去春来信息稀。
扃闭朱门人不到,砧声何事透罗帏。

——鱼玄机《闺怨》

邻家夫婿归来时,是我潸然泪下时。为什么,想要简单的安稳这么难,为什么想得到你的保护这么难,是我错了吗?告诉我,我错在哪里?

子安,我忆君,君共裴氏转江陵,夜半醒转可忆我?还是我已经成为你心头陨落的星光。

温庭筠,为什么你只愿收我为徒而不爱我,你可知,三年,大唐的桃花开了又谢。长安长亭,你走时我插下的柳,绿了又青。

流光飞舞。我青了黛眉,满了黑发,长了腰肢,还是等不到,你说那一个字。

温郎,我心底低低唤你温郎,这爱,不为人知,或者人人知,你故做不知,这一世,难道只有做你的女弟子,这样的福分吗?

你是我的师,授之于诗,不如授之于情。你可知我手植的那三株柳树叫——

温—飞—卿。

人世悲欢一梦,如何得作双成?

我再不是那个"楼上新妆待夜,闺中独坐含情的"无知少女。我彻夜跪在神像前,到底是我不爱你们,还是你们不爱我?因你们不爱我。高高在上的神灵,无暇顾及我的寂寞。我痛苦得全身颤抖。我需要证明还有别人可爱我。爱虽败亡,我要证明还有被爱的能力。我不是被人遗弃在这道观的残花败柳。

我要!这全长安的男人为我癫狂,你看,曲江随水而下的桃花笺,是我尊贵的邀请,你们去捞,去争夺,我在这道观里静看你们。

看你们,为我,疯!癫!痴!傻!贪!嗔!怨!怒!五毒不清,六根不静,七情已生,八风凌冽。

鱼玄机醉了,醉眼如饴,波光流淌。这水波,漫过了金山,就要人命。在男人眼里却是乔张乔致,盈盈有情。

被李亿抛弃,被温庭筠拒绝,当鱼幼薇改名鱼玄机的那一刻起,她已经举起祭刀,以最圣洁的方式和以往诀别。

有村姑到咸宜观里边烧香边哭泣,说她爱的人弃她而去了,鱼玄机写了一首诗送给她,就是那首有名的《赠邻女》:

【易求无价宝】
【难得有心郎】

羞日遮罗袖,愁春懒起床。

易求无价宝,难得有心郎。

枕上潜垂泪,花间暗断肠。

自能窥宋玉,何必恨王昌?

她写下"鱼玄机诗文候教"的广告,叫人擦拭着咸宜观的大门。桃花笺随男人的欲望汹涌而来。爱欲王国的大门永远朝男人洞开。

君不见,观名咸宜,老少咸宜。谁都知道鱼玄机是出了名的荡妇。可是,她的道观门前,还不是车如流水马如龙。男人,一字记之曰贱!妻不如妾,妾不如偷,偷不如抢,抢得着不如抢不着。

不可否认。弃妇鱼玄机诡艳地蓬勃绽放。她的生动、鲜活、泼辣、才情,倾倒了整个长安城。男人们争先恐后俯在她的石榴裙下,听候她的差遣。若不然,哪个寻常女人敢放出"自能窥宋玉,何必恨王昌"的豪言!

不好意思!你看我胡言乱语说的是什么,男人若是贱,我岂不是更低贱?男女各取所需,保持纯粹的肉体关系,别追根究底皆大欢喜不好么?说实话是要付出代价的。

绿翘就付出了代价。她居然在我的情夫面前赶着问,陈公子,陈公子,你说,我好,还是我师父好?

那样的娇声,太刺耳。我聋了,苦痛入心。她是我疼爱信赖的婢女,她为我梳髻,发不曾醒,她为我熏衣,衣也迷香。甚至那些男

【人生若只如初见】

人,我一个眼神,她自知怎样去区别对待,高高低低,零零落落,总不辜负。我想着要把她好好带大,不让她过和我一样的生活。

我爱她的灵慧狐媚,却忘了,哪个狐狸精不狐媚?她能替我帮手,如何不能独当一面?何况这只小狐狸在我的熏陶下,见惯了风月。手里起起落落,也总有男人垂涎。我替她挡驾,以为她太小,却忘了,她已经十三岁。

娉娉袅袅十三馀,豆蔻梢头二月初。

你瞧我多傻,十三岁的小狐狸,青春正盛。放出去,咬死人亦是轻松事。嗳!女人不要小看女人。

夏日蔷薇浓艳如血,我攀附着,第一次觉得自己是风里的蝴蝶,轻飘飘的,只要他一噘嘴,吁气,我就身不由己地飘移。

咸宜观偌大的院落,阳光碎如我手心的花瓣,瓣瓣无声。

等他的回答,他没有回答。

还好!这男人,吃我的用我的穿我的爱我的,只是个吹胡笳的乐师!他多少应该有些犹疑。

怎么了,你不会回答吗,陈公子,求你了,说嘛,我要你说嘛。翘儿,我的好翘儿声声逼问,婉转莺啼。

好像有人爱把少女娇音比做出谷黄莺。她是黄莺才出谷,我是杜鹃声已嘶,杜鹃啼血。

也许是过于频繁的情欲击垮了我,它要证明它是主宰我不是!我的青丝渐渐失去光泽,扯断一根看,内芯脆弱,缺乏营养的表现;

【易求无价宝
难得有心郎】 一七

我的皮肤亦开始松弛,再艳的胭脂,脸上也没有十六岁时的鲜活艳丽。

我的内里是水底漂浮的尸体,早已死亡。现在已经逐渐开始显露尸斑——揭出死亡的真相。

不怪,那时候的鱼幼薇有李亿,现在的鱼玄机,只有这空荡华丽的咸宜观。昔日,她的子安,伴她长安城游遍,高朋满座间,对人介绍只说,这是鱼幼薇,我的夫人。

长安著名的女诗童,想不到是如此美人,李兄有艳福。

她让他骄傲,他正要这骄傲。

他声声唤她为——夫人,让她陶然。人们人情面上众口交赞,使她飘起。忘记了自己只是个妾,女字边立的那个人。他有正妻,别居江陵,出身高贵的裴氏,性妒,有心计。十六岁的鱼幼薇不是她对手。

她和李亿在一起九十九天,裴氏从江陵来,轻巧地掐断她的幸福,再不能圆满。她的生命里好像从没有圆满。

他说——陈韪——他终于说了,你好,翘儿,当然是你好。

好在哪里?你说清楚呀,我笨。

你年轻呀。

绿翘"咯咯"笑了,那是年轻女人赢了老女人骄傲的笑声。

恨。她再一次被信赖的人抛弃。

花刺刺满手心,血被封印。她不能呼吸。两个黄鹂鸣翠柳,一行白鹭上青天。她的耳朵原来未聋,听得清清楚楚!这两个最亲近的人联手给了她致命的一击——她爱的男人在他最宠爱的女人身上,宣布——

她已不再年轻。

年轻……是的,她十三,我已二十六,老了,真是老了!二十六的鱼玄机,外表依然美艳绝伦的鱼玄机,心似长了霉斑的铜器,毒素无法抑制地蔓延开来。

幽暗的中毒已深的铜绿色。凄凉的浅绿,深绿,仿佛是她生命复杂难辨的底色。

嫉妒是一盏鹤顶红。因妒,她失手挞死了绿翘。而审问她的,竟是旧日追求她而被扫出门去的裴澄。

命途,在她十三岁时好像已经注定。断头台上,断头的那一霎,她又看见他。目光交缠,轻轻回到那个遥远的下午。

暮春。长安暮春。大唐长安落桃花的暮春。平康里的桃花一树一树地落,落满了她回家的路。她身边跟着一个大耳、肉鼻、阔嘴、貌似钟馗的男人。他是温庭筠。来此拜访长安女诗童鱼幼薇。

他是她仰慕的诗人,终身不第,然而诗名远播,他来看她,她快乐得快疯掉。边走边聊,走到江边,他说,就以"江边柳"为题吧,试一试你。

她做了诗,轻声吟诵《赋得江边柳》——

一九 【易求无价宝 难得有心郎】

翠色连荒岸,烟姿入远楼。

影铺春水面,花落钓人头。

根老藏鱼窟,枝低系客舟。

萧萧风雨夜,惊梦复添愁。

"影铺春水面,花落钓人头。根老藏鱼窟,枝低系客舟。"温庭筠再三回味着,惊艳不已。一个十三岁少女做的诗用笔如此老到,遣词用语,平仄音韵,意境诗情,皆属上乘。

他收她为徒,传授她诗文。可惜,他的不拘世俗,依然改变不了她日后艳帜高张的命途,只是为她日后的艳史多添了几笔谈资,多可笑。

我看见他的眼泪了,刽子手的刀太快,头落地,人还有知觉。我看见他跪倒在人群里,泪流满面。台下,无数的达官贵人,富家子弟……曾经为抢她的花笺而打破头的男人们,他们来争睹她的死亡。

一场烟花寂灭了。观众一哄而散,最终,肯为她落泪的,还是他。原来不是桃花随水随无情。

早知如此,最初相逢时,就吟——"易求无价宝,难得有心郎"。不知躲不躲得开,命运的安排。

【吾爱孟夫子,风流天下闻】

一、语淡而味终不薄

　　史书上说孟浩然是"浪情宴谑,食鲜疾动"而死。公元741年,即唐玄宗开元二十八年,王昌龄南游襄阳。孟浩然此时患有痈疽(一种皮肤和皮组织下化脓性炎症,局部红肿,形成硬块,表面有脓包,有时形成许多小孔,呈筛状,严重时,可能还会诱发败血症),虽然病将痊愈,但郎中嘱咐了不可吃鱼鲜,要忌口。

　　孟浩然与王昌龄、王维、李白都是好友。老友相聚,孟浩然设宴

【吾爱孟夫子 风流天下闻】

款待,一时间,觥筹交错,宾客相谈甚欢。宴席上有一道菜历来是襄阳人宴客时必备的美味佳肴——汉江中的查头鳊,味极肥美。浪情宴谑,忘乎所以的孟浩然见到鲜鱼,不禁食指大动,举箸就尝。结果,王昌龄还没离开襄阳,孟浩然就永远地闭上了眼睛。

他的死让我想起纳兰容若。康熙二十四年暮春,容若抱病与好友一聚,一醉,一咏三叹,然后便一病不起,七日后于五月三十日溘然而逝,终年31岁。虽然他们一个在唐一个在清,中间相距千年,但这两个人极富浪漫色彩的死亡,还是很有点神似的。都是那么突然,突然得洒脱任性,让后人因此也减损了悲痛,倒心添几分悠然向往之意。

在对诗词的鉴赏方面,我是一个很放诞纵情的人,所以喜欢李白多于杜甫。喜欢太白诗中磅礴的仙气,纵心任情的姿态,意境高远而不冷僻,远非晚唐贾岛孟郊之类的苦吟诗人可以企及。太白是盛唐的风光绝盛,杜甫也高绝,奈何盛境以后的人,再雄浑工整也透着离乱后的萧条。

尽管老杜的成就也是巨大的,他的诗被称为"诗史",而且对仗工整,风格多样。《红楼梦》中宝钗就笑言:"难道杜工部首首只作'丛菊两开他日泪'之句不成!一般的也有'红绽雨肥梅''水荇牵风翠带长'之媚语。"又赞誉"杜工部之沉郁"。杜甫的诗作对后世的影响之深远,可见一斑。

从格式到立意,老杜的诗基本上可以看作学诗者的规范教科书。然而我一直认为世人大可学杜工部的沉郁工整，李太白的神韵却是学不来的，千秋以来独此一家而已。

所以贺知章老先生初次见面就称他为"谪仙人"。然而就是这样一个千古牛人，写给孟浩然的诗却是这样的——

> 吾爱孟夫子，风流天下闻。
> 红颜弃轩冕，白首卧松云。
> 醉月频中圣，迷花不事君。
> 高山安可仰，徒此揖清芬。
>
> ——李白《赠孟浩然》

我觉得诗题改成《赞孟浩然》更能表达李白对孟浩然的倾慕之意。不过这也太直白了，就像马屁拍得太露骨，没有李白原来的诗名雅治。

诗中李白开门见山地说"吾爱孟夫子，风流天下闻"，狂赞了一通以后又总结说："高山安可仰，徒此揖清芬。"我看了很激动。李白这个人基本上是属于狂得不着边的人，难得有他佩服的人。孔子他看不上眼，说："我本楚狂人，凤歌笑孔丘。"对着皇帝的御旨敢耍酒疯，说："天子呼来不上船，自称臣是酒中仙。"可是面对着孟浩然，他却说出了"高山仰止"的敬语。孟浩然能让他这样赞真是非常厉害啊！害我也忍不住遥想起老夫子的风仪来。

【吾爱孟夫子】
【风流天下闻】

就为这个,我特意爬回书堆里看了孟浩然的诗。对他的诗我本就有印象,他的诗那样亲切,原就本不是生疏冷落的。此番有了名师的点拨,再加上此时心境已不同少年时。再看"野旷天低树,江清月近人"之类的句子,真是别有感触。

当初也就是太熟悉了,才会忽视他的好。如同母亲每到冬天炖的汤水,只会说不甜,从没在意过当中的甜。就像我们当初摇头晃脑背熟的"春眠不觉晓,处处闻啼鸟。夜来风雨声,花落知多少",那样漫不经心,人云亦云。从来不曾深思过,不是每个人都会在春天睡了一觉以后就能写出这样的天然妙语的。

这几个平淡无奇的句子,描摹细致,意境深远。字字惊心动魄,又是那样的直白轻率。

唐朝的田园诗人为数不少,但是能真正配得上评家"恬淡清真,语出自然,淡语天成"的赞誉,而又由始至终有这种气韵的,只有孟浩然一人。他的诗句像一股新阳照耀下的禾苗泥土,散发着生动自在的田园气息,又闲闲地透着隐逸之风。后人即使苦心摹拟,往往也只是得其神韵之一二而已。

《红楼梦》中林黛玉所写的"杏帘在望"一诗(其实是雪芹手笔),当中有"一畦春韭绿,十里稻花香。盛世无饥馁,何须耕织忙"的句子,极受赞誉。但若与孟浩然的"绿树村边合,青山郭外斜。开轩面场圃,把酒话桑麻"相比,到底伤于纤巧。雪芹是诗中有风景,浩然是诗中有气象。以我这千年以后的局外人看,到底是"绿树村边合,青山郭外斜"更有风致,语淡而气象浓,接近大巧不工的地步。

孟浩然的诗好,好在"语淡而味终不薄"。他淡泊高远的诗风,恐怕是连李白也为之倾倒沉醉的。同是写秋江的诗,李白写《夜泊牛渚怀古》——

牛渚西江夜,青天无片云。
登舟望秋月,空忆谢将军。
余亦能高咏,斯人不可闻。
明朝挂帆席,枫叶落纷纷。

孟浩然也写《早寒江上有怀》——

木落雁南渡,北风江上寒。
我家襄水曲,遥隔楚云端。
乡泪客中尽,孤帆天际看。
迷津欲有问,平海夕漫漫。

明显可以看出李白的诗学到了孟浩然的神髓。但是如果认真品味,还是会发现孟浩然的句子更高妙些。最后结句"迷津欲有问,平海夕漫漫",比"明朝挂帆席,枫叶落纷纷"更清远恬淡。或许李白在学诗时很受过孟浩然的影响吧,日后见到这位老前辈又被他的人品风仪折服,才有如此谦逊的表示。在意态高远这一脉上,我觉得孟浩然更与李白共通,至于他与王维之间,则是空灵恬淡的意思更接近一些而已。

二、与君初相识,犹如故人归。

昨夜突然想起两句诗:"与君初相识,犹如故人归。"全诗是:

> 与君初相识,犹如故人归。
> 天涯明月新,朝暮最相思。

诗的作者湮没不彰,只知道原先是印在一种云南烟"茶花"的烟盒上的。很多人因为这两句话,而迷恋上这种烟。我在想,也许李白初见孟浩然时就有这样亲切的触动吧。

唐史载孟浩然少好节义,喜振人患难。李白仰慕他,恐怕也有二人同有侠风的因素。孟浩然亦爱酒,性疏豪。他一生经历简单,诗语冲淡,性格却很丰富。遇上这样一位素所仰慕而又意气相投的前辈,难怪一向狂放的李白才会收拾起不羁的狂傲,一再表示敬意。

人以群分,其实就是这样浅显的道理。有些人一辈子相处也只是个温暖的陌路人,彼此点头问好,互相关照几句,此外,难有其他;有些人与人的相识,亦可以是花开花落般淡漠平然,彼此长久的没有交集，只是知道有这么一个人存在，待到遥遥一见时却已是三生石上旧相识，昨日种种只为今日铺垫。相悦相知，却没有清晰完整的理由。

我因此可以理解李白为什么在黄鹤楼送孟浩然时表现得依依不舍。而对杜甫，李白就没有那样激动眷恋的亲切表示。倒是老杜对他念念不忘，几次三番写诗纪念。李白认识杜甫时，杜甫还是无名小辈。杜甫老来诗力道劲，开始时功力着实一般，以李白信手捻来妙笔生花的天分，他未必能看得上当时"苦吟"的杜甫。

再一个。我觉得这和杜甫酒量小有直接关系，李白倒不是薄情人，只是有时候确实不是个正常人，不喝酒他要死的。杜甫没几杯就醉倒了，千杯不醉的李白一定觉得索然无味。

想起那首著名的诗："故人西辞黄鹤楼，烟花三月下扬州。孤帆远影碧空尽，唯见长江天际流。"黄鹤楼前长江岸，孟浩然登船走了，李白还依依不舍地看着远帆，怅然若失。大概也只有"与君初相识，犹如故人归"式的一见如故，才能让一向洒脱的仙人失了常态吧。

说起来，孟浩然是个有人缘而无官缘的人，一生隐逸，倒是七分本性、三分天意的事。他四十六岁游京师时，适逢中秋佳节，长安诸学者邀他赋诗作会。他以妙句"微云淡河汉，疏雨滴梧桐"令在座众人拍手称绝，纷纷搁笔不敢再写。与这样的辉煌、镇定自若相比，《新唐书·孟浩然传》中记载的他，就有点战战兢兢，举止失仪了。

【吾爱孟夫子】
【风流天下闻】

他曾经到王维的官署做客。恰好唐皇李隆基驾到,这位"孟夫子"生平第一次钻到床底下,正好被皇帝看到。皇上对他印象还不错,没有责怪他失仪之罪,命他出来献诗,等于直接给了他一个面试机会。结果孟浩然就上了《岁暮归南山》——

北阙休上书,南山归敝庐。
不才明主弃,多病故人疏。
白发催年老,青阳逼岁除。
永怀愁不寐,松月夜窗虚。

这诗写的自然是好,可是献的也真不是时候。开口就是"北阙休上书,南山归敝庐",这也就罢了,四十多岁人了,偶尔发点小牢骚,皇上也可以理解;可是紧接着两句:"不才明主弃,多病故人疏。"这不明摆着排揎皇上的不是吗?孟浩然也算是聪明一世糊涂一时。李隆基听了果然大怒,当场发飙,狂骂一通,说完拂袖而去。当时不要说孟浩然魂飞天外,连王维也吓得半死。

说来又要忍不住夸我们可爱的大唐。这事要是搁清朝文字狱那会儿,孟浩然十个脑袋也砍没了,还能安然地出京师,回襄阳归隐田园,"还掩故园扉"吗?可能直接株连九族了,砍得坟头上草都不剩一根。

我突然想到,这次献《岁暮归南山》的失败是不是孟浩然的潜意识在作怪呢？他一直过着那种隐逸的生活，因为现实的逼迫不得不上京求官，不是被皇帝征召的，总有点失意才子的感觉。合着那天见皇帝又太突然，一时懵了，本性毕露，导致他的发挥完全失常。

事后，王维也忍不住说他，说你那么多淡然清雅的好诗，怎么就想起来献这一首落寞失意还满口怨言的诗呢？

这件事让孟浩然很黯然，不过也及时地帮他认清了一个事实——自己真不是官场上混的料。你说，像这样一对一的歌功颂德机会，旁边还有王维的帮衬，都能把事情给搞黄了，可能真的是没官运吧？

长安不易居，京师非吾土。他很快冷静地放弃了不应追逐的浮名，离开京城，回老家襄阳做起了专业的隐士。一次一次在孟浩然的诗里看到浓浓乡意，惹人动情。我能看到他对吴越山水的眷恋，那种深重的珍惜远胜对世间浮名虚利的追逐。虽然他后来也有写给张九龄的自荐诗，但是那只是图个世有知音的意思。白头霜鬓的孟浩然绝不是一个热衷名利，至死不休的人。

最后他死在了故乡，死在家人和好朋友的怀里。比起那些宦游他乡、孤独以老的人，他要幸福得多。

我也因此想起杜甫的死，据说也和食物有关。晚年的杜甫益发贫病交加。没有了严武的接济，老杜到最后连草堂也住不起了，仅有一条小破船，漂泊江上。有个县令知道杜甫的诗名，给杜甫送去白酒牛肉。好多天没吃饭的杜甫吃得太多，结果腹胀而死。《唐才子传》上记载如是。不过很多书上隐匿了这种说法,只说是杜甫因病故于舟中。恐怕后来人有为圣者讳的意思,生怕杜甫是撑死的,玷污了他的名声。其实,杜甫这样的死法,并不会让人看低。相比那些身居高位安享富贵尸位素餐的家伙们,他不知道要高尚几多。

所谓"国家不幸诗家幸,赋到沧桑句便工"。可是饱经忧患到底不是什么值得高兴的事。杜甫若有知,也必然会觉得孟浩然的食鲜疾动而死,是比较温暖的死法。

【白首相知犹按剑,朱门先达笑弹冠】

酌酒与君君自宽,人情翻覆似波澜。
白首相知犹按剑,朱门先达笑弹冠。
草色全经细雨湿,花枝欲动春风寒。
世事浮云何足问,不如高卧且加餐。

——王维《酌酒与裴迪》

翻王维诗集,乍见这一首,使我悚然心惊,几疑不是王维所做。众所周知,王维是性情恬淡的人。印象中他的诗,哀艳凄婉者有之,

【白首相知犹按剑】
【朱门先达笑弹冠】
一三一

情深款款意气激昂者有之，离俗出世者有之，平稳妥当不差不错亦有之，愤懑不平时却极少。王维是一个隐士，不是一个愤青。生活于他，是立于红尘紫陌掩门待望，热闹可以相却，清净可以自适，人生百态他看得清。有时也作"相逢意气为君饮"之语，然而狠揭世情，痛陈时弊的话，却不会轻易出口。

这首诗如果署名李白，我会不疑有它，这诗中酌酒待客的举动，高卧加餐的论调，神似太白。有意思的是，他二人不睦。

把李白和王维的经历对比一下，会发现很多有趣之处。他们都是同处一个时代的大诗人，有共同的知交好友孟浩然，在彼此的诗文中从不相互提及，在当时京城的社交圈中也素无应酬往来。后世人想要找到李白和王维同场出现的资料，只怕是按破鼠标无觅处。

李白和王维同为世人所知，但却很少有人知道，他们的命运竟与同一个女人密切地联系在一起。他们的成名都有赖这个女人——唐玄宗胞妹玉真公主的力荐，只是时机和方式有别，算起来，是王维先得见公主，在岐王宴上，未及弱冠的王维充作伶人，以一曲"郁轮袍"技惊四座，公主见王维风姿俊雅，怀抱琵琶，楚楚动人，不禁动问："此何人也？"岐王答的也巧："是一知音。"

岐王苦心安排将王维引见给公主，半是与王维交好，意欲指点他一个晋身捷径，亦是深知公主喜好王维这样年轻秀雅的才子，很有些肥水不落外人田的意思。只怕年轻的王维在不自知的情况下，已被岐王锁定目标，成为公主的入幕之宾。

唐朝是个开放的年代，舆论也不会穷追猛打，这点花花绯闻对王维的仕途名声无甚大碍，正所谓谈笑有鸿儒，往来无白丁，能得公主垂青的也非等闲之辈。王维有真才实学，潜规则也潜得才华横溢，给个机会就能出人头地。不似现在很多人潜了无数次还是冤沉海底。

后来李白也进京求仕。太白的求仕之旅不止一次，一开始他先后拜谒了很多官员都无功而返。李白拜谒是以干谒游说的方式进行，也就是说他不给人家送礼，一通狂侃下来对方可能要倒贴盘缠给他，这也是为什么他不事生产却能四海漫游，一路高歌"天生我材必有用，千金散尽还复来"的缘故。

开元年间他经人引荐认识了玉真公主，这次出现在玉真公主面前的是一个与众不同的男人，他神情萧散，皎皎若明月，望之似神仙中人。他不同流俗的气质，连阅人无数的玉真公主也不禁印象深刻。兼之同好道家，又看他见解非凡又口若悬河，公主便留他在别墅小住一段时日。不久，他因觐见皇帝无果而离开。

李白喜动不喜静，以他的性子不可能长时间拘在一个地方的，你以皇帝召见作诱饵都没有，如果叫他像王维那样置个辋川别墅过半隐居的田园生活，我估计会给他憋出抑郁症来。

太白是要放养的，他的一生，大半在漫游中度过。离开了长安，李白继续漫游名山大川，和玉真公主的交往仍在继续，而且这层关系一直维持不错，天宝年间玉真公主再次向皇帝举荐了他便是

【白首相知犹按剑　朱门先达笑弹冠】

证据。

　　这一次,不单有玉真公主举荐,还有贺知章在旁锦上添花,加上道士吴筠从旁铺垫,唐玄宗对李白大感兴趣。

　　说来,李白是在长安的道观紫极宫偶识贺知章的,贺老先生对他一见倾心,索要诗文,李白献上新篇《蜀道难》。贺知章一气读完,直呼太白为"谪仙人",拉着李白直奔长安酒肆,两个饮中仙,以诗佐酒,直喝得当朝重臣金龟当酒,好不逸兴飞扬!我虽女子,不擅饮酒,遥想当年长安街头这一场豪饮,仍不免心醉神往。男儿饮酒,当有此逸态豪情。却富贵,轻名利,更不讲究身份名位是否相衬,这是何等的风流慷慨?

　　盛世或可不断重来,唯其细节情态不可复制,犹唐宋时人眼中所见不再是秦汉时月。宋时的苏舜钦以汉书下酒,亦传为佳话,但他却到哪里再找青莲居士和四明狂客把酒言欢?

　　酒在男人心中的位置比女人更重要。曹孟德云:"何以解忧,唯有杜康。"他的忧,乃在悟到人生百年,白驹过隙。霸业在手,何以为凭,何人来继,是将浩浩雄心置于渺渺人生中兴起的虚无感,在微醺之中神游八荒,由此更明晰人生的价值。不是烂醉之中感慨被老板压榨,被老婆克扣。男儿饮酒若只为解忧,却连忧也解不了,这酒不如不饮的好。

　　我见很多男人饮醉后,絮絮叨叨只说生活是如何刻薄与他,人生是如何的不如意,甚至于借酒行凶,殴妻骂子。这都是无能的,逃避责任的表现。这样的男人,与之共饮,不如拂袖掩鼻而去。

　　王维也喜饮酒。他写给裴迪的这首诗,也有"莫问身外事,且尽杯中酒"的意思。由王维诗集中写给裴迪的数量可知,两人性情相投,几乎无话不谈,份属至交,某日裴迪因事不乐,来寻王维,王维便置酒相待,更赋诗劝解。由王维的诗意推测,裴迪多是被人辜负,辜负他的这个人与他交情还不错。这件事对他打击不小,所以王维劝慰他有"人情翻覆似波澜"之语。

　　这首诗中真正的点睛之笔是"白首相知犹按剑,朱门先达笑弹冠"。这一句是对"人情翻覆似波澜"更深入的透析。王维说,多少相交半世的人,因为利益反目成仇,多少攀附权贵的人因为先得以晋身而得意忘形。人心难测不如不测,世情嬗变不如不管,你我且蜗居在此,高卧加餐,暂享安闲吧。

　　附会的话,我们可以说,这句话隐约透露了王维自己心中的不屑和不甘。"朱门先达笑弹冠",正是在讥讽那些不循正途晋身的人,而这些他鄙夷的人当中,未必就没有李白。

　　同为玉真公主引荐的人,王维是通过科考正途获得官职的,虽然进士及第后,第一个官职不大,是太乐丞。(唐代设有太乐署,是主持国家祭祀,宫廷宴饮时歌舞奏乐和管理乐工伶人的官署。"太乐丞"是太乐署的副长官。)后又因伶人舞黄狮子获罪贬至济州,一去四年多,究其首尾,不过是因小过而承笞挞,这估计与他此时和玉真公主日渐疏远不无关系。朝中有人好做官,失去了权贵的庇护,初入官场的王维只得认栽。

及至四年后他由济州返回，公主心思已不在他身上，他一度想摆脱这个女人的掌控，但当她真的不再注目，他又忍不住有些失落。唐朝的公主，尤其是有权势的公主何等的交游广阔，选择良多。此时，玉真公主更留意与她一样尊崇道家的李白。与王维妙解音律，雅好丹青不同，李白风流放诞，尤擅言谈，在唐天子面前侃侃而谈，笔走龙蛇的他，在玉真公主面前又岂会拘谨不安？以他四处游历的广博，兼之语惊四座的好口才，玉真公主被他吸引毫不奇怪。

在王维被冷落的时间里，李白却被皇帝召见，由布衣供奉翰林，不管李白自己是否满意这个职位，至少在旁人看来皇帝对他恩遇非常，皇帝每有宴请或郊游，必命李白侍从。李翰林一时炙手可热，成为京城社交界一颗冉冉升起的新星。与清润内敛的王维不同，李白萧然物外。他不羁的才华和性格又使得他难以不被人瞩目。

对于李白的蹿红，王维没有公开发表过任何言论，这是他君子风度的表现，但他心里不可能舒服。就算他不想比，人们也难免拿他们做比较。毕竟他们之间除了男人和男人之间暗中较劲，还有身为同一个女人新欢和旧爱的尴尬。

用现在娱乐圈流行的一个词"王不见王"，形容他俩不同场出现的情况很准确。

在王维看来，李白这不循正途出身的翰林，未免有"朱门先达笑弹冠"之嫌。他心里是不屑的，而李白飞扬跳脱，也是王维这种沉静内敛的性格所隐隐抗拒的。何况他们还有信仰上的差异,那么索性避而不见,免却是非是上策。

王维不动声色,李白亦绝非是社交上的低能儿,所以对王维的回避,人们的议论,他只做不知,反正以他旷达的个性,这些小事不会影响他纵酒交友的兴致。于他心中所藏的乃是辅国民的壮志。可惜,不久之后他将被赐金放还,从此诗剑飘零,落寞天涯。

他和王维,同是失意人。李白的一生,都在前行,却总在回望。"回鞭指长安,西日落秦关。帝乡三千里,杳在碧云间"。他在诗中遥望着长安。长安城里,他毕生所追寻的理想,灿若星汉却遥不可及。

他总忍不住慨叹:"总为浮云能蔽日,长安不见使人愁。"

蔽日的浓云后隐藏着即将到来的泼天大难,在即将到来的动乱面前,盛世将千疮百孔,昔日的功业化为劫灰。所有的人都在劫难逃。

【洛阳亲友如相问,一片冰心在玉壶】

　　写到王昌龄是一件很让我愉悦的事情,因为,读他的诗一直是使我很愉悦的事。唐诗中,我最爱七绝,七绝中我犹爱王昌龄,那么你知道,王昌龄在我心中的地位。

　　小时候,刚对男人有念想的时候,我想嫁给古龙。后来,我一直像个小情人般爱慕着李白,王昌龄则是我心里那个把酒言欢的蓝颜知己。比朋友近一点,比情人远一些。对于有才情的洒脱的出类拔萃的男人,我总是难以割舍,贪得无厌。

　　有一天,当我读到李白写给王昌龄的诗,《闻王昌龄左迁龙标遥有此寄》，我简直眉飞色舞，为之雀跃。

> 杨花落尽子规啼，闻道龙标过五溪。
> 我寄愁心与明月，随风直到夜郎西。

我无从知晓王昌龄收到李白自远方寄来的诗，是怎样的心情，我只知道我很开心，就像无意间发现了一个秘密，而谜底正是你期待的——知道我喜欢的两个男人是好朋友，他们互相欣赏，这种快乐远大于我被两个喜欢我的男人喜欢。

王昌龄和李白的缘分要追溯到开元年间。王昌龄一生仕途不顺，交游却甚为广泛。他落魄亦有恢宏气度。

开元二十七年，王昌龄由岭南北归。过襄阳，访老友孟浩然，经湖南岳阳，认识了李白。两个人显然意气相投得很。王昌龄写下《巴陵送李十二》。这个李十二就是李白，古人喜以排行称呼人，不是轻贱人，而是特示亲近。像白居易老称呼元稹为元九。王昌龄称他的老友辛渐为辛二，此处他呼李白为李十二，可见两人交情不浅。

不得不提的是，王昌龄也是个很能喝的主，估计几场酒喝下来，两人关系已经一日千里。李白醉醺醺地拍着王昌龄的肩膀说，你就叫我李十二吧！想到风流倜傥的李白被人呼做李十二，（还好不是李十三）忍不住莞尔，但这是非常可能发生的事。说起来，李白虽与杜甫相见数次，论起气性相投来，肯定不及他和王昌龄这么一见如故。

摇曳巴陵洲渚分,清江传语便风闻。

山长不见秋城色,日暮蒹葭空水云。

可以看出,这首诗并没有直言两人关系以示亲近。意在言外,却正是诗情挥洒无羁的体现。朗朗秋空,日暮时分,两个本性潇洒却心怀落寞的男人坐在一起喝酒,对浩渺江天,见关河冷落,残照当楼。热酒相催,心中意气激昂,只觉无处挥散。酒已多,语渐少。恨不能有剑在手,拔剑长啸。

我想起王昌龄另有一首这样的诗:

仗剑行千里,微躯敢一言。

曾为大梁客,不负信陵恩。

这慨然的语气和李白多么相像! 他们的诗很多时候都有异曲同工之妙。人们评价王昌龄的七绝诗说,唯有李白可以与他比肩。因为他们本就是同一种男人,都深信男儿当怀侠义之心,做侠义之行。这样的人,一旦认识,彼此心照不宣,又岂屑于做一般儿女情态?

开元年间,李白尚白衣漫游,寻仙好道,寻找自己精神和现实的双重出路。王昌龄已经是进士之身。王昌龄进士及第之后补秘书省校书郎,相当于在国家博物馆里做典籍校对,这是个正九品的小官,好在颇为清闲,也是晋升的必经之路。白居易刚中进士时,做的也是这个官,不过,白居易的官运显然要好过王昌龄多少倍。

王昌龄实在没什么做官的运气天赋。多年播迁,也只是小小的基层官吏。《唐才子传》上说他不拘小节,导致"谤议沸腾,两窜遐荒",可见这谤议还不是一般的小议论,必定是才子傲放,言辞激烈得罪权贵。

书生议论朝政,讥讽权贵,孰是孰非难以论定。至少证明王昌龄断非无思想无骨气的软骨书生。不过,说王昌龄不拘小节还真不冤枉他。据说,孟浩然的死,和王昌龄有直接关系。王昌龄自岭南放归,北归途中来到襄阳探望老友孟浩然。孟浩然时患疽病,医生嘱咐不能吃鱼饮酒。孟浩然快痊愈了,老友相聚自然特别高兴,忘乎所以之下,两人吃了鲜鱼,又痛饮,孟浩然酒后疽病复发而亡。

想王昌龄也是个性疏狂之士,奉行今朝有酒今朝醉的信条必定多于谨遵医嘱。兴之所至哪还顾得了许多,想也想不到结果如此严重。孟浩然本身也是好酒之人,不忍拂兴,又贪口食了鲜鱼——真是应了"舍命陪君子"这句话了。

痛饮从来别有肠,他们的放诞饱含着不为人知的失意之苦。王昌龄当年选博学宏词科,是公认的超群绝伦才士。孟浩然虽然隐居襄阳,也是声名远播诗名满天下之人,又谁料一个仕途坎坷,屡遭排挤;一个面试时临场发挥失误,一句"不才明主弃,多病故人疏"惹得龙颜不悦,从此只得绝了功名念头,也是有志难伸。两个多年未见同病相怜无话

【洛阳亲友如相问】
【一片冰心在玉壶】

不谈的好友在一起,除了纵酒,还能有什么方法来纾解心中抑郁的?

王昌龄虽有新朋李白,却失去了故交孟浩然,这是他永远无法自谅的遗憾。

开元二十八年冬,仕途不顺的王昌龄再度离京任江宁县丞,与好友辛渐话别于镇江芙蓉楼,写下送别诗的千古名篇,无人不知的《芙蓉楼送辛渐》:

寒雨连江夜入吴,平明送客楚山孤。
洛阳亲友如相问,一片冰心在玉壶。

起句凄寒迷离。寒雨连江夜入吴,王昌龄写诗喜用一个"入"字,犹如王安石写诗喜用一个"绿"字一样。入得好,入了诗情画意,读诗人的心。

昨夜下了一场雨,水涨江满。凄凄天明时,我在芙蓉楼送你返洛阳。遥想你即将行经的楚地,水色寒茫,山色孤寒,别被沿途的孤单风景影响了心情,别为我将独留此地的处境担忧。远方洛阳的亲友若是问起我的消息,请告诉他们不必担心,我的心像盛在玉壶里的冰一样洁净。

这首诗我从小到大不知诵过多少遍。有时,是独自在外远游的时候,对潇潇暮雨洒江天,想起千年前的那一场告别,离伤总在不经意间涌动,密实如水般掩过来。有时,是暗夜无眠,心底风起云涌,有太多欲说还休的情绪,这时候是最有倾诉欲望的时候。讽刺的是,这时想见的人一定不在身边,黯然的,只能用一句"一片冰心在玉壶"来自慰。

我惭愧总是将古人的刚直解为缠绵。"一片冰心在玉壶"是化用南朝鲍照《白头吟》中"直如朱丝绳,清如玉壶冰"句意。语本是指秉性高洁,为人磊落清白,不容污蔑,犹王昌龄自况。任它蜚语滔滔,我是这样问心无愧的人。

话虽如此,玉壶冰究竟暗藏了许多不为人知的心伤。我总在自怜自伤时想起这句话,想到人生的不可强求。

冰心还要玉壶盛。人心总是相隔的,说感同身受是废话。悲伤无人替代。能倾诉的心伤,都不是最伤,有力气呼天抢地,就有气力痊愈。最伤的是遍体鳞伤却找不到伤口在哪。因为自己都没有办法对自己诚实。

人生的苦痛不要妄想旁人懂得,能够分担。最行之有效的办法是教会自己洒脱,虽然学会的过程很辛苦。

王昌龄写起诗来风格多样,看起来很懂得变通。但这仅仅反映在诗文创作上。实际他宁折不弯的秉性,吃了多少亏也改不过来。《河岳英灵集》说他"再历遐荒",《旧唐书》本传也说他"不护细行,屡见贬斥"。开元二十七年被贬岭南即是第一次,几年后,再次被贬谪到更远的龙标,即今贵州的龙里,担任一个芝麻大的小官龙标尉。

数次被贬,精神上苦不堪言。居无定所带来的唯一好处是阅历大增。乐观地想，丰富的生活经历和广泛的交游，对他的诗歌创作不无裨益。沈德潜《唐诗别裁》说："龙标绝句，深情幽怨，意旨微茫，令人测之无端，玩之无尽。"人称王昌龄为"诗家天子"，实际是"诗家夫子"的谬误。称天子是僭越的，别人敢叫王昌龄还不敢认呢，而"夫子"大有敬重之心，很符合王昌龄的为人以及人们对他的认同。

不同于寒窗苦吟，避居繁华之地的诗人。因为贬谪，王昌龄曾在当时荒僻的岭南和湘西生活过，往返于经济较为发达的中原和东南地区，并曾远赴西北边地，甚至可能去过碎叶（在今吉尔吉斯斯坦）一带。这一切的辛苦流离，并未白费，都成为他的精神财富。

别人写边塞诗总脱不开悲的基调，王昌龄的边塞诗气度恢宏，乐观激昂，最见盛唐风骨。不同于一般悲切之思，也不只是放眼当今天下之狂。在诗的世界，少伯妙笔纵横，勾连古今，所以才见得住秦时明月汉时关，闻得羌笛关山月。他的诗浩然正大，有日月担肩乾坤在手的豪壮。就此气象而言，称其为天子亦不为过。

"城头铁鼓声犹震，匣里宝刀血未干"，他写这样奋勇杀敌不顾生死的将领兵士。因有金戈铁马的男子，连那闺中的女子也变得坚韧有信念，所以相逢也如此盛大："楼头少妇鸣筝坐，遥见飞尘入建章。""金章紫绶千余骑，夫婿朝回初拜侯。"

王昌龄绝非穷兵黩武之辈，他赞颂的是有利维护国家安定积极用武。"黄沙百战穿金甲，不破楼兰终不还。"我们爱好和平，却不得不承认战争不可避免，它甚至是社会发展变革的必然结果。千载之下，少伯诗中积极向上的英雄主义不知激励了多少好男儿舍生忘死，为国捐躯！

少伯诗风沉郁开阔，即使是写闺情，闺怨，宫怨，也富丽堂皇非一般小家子可比。他诗中的女子了乐是"闻歌始觉有人来"——少女采莲作歌，笑颜伴莲开，她在莲塘里若隐若现，自由自在，也不管自己的美有多恼人。他诗中少妇愁是"悔教夫婿觅封侯"——贵妇艳妆，巍巍在高楼，他诗中深宫女子怨愤也见得"未央前殿月轮高"，班婕妤退场亦不曾呼天抢地，独守陵寝，凛凛在深宫。

堪叹！他这样心胸开阔的才子最后的结局竟是死在一个心胸狭隘的小人之手。《唐才子传》载，王昌龄"以刀火之际归乡里，为刺史闾丘晓所忌而杀。后张镐按军河南，晓衍期，将戮之，辞以亲老，乞恕，镐曰：'王昌龄之亲欲与谁养乎？'晓大渐沮。"

书上对闾丘晓因何忌恨王昌龄语焉不详。只知安史之乱起，王昌龄自龙里离任而去，返乡途中至亳州（一作濠州），竟为刺史闾丘晓寻隙所杀。直至数年后，闾丘晓违反军令，延期来迟。宰相张镐下令处决他，闾丘晓自言有高堂奉养，乞求饶命，张镐想起被冤杀的王昌龄，怒斥闾丘晓，你当初杀王昌龄时，可曾想过他的亲老，又该由谁来奉养？闾丘晓无言以对。

想来，世事都有水落石出的一日。高贵的人不会永远湮没尘埃，哪怕玉碎，只要心不朽，总是有人懂，一片冰心在玉壶。

【看花满眼泪，不共楚王言】

和人吵架了，赌气了，冷战着。院子里花开了，落到眼底，就想起王维的两句诗："看花满眼泪，不共楚王言。"突然这样矫情，自己想了觉得别扭。转念一想，既然想到王维，干脆再写一篇。前面除了在《红豆》里提到王维，对这个盛唐杰出的诗人并没有过多地谈及。然而王维，无论诗文还是人品，都是值得书写的。他是一个可以和李杜比肩，盛唐般华丽深远的男人。

虽然年轻时也有"相逢意气为君饮"的豪兴，王维骨子里仍是清和冲淡的，好佛，有禅心。诗的成就很高，五言律诗尤其写得满目清华,被后世人苦学不止。他的人好似谦谦君子兰花,花开一树,满院芳菲,就连走后门,也走得格外风雅。

那日岐王和太平公主酒宴之间,王维抱着琵琶出现了。公主见王维"妙年洁白,风姿郁美",于是问岐王:"此是何人?"岐王答:"是一知音。"随即让王维献上自谱的新曲。

那一天,是他风华毕显的日子。王维应手挥弦,意态潇洒,所弹的曲子哀婉凄切,动人心魄。一曲终了,公主问王维:"此曲何名?"王维起身回答:"郁轮袍。"公主听了,极口称赞。

岐王又言:"此生不仅精通音律,擅奏琵琶,而且就文章而言,恐当世也无人能及。"公主向王维索要诗稿,王维将事先抄录好的诗卷奉上。公主惊其才华,命人请他入室更衣,再排宴席,请他入首座。席间,公主冷眼旁观,益发觉得王维举止得体,风度端凝,更兼风流儒雅,谈吐清新,心中暗自称许。那年科举,王维很顺利地鳌头独占,夺得第一名。

若说起来,王维是个幸运的人,出身山西望族,少年得意。别人终其一生也可能只是个寒士,而他仕途平顺,官至尚书右丞,要辞官,皇帝还死活不让;晚年他半隐半仕,买下了前辈诗人宋之问的辋川别墅,寄情于山水田园之间,留下不少脍炙人口的清诗丽句。他的一生只是在"安史之乱"时受了点挫折,却也像是山水行云里的奇峰迭起,平白添了画意。离乱更饱满了他的心灵。

在被安禄山软禁期间,有乐工雷海清殉节不屈,慷慨赴死。王

维哀伤他的节烈,写下一首小诗:

> 万户伤心生野烟,百官何日再朝天?
> 秋槐叶落空宫里,凝碧池头奏管弦。
>
> ——王维《菩提寺私成口号》

这首诗哀切动人,极好地反映了王维悲愤无奈的心情,隐晦地表达了不得已沦陷于伪朝廷中的官僚暗自坚持的忠贞。这首诗渐渐被人传诵到西逃的皇帝耳中,后来两京收复,王维竟因此诗被从轻发落。

春风得意,亦历忧患,富不易其心,难不夺其志,这样的男人,惯来符合中国人标准。对男人而言,可算是精神上的典范;对女人而言,则是梦中的才郎了。

当年,也是在诸王的饮宴间,大家谈到春秋时的息夫人。有人当筵向王维索诗,王维遂挥笔写下一首《息夫人》——

> 莫以今时宠,忘却昔日恩。
> 看花满眼泪,不共楚王言。

春秋年月,息侯之妻息妫到蔡国探望她的姐姐,姐夫蔡哀侯对她失仪无礼。息侯一怒之下,引楚兵入境,灭了蔡国。成为阶下囚的蔡哀侯嫉恨息侯,在楚文王面前极言息妫的美色,赞她:"目如秋水,面若桃花,长短适中,举动生态,世上无有其二!"又极言:"天下女色,没有人比得上息妫!"

楚王闻色心喜。公元前680年,文王伐息,灭息国,夺息妫为夫人。息夫人至楚,三年不同楚王说一句话。楚王问原因,她说:"我一个妇人,身事二夫,即使不能死,又有何面目同别人言语?"

两个国家先后因一个女子而败亡,似乎正印证了那句"红颜祸水"所言不虚。所以后世卫道者纷纷责难息妫,觉得她应该在息侯被俘虏之时,就得赶紧着拿根绳子上吊,自杀殉节才是。仿佛这样就能扭转历史的局面。连杜牧也不冷不热地说:"细腰宫里露桃新,脉脉无言几度春。毕竟息亡缘底事?可怜金谷堕楼人。"他用殉节的绿珠来反讽息夫人。然而他自己却是个青楼薄幸人。

王维则不这样想。他能够设身处地地为息妫考虑,怜悯她的处境;寥寥二十个字,就写出息妫的两难处境:面对着两个爱自己的男人,一个因自己亡国为奴,一个对自己百般娇宠,还生有两个儿子,爱不得,恨不得,再深的痛苦也只能像冰雪飞落大海,水深无声。

息妫是艰难的。一树桃花要等到桃之夭夭,是一生一世,砍掉它却只是片刻惊动,对一个人坚定,对一份感情坚定,比变心要艰难。坚持,往往是一个人走在荒漠里,烈日炎炎,近无帮助,远无希望,还要继续走下去的感受。

"看花满眼泪,不共楚王言。"沉默坚持的息妫,她内心的凄楚,

【看花满眼泪　不共楚王言】

恐怕只有像周慕云寻个树洞，对着树喃喃自语的落寞可以比拟。

谁叫她不是一个"能以今时宠，忘却昔日恩"的人？能够做个背信弃义的人也是一种能力，做奸雄更需要天赋。有些人，却是栀子花般的清洁，隔夜就萎谢了，衰败得刺目。个性里注定是金销玉碎，不能两全。这种人不管岁月如何叠加，灵魂始终锐利而洁净。

周作人曾有一段话评说息妫，说得恳切。他说："她以倾国倾城的容貌，做了两任王后，她替楚王生了两个儿子，可是没有对楚王说一句话。喜欢和死了的古代美人吊膀子的中国文人于是大做特做其诗，有的说她好，有的说她坏，各自发挥他们的臭美，然而息夫人的名声也就因此大起来了。老实说，这实是妇女生活的一场悲剧，不但是一时一地一人的事情，差不多就可以说是妇女全体的运命的象征。"

我们现在知道，夺人之妻为己有的抢夺式婚姻，属于人类早期婚姻史上常见的现象，在春秋战国时屡见不鲜；息亡因息妫而起，却非息妫之罪。后世那些哄嚷"女人误国"的卫道君子，都属于站着说话不腰疼，呶呶哓哓，不值一提。

而在千年以前的唐朝，王维就能够将心比心，理解身处离乱年代的女子的坎坷和唏嘘，煞是不容易。怪不得他的夫人死后，王维一直不娶，晚年专心礼佛，恬淡余生。在他之前之后，前后左右，都是三妻四妾不死不休的男子。而王维，不论对感情的珍视，还是对女人的理解，都超越了那个时代。这个男人，不止可以在林间松下为你抚琴，明月清溪下陪你散步，更可以在寒夜里握住你的手替你取暖，是在你死后，还会对你念念不忘的那个人。

诗画双绝，音乐奇才，翩翩公子，俗世丈夫，王维之所以是王维，在于他的不可替代，绝世难寻。男子，才子，公子，君子。世可集四者于一身者，虽然不多，王维一定是一个。

我想，在被安禄山软禁，封为"伪官"的时候，王维一定有"看花满眼泪，不共楚王言"的相似感受。暗自坚持的忠贞，不可妥协扭转的情感，说大了，不止是爱情，也可以是故国故园之思。中国人的节烈观，诚然毁人不倦，但每临大事，亦能树人，强心，光大国魂。文天祥的"人生自古谁无死，留取丹心照汗青"是男子的贞洁，息夫人的"看花满眼泪，不共楚王言"是女子的坚定。

息妫的结局已不可考。有一种传说是，终于有一天，她趁着文王出行打猎的机会，溜出宫外，与息侯见面。两人自知破镜难圆，双双殉情自杀，鲜血遍地。后人在他们溅血之处遍植桃花，并建桃花洞和桃花夫人庙纪念他们。楚人便以息夫人为桃花夫人，立祠以祀。后人又封她为主宰桃花的女神。

"千古艰难唯一死，伤心岂独息夫人"。息妫无可奈何地活，比干脆一死更让人怜惜。她的痛苦，难为王维冷眼旁观，却能够看得如许清透。

【不知世上功名好,但觉门前车马疏】

　　看到一句诗,"不知世上功名好,但觉门前车马疏"。想到王宝钏和薛平贵的故事,说来有些乡气,居然不像个千金小姐和青年才俊的浪漫爱情,一不小心就给划到劳苦大众的队伍里去了。

　　可不是么?连抛绣球也选了"二月二,龙抬头"这么大鸣大放的日子,不似是"三月三日天气新,长安水边多丽人"。可见她身娇肉贵的前生只算得个过场。不知是天意还是巧合,合着薛平贵日后要在西凉国做了皇帝?这一日,天叫一个彩球打中了他,他抬起头,可可看见楼台之上粉面含春裙裾飘飘的王宝钏。

应该说，是王宝钏先看中了他，不是他先惦记上了王小姐，想当时薛平贵丐帮小弟一个，既不是长老，也不是帮主，基本属于王家女婿招聘会当天被自动清场的三无人员，没点暗示，没点暗箱操作，那是没可能来凑热闹的，连门儿都没有。

王宝钏为何偏偏看中了他呢？事情还需由游春说起。那天，王宝钏外出游春，路遇轻浮浪子，是薛平贵见义勇为拔刀相助，相府千金王小姐本就厌烦这些自以为是不知轻重的纨绔子弟，眼见薛平贵虽然落魄却能急人所急，大有游侠之风，便动了怜才之心，不禁多看了两眼，只见薛平贵器宇轩昂，眉目周正，虽然衣衫褴褛，却有龙姿凤表。湖山如洗，她格外心明眼亮。熏风裹着花香泛来，她心下悠悠然兴起情思。

莫非那个人是他？短短一段路，她按捺不住，频频回顾。

很羡慕古代女子单纯的勇敢，实在搞不定了索性将心事付与天意，不似我等辗转反侧，费尽心机，保不齐还一个马失前蹄，前功尽弃。

王宝钏就是这样的好姑娘。她回家越想越觉得薛平贵就是自己想嫁的人。想定了就想出个主意，禀告父母说要抛绣球招亲，要于千千万万才俊中择一个意中人。父母一合计三个女儿前面两个都嫁得不错，第三个掌上明珠才貌家世都在这摆着呢，想必找一个女婿也差不到哪里去，何况宰相府邸的声势，寻常小子也不敢轻易凑近自讨没趣。不如遂了她意，凭她整出个新花样来，估计出不了大格，就图个热闹，叫她欢欢喜喜嫁了人吧，娇性如少女。

孰料王小姐暗箱操作。私下叫人引了薛平贵进来，可喜薛平贵竟也坦荡荡如约而至。又不知是王宝钏眼头准还是薛平贵手头准，总之天遂人愿，两下里居然一蹴而就。

如那戏里所唱：王孙公子千千万，彩球单打薛平郎。

宰相之女配了花郎汉，这一出出人意表，直跌破大众心理底线。多少王孙公子哀叹而去，宰相夫妇也面面相觑不知如何收场。

虽说是良缘天定，但月老这根红线分明牵得离谱了些。纠正一下行不行？

王宝钏暗爽在心，她冒险成功了！迄今为止，事态的发展一路都在她计算之内。

爹娘，她对住高堂表态，这个人我看上了，嫁定了。

想那王丞相也是久经人事狡猾的老狐狸一只。冷静下来即刻发现自己被小狐狸王宝钏摆了一道。不由得勃然大怒。好言相劝你不听，那么给点苦头你吃吧，晓得好歹以后就不敢这么肆意妄为了。

王丞相一怒之下表示，要男人还是要父母，要衣食无忧还是要上顿没了下顿愁，你自己选。一旦出了这个门，你再不是我王家女。

其实他倒未必是恩断义绝这么狠心。多半是一时架不住被女儿气着了，落不来台。孰料王宝钏真是个性情刚烈口硬心硬的，一激之下居然和父亲三击掌为盟，断了父女之情。此举不单叫老父目瞠口呆,更叫身在一旁的母亲猝不及防。

眼见得覆水难收,她倒是仰天大笑出门去了,两袖清风啊好不潇洒。

以往的论调不免骂宰相夫妇嫌贫爱富,逼走女儿女婿,我却说要怪就怪王宝钏一意孤行,自作自受。我要有这么个忤逆女儿,我也将她扫地出门。

爱,可以是一个人的事。相爱却必须是两个人的事,至于婚姻,就不单是两个人的事了。王宝钏处理事情如此简单草率,对待父母的态度粗暴冲动,EQ太低。实不足以做我等智慧女性之表率。

何况古时小姐眼皮子太浅,见个眉端眼正的就想着花前月下,会传情递柬隔墙赋诗就以为是社会精英,生生把自己的生活过成了冷笑话。

王宝钏看似不如此,何尝不是如此?不久,她和薛平贵慷慨激昂的日子果然过不下去了,《天仙配》里唱到"你耕田来我织布,你挑水来我浇园"——那是七仙女儿拿话来哄董永的。"寒窑虽破能避风雨,夫妻恩爱苦也甜"是劳动人民的美好愿望。要不是靠着仙女儿天上练就一身织布的本事,又施法招来六位姐姐帮衬,指着董永那点力气,那么实诚的心眼一辈子别想摆脱长工身份,逃脱地主老财的剥削更是不可能的事。

薛平贵于是决定去参军,谋个前程。王宝钏留不住他,心知这是他唯一的出路。不然只有双双饿毙的份儿。爱情永不会是男人

【不知世上功名好 但觉门前车马疏】

生命的全部。她所珍爱的,必将弃她而去,这是她的宿命。谁叫她爱上的,是这个男人可能的、光明的未来。不知她有没有暗自后悔,以她的刚烈,就算是后悔,也不会回头。

马就系在远处的树下,他要走了。留给她干柴十石米八斗,嘱咐她在寒窑度春秋。他也知道这点米粮不抵什么,可他现下能给她的全部,也就这么多,所以对她说:"王三姐呀,守得住来你将我守,你守不住来将我丢。"

他话已言明,皆因他知前途未卜,生死难测,他走后这点米粮绝不够一女子常年过活,所以他有言在先,宝钏啊,如果你实在过不下去了,有合适的人,你改嫁了我也不怪你。如此给她留后路,也是给自己留了后路,他话虽残酷,终是好男儿坦荡荡。

王宝钏应道:"奴在寒窑就度春秋。守不住来也要守,纵死寒窑我也不出头!"这般斩钉截铁义无反顾,似乎有非把自己逼成贞节牌坊的意思——她已经是烈女了,就欠个贞节。

结果那薛平贵接着来了一句:"着哇!三姐说话志量有,上得古书美名留!"你自己要当贞节烈女,我乐得成全顺手送你个牌坊。

在王宝钏的一生中,真正快乐充实的时光,不过是小乔初嫁了,与他朝夕相对的一段日子,那时她如神仙临凡,她看他如陌上春动,英气勃勃,彼此有一种相知相惜的喜意,可惜良日苦短,等生活的艰窘来磨损爱意,他转身奔赴前程而去。爱情从现实走向虚幻,而王宝钏陷入一种无法掌握未来的盲目等待当中。

十八年中，王宝钏停留在回忆中过着清教徒式的生活。她一个人，将等待变成一种姿态。有多少寂寞也得摁住了，按成了心头的朱砂痣，守成了心上的白月光。

等待是一种姿态。她愿意将这姿态不计代价无休无止地延续下去。这一行为已成为延续她生命的意义和信念。十八年，她由青春少女变得年老色衰。她的男人却由无名小卒，跻身异国新贵之列。

在离乡最初的日子，王宝钏的确是薛平贵为之奋斗向上的动力，为了不负相府千金的深情厚望，他决定舍生忘死也要干出一番惊天动地的事业来配上她的青春貌美，报答她的慧眼识珠。可惜在他飞黄腾达的时候，她却青春陨落直线向下了，男人和女人的不同在于，男人历经患难后常常会保值，而女人一旦辛苦操劳便会贬值乏人问津。

再浓厚的深情，再坚定的心意，也抵挡不住时光滴水穿石。经年累月，他四处奔波生活起伏跌宕，最终连他也拽不住记忆的线索。她的影子在他印象中越来越模糊。

——谁也无法阻挡爱情的时过境迁，包括我们自己。

她以为自己完美成一座道德丰碑供众人仰望，殊不知早已成为男人床边的蚊子血，嘴边的白饭粒。当迟暮美人王宝钏在武家坡再遇衣锦荣归的薛平贵，她仅有的是一个连她自己都无法相信的希望和一具憔悴的躯壳。

【不知世上功名好
但觉门前车马疏】

　　故事的发展其实早已与她无关,她出来只是走个过场,让远道而来的男人有机会在这个农妇面前表一表这十八年奋斗的功业,顺便满足一下男人良心上的愧疚。薛平贵为了良心上的平衡,甚至假扮陌生人来试探王宝钏,一旦她不贞,他也有了理所当然的理由将她弃如敝屣,他终于成了上等人——也终于成为他当年所不齿的轻浮浪子。

　　他也不是无情无义,却多少有些自私。多年来,他一直徘徊在良心与道德的边缘,他曾悄悄托使者为王宝钏带去书信金帛,却对另配佳偶的事只字不提。瞒得一时是一时吧。

　　当迟暮的王宝钏从窑洞里走出,她以为自己经受住了漫长的考验,得到了应有的回报。这一刻她足够自豪,因她足够忠贞。可惜她随之看见了他的不忠贞,她看见的,不再是日思夜想的薛平贵。他身边还有个她意想不到——另一个貌美如花的女人,她款款地自我介绍:"我叫代战,是西凉国的公主。"

　　她怔住了。这是她死也料想不到的,在她美好的构想中,十八年的等待只通往花好月圆的伟大结局。月明星稀也行,但是只要他和她两个人天荒地老,可现在,不期然,他有了新欢。

　　抑或这是她刻意忽略的一种可能,她一直以为他的世界干净的人烟灭绝,除她之外不该也不会出现第二个人。不会有第二个为他斟茶递水,为他叠被铺床的人,不会有第二个女人出现对他暗送秋波投怀送抱,继而满足他生理或心理的需要。她忘记了,那漫漫长夜的温暖,岂是一个男人凭意志力可以抗拒得了? 这无关道德。

王宝钏真实的心理绝不是如戏里唱的那样,志得意满穿上皇后礼服,大殿上得意扬扬对着父母大放厥词证明自己眼光独到苦守成功。她所面临的是残酷危险的现实,她该小心谨慎、卑微地想一想,凭什么在别人的地盘上耀武扬威?她要做的,绝不是大度地表示接纳丈夫的新欢,而更应该是小心翼翼,让丈夫的新欢容纳下自己。

任她如何努力地柔情似水,丈夫的体贴里藏着掩也掩不住的冷淡。他们不再心有灵犀,那多年前温柔真挚的少年,眼中柔情就可溶化她身体的少年,早已在时光中死去。原来,一切不过是她心里虚妄的执着。一切不过是她为了坚持而坚持的一厢情愿。

他现在给予的温存,再不复当年鲜活的冲动,甚至一点都不真实,充满了敷衍的味道。那只是为了补偿给予的配合。该悲哀还是庆幸,她还没有丧失一个女人最后一点关于爱的感知力。

——她清醒地意识到他不再爱她。

现在,她后悔了,死守着一段早已死亡的爱情,如同死守着爱人的尸体,该腐烂的还得腐烂,该灰飞烟灭的还是灰飞烟灭。爱情并不是生活的全部,她曾经矢志使爱情成为生命中最重要的事。她不懂得女人若想自己的生命活得有价值,需要爱情,却不可将全部的希望寄于爱情。尤为可悲的是,她舍弃了亲情,而亲情才是生命真正不可或缺的。

如果一个人,连与生俱来的亲情都不懂珍惜,那她注定和爱情

【不知世上功名好】
【但觉门前车马疏】

失之交臂。

  十八年的等待换来十八天的团聚。十八天后,苦尽甘来的王宝钏死了,她的死,成全了薛平贵,她的死,对他而言未尝不是解脱。从此,他可以安心放下道德上的枷锁,顺理成章地和代战公主在一起了,他和另外一个女人心安理得地享受着她梦想的生活,名利,财富,地位,安逸,这些现在都有了,都离她而去了。

【昔日芙蓉花，今成断根草】

"汉帝重阿娇，贮之黄金屋"，李白的《妾薄命》写的是汉武帝的废后陈阿娇，我却想由武则天身上说起。

那还是武则天才入宫的时候。十四岁的她本还是闺阁稚女，过着"笑随戏伴后园中，秋千架上春衫薄"的无忧生活，却因为"人言举动有殊姿"被重色思倾国的唐太宗充入后宫，封为才人，赐号"媚娘"。一时恩宠无极，芳名传遍大明宫。虽不及李白写陈阿娇那"咳唾落九天，随风生珠玉"般的贵重骄矜，然而对于一个非士族门阀出身，毫无政治根基的初入宫的小宫女来说，这已是了不得的恩遇。

【昔日芙蓉花
今成断根草】

她自然得意。她不过是妙龄少女，虽然天资颖悟，因为入世尚浅的缘故，没有那么多机心，亦不懂得要做些收敛，像皇后贵妃那样端然平和地不动声色。初临恩宠的她不知道什么是"宠极爱还歇"，只是欢欣雀跃，一团欢喜。

然而不久她就失望了。这是必然的。君王的眼睛在花丛里穿梭，人人仰着脖子等着甘霖降落，天子的情意岂可在一个小小的武媚娘身上羁留？你再娇嫩亦不过万花丛中一朵，不过开得娇艳撩人，先攀折下来被把玩几日。

她被冷落。李世民或者觉得她锋芒太盛，要给这小丫头一点教训，或者已经厌倦了她，忘却了她，因此很久没有宠幸她。当时的武媚娘一定伤心寂寞得要死，像宫怨诗里的无数深宫怨妇一样，日夜祈盼着皇帝的回心转意。

大明宫重门深掩，岁月深长。难道就这样磨损自己鲜洁明亮光滑如缎的青春？不甘心沉沦的她在一个春光柔软的下午，打扮素净，谦卑地去谒见了新晋的红人——徐惠，徐才人。

柔美亮烈的徐惠看着垂首站在自己面前的武媚娘问：武才人，你我都是太宗的嫔妃，论起来，你的容色尤在我之上，可知皇上为何对我眷顾？

武媚娘抬起头，她明慧的双眼已经被忧愁蒙蔽。徐惠所说的，正是她暗自不服却又百思不得解的问题。她随即低下头，恭敬地请求徐惠的指点。

【人生若只如初见】

徐惠以一个女知识分子特有的冷静和清醒,看清了皇宫岁月君王恩宠的虚幻无常。她叹道:以才事君者久,以色事君者短。

这话正如当头棒喝!武媚娘默立花荫良久,轻声告辞出去。徐才人靠在门上看她离开,命侍儿轻掩了宫门。当时的徐惠一定不知道,自己不经意间的指点会造就一位倾国女主。

站在一千多年后时间的山峦上回望武曌这座奇峰,我们不得不承认她的幸运。如果,她一直被李世民恩宠的话,她就不会想到去另谋出路,以她的政治背景,至多混到贵妃。有儿子的话,或者能够安享天年,没有的话,去尼庵生殉或者死殉,别无出路。如果,她遇见的不是徐惠,而是赵合德的话,那她可能早已被打入冷宫或者直接处死了。当然,还有太多危险的假设,她一一的度过来,差一点,也不可能成为一代女皇。

徐惠的话醍醐灌顶般清涤了武媚娘的心,从此她好学奋进,色与才兼而事之,不久重获太宗青睐,也因此遇上了她一生的契机——李治。她由此和太子李治结下情缘,在太宗死后又被李治迎进宫中,先封昭仪,再做皇后,最终成为一代女皇。

然而,同样身为皇后的陈阿娇就无这等好运。她虽是长公主之女,又贵为皇后,母亲有拥立之功,自己和刘彻有青梅竹马之好,却无一个贤人提点她"以色事人,色衰而爱弛"的道理。致使千百年后李白为红颜嗟叹:"昔日芙蓉花,今成断根草。以色事他人,能得几时好?"

她不懂得,今人也有许多不懂得。女子总以为男人眷恋深爱可

【昔日芙蓉花】
【今成断根草】

以依靠长久，却不知全无思想的攀附，易使男人累也使男人倦，芙蓉花和断根草、红颜与白发之间，原不过一墙之隔。

李白说："妒深情却疏。"他是对的，无端的怀疑和猜忌最是伤人，它会让人对爱丧失欲望。不过李白亦是男人，他这样说是站在男人的角度审视爱情。人无法强大到彻底超越生活的时代，李白也一样，单看诗的题目《妾薄命》，就知道他也认为被男人抛弃的女人是薄命的。

我读古书，尤其发现中国人的圆滑可爱，一句话一个字有几层意思，有无限收缩伸展的空间，颠来倒去，却都是很有道理。比如"宽"，比如"仁"。宽仁之道煌煌，不单适之于男子，亦适之于女子。

古人要求男子贤德女子贤良。男人叹息着"唯小人与女子难养也"，不遗余力地剥夺女人受教育的机会，一边要求女人才色出众，一边又要按照男人们所打造的模型来规范她。至于这当中的悖论，多半是无须挂虑的。

男人要女人贤良淑德，女人的妒是万万要不得的。最好个个像西门庆家的吴月娘，睁着眼睛看老公走马灯似的娶小老婆，却能和众家妹妹笑脸相迎，还要一心为夫君延续香火拜求子息才好。这尚是一个小小的地主正室夫人的要求和涵养，至于一国之母的涵养，可想而知，就更要广大深重了。所谓"四海归心，天下兼容"，小小的女人心生生撑得比奔腾N+1代处理器还要有兼容性。

在爱情里，阿娇是单纯无辜的。她坚持的不过是她的老公只能爱她一个人。可惜，她的好命，她自幼的际遇害了她。她生来是万人之上，不需要避让，更谈不上宽容。若她是招赘驸马，像太平公主和武攸嗣那样，女高男低，没什么好说的；偏她嫁的又是皇帝，还是个心性才智出类拔萃的皇帝。她的骄矜，让她对皇帝夫君也总是理所当然地硬碰硬。刘彻无疑是个"爱情多元论"者，偏偏他又是皇帝，天下女子尽在其彀中。和他的文韬武略，丰功伟绩一样，他的好色同样不落人后，撂在皇帝堆里都名列前茅。

阿娇的爱情却太持久，太绝对。她的爱太尖锐，渐渐扎得他疼，成了肉中刺。当少年情怀不再，爱意已逝，他羽翼丰满，无需她母亲的帮助时，她的无才和善妒，看上去更是碍眼。废了她，也是了却他一桩心事。

只能怪她觉醒得太早，方式又太激烈，是她那个时代，她那个身份不该有的激烈。在那个时代，她太倔强地握住一个早该破碎的梦。当现实逼到面前的时候兀自不觉悟，不能相信他为自己筑的金屋，有一日也变得门庭冷落，乏人问津。

不懂得放手，亦看不开。死死地抓住，直到手里的东西死去。她不晓得，即使是千年以后的现代女子也会面临和她一样的痛苦——男人一旦变心了，依旧是"雨落不上天，水覆难再收"。

在爱情里"长门一步地，不肯暂回车"的，又何止是她和刘彻？

在爱里，我们没有人被饶恕。人性的恶、贪和善并存，亦如金石，虽历经千年而不变。只不过现在有法律可以凭借。男与女，仿佛站在一座天平的两端，看上去平等自然，其实法律之于人也只是所罗门王对魔鬼的封印，只能禁锢而不能杀伐。法律所禁锢的东

《西厢记图》局部　明　仇英

像《西厢记》的莺莺一样，元稹的莺莺也有过挣扎和困顿，但最终，还是投向了他的怀抱。一定是反抗封建礼教吗？追求恋爱的自由吗？

《芙蓉轴》 清 邹一桂

晏小山是我喜欢的词人。那种喜欢是豆蔻梢头初见的相知心悦，羞涩懵懂却真实。那时刚从唐诗中缓过劲来，投身宋词。一如是刚在浓春见惯了万花争艳，长调读起来便觉得冗长，小令恰好如出水芙蓉一样清丽可人，叫新读的人一见清新，再见倾心。

《大明宫图》 局部　元　王振鹏

她整个人，正是白梅如雪，不染尘埃。可惜清幽的梅，似乎从根本上不属于繁盛的大明宫。她是被命运带进来的冷眼旁观人。杨玉环进宫，她渐渐失宠，迁居上阳宫。沉香亭的梅花改成了牡丹，一篇《楼东赋》，改变不了爱情偏离的轨迹。

《月下梅花图》 元 王冕

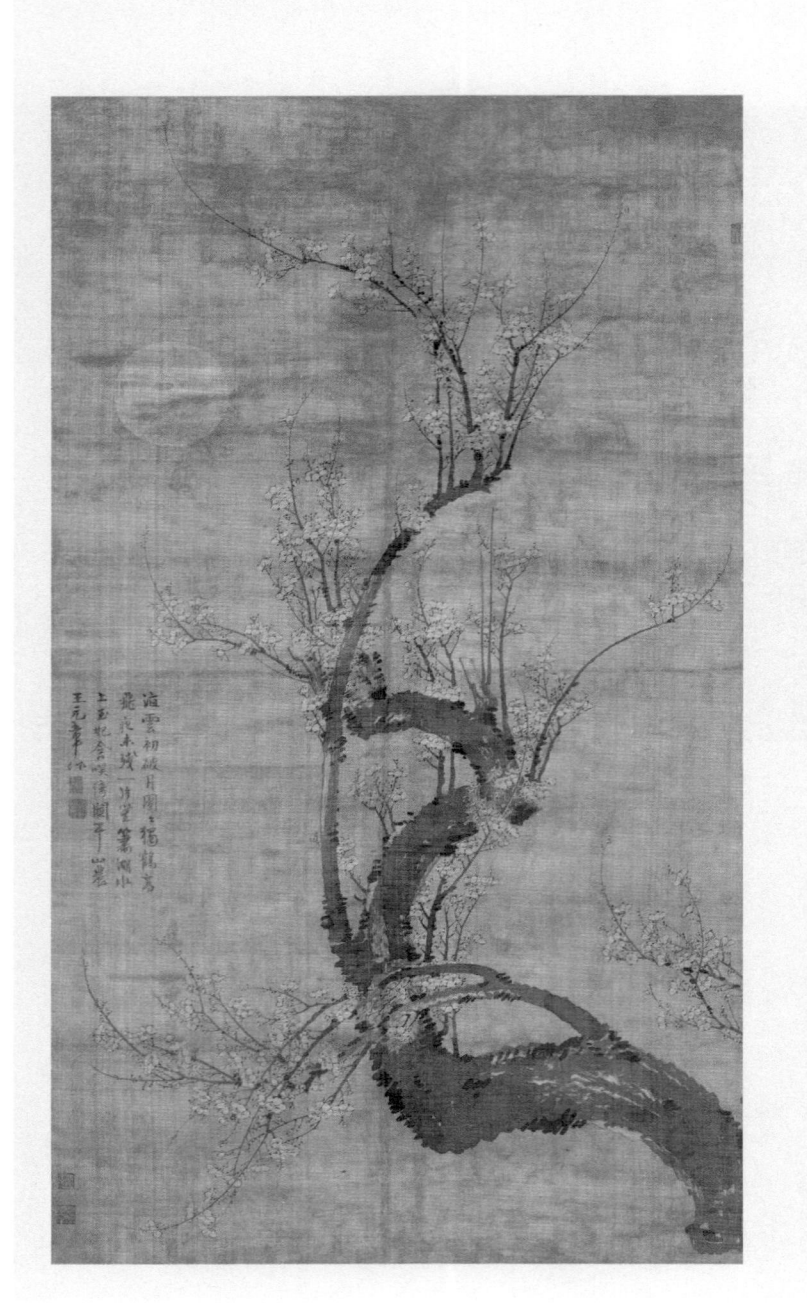

从古至今，很多文人都是爱梅成痴之人。这些人当中不乏才智高绝的，却再也没有人能写得出"疏影横斜水清浅，暗香浮动月黄昏"的绝唱。

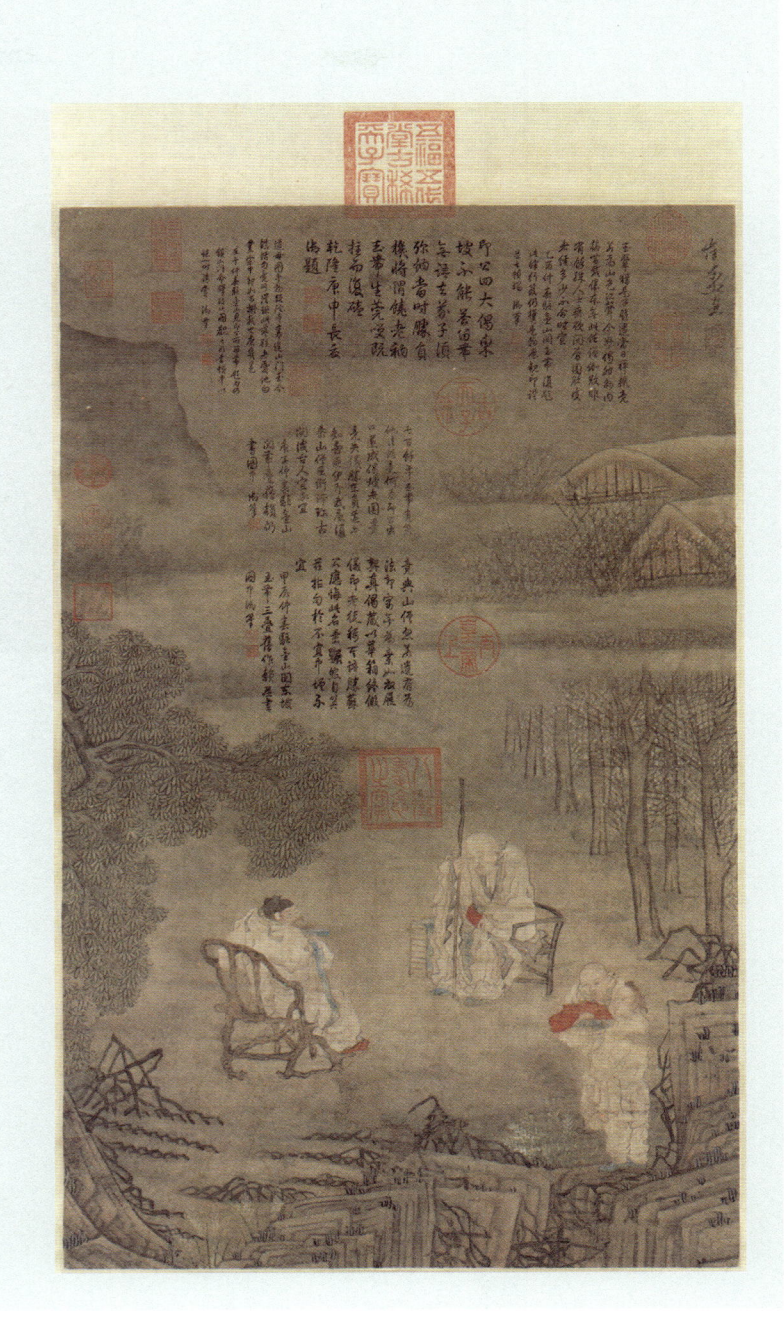

《苏轼留带图》 明 崔子忠

他和李白一样是天才。天才每不为世俗流法所拘，所经所历每每淡笔描摹，却是风雨也不能减损其意。

《韩愈画记卷》局部 明 沈周

韩愈勒马垂泪,模糊中他看见侄孙前来相迎,温情脉脉的脸。他一生都在追求精神上的超拔,家国天下,他操心的是天下,令他安心的还是自己的家。

《雪芦双雁图》 南宋 佚名

"问世间、情是何物,直教生死相许?天南地北双飞客,老翅几回寒暑。"一双雁的贞烈感动了一个词人,一个词人的感慨问住了我们所有人。

《胡笳十八拍图》 局部 宋 佚名

纵然有车如流水马如龙的队伍随驾,远方还有呼韩邪的盛大迎接,可是,别故乡,别故国,别故人,一骑红尘妃子泪,怎样的繁华如锦也掩不住,她灵魂里荡漾的萧瑟。岂能将玉貌,便拟净沙尘。

【昔日芙蓉花　今成断根草】

西,从来不曾真正被磨灭。

有首《如意娘》诗:"看朱成碧思纷纷,憔悴支离为忆君。不信比来长下泪,开箱验取石榴裙。"据传是武媚娘在感业寺为尼时所作,因为当中的缠绵哀怨之意,不像是日后回宫受宠,步步上青云的武媚娘的口吻。诗以寄情,她后来,没了那份缠绵悱恻的心境。

她思念李治,不甘心在尼庵里耗尽余生,回想自己当年在大明宫的青春岁月,不相信自己就这样颜老珠黄,被一群青春貌美的宫娥取代。任她一向心性坚定,在现实寂寞的压迫下也不得不开箱验取石榴裙,看着颜色鲜嫩如昔的红裙才有一点自信和安慰。

但有时候越是凭吊,越是悲伤。就像阿娇,请司马相如做《长门赋》凭吊自己的爱情。她没有才,只得花了千金请他人做枪手。

忍住疼痛把伤口划开,心头血不但唤不回君王决绝远走的心,反而化做别人笔下浓词艳赋的主题,千秋万载任人评说,实在是悲凉至深。司马相如写了又如何?那也是个见异思迁的男人;写的真切感人又如何?到底是男人,不懂女人心。况且,这厢书罢墨犹香,那厢,多情手已把玩新人发,与他人结同心去了。

君情与妾意,各自东西流。挽留不住的,终究挽留不住。

爱,需要宽容,但不是纵容。所以,一旦发现男人变心就放手吧,若有那个气度还可以敝帚自珍,扫干净自家大门,真诚地请他,永远地——莫再光临。

也许放弃,才能靠近你;不再见你,你才会把我记起。

【故人入我梦，明我长相忆】

　　白居易和元稹都是很有故事的人。那么来说一个他们的故事吧。有一天，白居易同弟弟白行简、朋友李十一同游曲江、慈恩寺。这两处是唐时长安著名的风景区。春天，与二三知交安坐树下，饮酒清谈。天气轻暖，薄薄的酒意引逗出的欢娱冲淡了时节变换带来的小小感伤。

　　白居易在微醺中想起奉命出京的元稹，写下这么一首诗《同李十一醉忆元九》：

【故人入我梦】
【明我长相忆】

　　花时同醉破春愁,醉折花枝作酒筹。
　　忽忆故人天际去,计程今日到梁州。

　　这首诗言辞简静,说的是,我和李十一在一起饮酒。醉意恰到好处地使我们松弛下来。抬头花枝繁,低头春酒暖,把酒言欢的愉悦使人不记春愁。醉眼迷蒙中,我们像顽童一样把花枝折下来当作酒筹。如此良辰如此好局,遗憾的是远行的你不能同来共饮,元九啊,计算你的行程,今日应该到了梁州了吧。

　　这本是生活中的一件小事,记下来只为一点情怀牵念。妙的是在同一天,元稹做了一个梦,梦醒后他写下一首《梁州梦》。

　　在诗的小序里他这样写道:"是夜宿汉川驿,梦与杓直、乐天同游曲江,兼入慈恩寺诸院,倏然而寤,则递乘及阶,邮吏已传呼报晓矣。"

　　梦君同绕曲江头,也向慈恩院院游。
　　亭吏呼人排去马,忽惊身在古梁州。

　　诗的小序,正是对内容最好的注解:这一夜我宿在汉川驿,梦见与杓直(李十一)、乐天(白居易)同游曲江,以及慈恩寺诸院,不一会儿醒了,亭吏在阶前准备马匹,窗外,天色微明,亭吏传呼破晓的声音远远传来。正在此时,梦醒了……我惊觉自己在梁州。

妙的是，元稹夜来所梦，恰与白居易白日所行丝丝入扣。更妙的是，与白诗对应来读，元稹此诗写实若虚，写虚若实。他写"亭吏呼人排去马，忽惊身在古梁州"，既是梦中情景，又是现实中他睁眼所见的实景。这般转合，巧妙地令人叹服。

白居易长安饮酒，元稹梦中赴会。娓娓道来，分毫不差。梦魂相应，又有诗文为证，事虽小，却颇具传奇性质。且放纵自己的想象，别去刻板求证它存在的几率有多少，它的美妙在于印证了灵魂自由的愿望。晏小山词有"梦魂惯得无拘检，又踏杨花过谢桥"之语，是说我的梦魂是无拘无束的，于是又踏着轻软杨花，随我的心意走过谢桥去会意中人。

此言不可谓不艳，却艳的连端然如理学泰斗程颐也忍不住颔首微笑，我不知程颐心中有过怎样的暗香浮动，才使他对小山这句话如此认同。这样的揣测是美妙的，我愿意相信程颐也曾有温软的少年情事。旧情像旧时衣，折叠起，压箱底，无意间翻起，心中仍有涟漪。

人生在世，有太多事不能如愿，如果连梦魂都被拘束住，那真是无路逃生。传说中，神取消了人飞翔的能力，将人禁锢于地上。幸好人依然拥有做梦的权利。灵魂安居于梦，梦载着灵魂飞出囚室，代替人去感受，去经历，甚至是突破自身的克制和压抑，完成现实中不敢，不可能实现的心愿。

第一个故事，邯郸古道上，落魄书生遇见了仙人，仙人给他一个

【故人入我梦】
【明我长相忆】

瓷枕。书生在枕上一梦一生,原本挣扎半生也遥不可及的功名现在唾手可得,又蒙公主垂青,荣华富贵那么轻易就到手,人生几番大起大落,八十一岁得病不治而亡。他醒来,仙人在旁含笑道,你的梦做完了?可惜我的黄粱饭犹未炊熟。

他望着他……仙人脸上的笑意比炊烟还要飘缈。书生手抚瓷枕,似乎还想抓住美梦余温。瓷枕冰凉,梦去无痕,他惆怅之中忽然清醒彻悟,人生如梦,执着是徒劳。

咏黄粱梦,元好问写得犀利,简直犀利地叫我哑口无言:

死去生来不一身,定知谁妄复谁真。
邯郸今日题诗者,犹是黄粱梦里人。

他说,那蜂拥而来题诗评论的人啊,自己依然身陷黄粱梦中呢,却在这里惺惺作态说三道四。——当我敲下这句话时仍悚然心惊,如同被钉住七寸。自审自视,我岂不是他所说的那种人么?我这样的黄粱梦中人,明知是梦,还不能悟——多可悲。

另一个故事来自唐朝的传奇小说《离魂记》,女主角倩娘爱慕自己的表兄,表兄却被家长督促,为考取功名离她而去,倩娘不愿,于是有了夜奔之举,数年之后,功成名就的男人带着倩娘衣锦荣归,人们才知道倩娘魂魄离体,千里相随,与爱郎做了夫妻生儿育女。

这故事令我想起岑参的一句诗:"枕上片时春梦中,行尽江南数千里。"——那思心总是迫切,是张开的双翼,强大的鼓舞,对于一个梦魂焦煎的人而言,上穷碧落下黄泉亦可,何况是区区人间万里之遥?

故事最后当然是大团圆结局,倩女灵魂回体,和王生喜结同心。这个故事有比《牡丹亭》更积极的意义,《牡丹亭》里的女孩因为一个梦郁郁而死,死而不休,有太多痴缠和幽媾的意味。当然,在汤显祖的笔下,原本清虚的痴缠和幽媾都化作激烈的为世所稀的美,一个女孩用生命雕琢爱情,使一个色情的春梦变成了情色的艺术。

相较之下,倩女离魂更具有现实指向。我不要生前苦恋,死后相会,我要这命今朝就为我所用,当我决定离它而去,我就要离它而去。没有任何一个人,任何一种人为的禁锢,可以阻止我,唯一使我却步的可能是,他不爱我!即便如此,我还是要奋不顾身地尝试。

——喜欢这样决绝的疯癫,不顾一切的坚决,荒诞孕育着强大的变革,生命由此分裂,显现出不同面目。为这无法测知却充满惊喜的存在,我们粉身碎骨在所不辞。

对梦的坚持,不在于死命地维护不让它破碎,而在于在梦醒之前,梦醒之后,我们是否能坚守同一种坚持。

梦是禁锢魔鬼的宝瓶,危险和希望相伴相随,最后宝瓶碎裂,魔鬼死灭,人要回归现实。现实中,元稹与白居易结识于唐贞元十九年。这一年他们同科登第,白居易在《代书诗一百韵寄微之》里,回忆他们结识的过程:"忆在贞元岁,初登典校司。身名同日授,心事

【故人入我梦 明我长相忆】

一言知。"

　　他二人实属至交,诗歌唱和篇幅之多为唐诗人中少见。大约诗到中唐,越发普及为日用品了。宴席赠别,唱游都不可或缺。他二人又能诗,绝非笔拙之人,无论是为着交情,还是为着你来我往心意相通的快意,这诗文总是少不了。白居易道:"每到驿亭先下马,循墙绕柱觅君诗。"元稹回应:"休遣玲珑唱我诗,我诗多是别君词。"——忍不住黯然,忍不住笑。他二人辞章往还,用情意绵绵来形容,亦不为过。

　　有趣的是,这两个人对女人都不算特别专一的人,各自的风流事颇有值得玩味之处,这两个男人之间倒真是直见心肠,忠贞得无可置疑。

　　相较梦的轻盈,我更喜欢辞章中"故人"这个词,它又悲又暖。似冬夜匍匐在脚下,一团缱绻的炉火。汉乐府里故人凄酸,欲语泪先下。白诗里的"故人"芳香甘醇,如一坛老酒,未入喉已叫人想念。

　　最哀的,不是知交零落故人憔悴。能相思相见相亲就是好的,哪怕是他"身上青云路",你"多病故人疏"亦两相无碍。最哀的,是故人反目,相见相望不相亲。他不再顾念你,反倒起心要害你——笑里藏刀,防不胜防。

　　据说,思念故人的助力是酒,我不知一朝饮醉,会是哪位故人入梦来?杜甫梦李白,道:"故人入我梦,明我长相忆。"此言深契我心。

【十年一觉扬州梦，赢得青楼薄幸名】

外公死了近三年。坟在高高的山上，幽闭的山区。下葬那天我去了，在山下为他送行。后来的两年，清明冬至都没有去，只是默然地，在心底遥寄心香一束。

现在想起来，那天仿佛有雨。一切像极杜牧的诗——

清明时节雨纷纷，路上行人欲断魂。
借问酒家何处有，牧童遥指杏花村。

只是那个牧童,已经长大了。

这首诗亦是外公教的。小时候有一本画册,一面是诗,一面是画,画上是杨柳轻曳,细雨霏霏,一个人,青衫落拓,向一个牧童问路。牛背上的牧童正在吹笛,扬手一指远处杏花掩映的村落,倒是满脸喜气。眼见得还是未经人世,不识忧患的好,天地一萧萧的时候,独他平然喜乐,心中仍是一曲村歌,流漫于阡陌间。人世也是这样婉转清亮。顺着他的手,再看那个文人,形容瘦损,黯黯的。许是刚上坟回来,还未解得愁绪。一老一少,一悲一喜,霎然生动,虽是画工拙劣,却也抵得过了。

这首诗大好,似一幅绝好的白描画,于通俗平易间,带出一抹伤春悲逝的绮思柔情。这样一首好诗,在《樊川诗集》《别集》中却没有收录,《全唐诗》中也不见它的踪影,因此有人说这不是杜牧的作品。在我看来,这当然应该是他的作品,不然多可惜。即使是在烟波浩渺的诗海里,能找到这样既可以是诗、是词、是曲,也可以是小说的佳作也不多。这首诗如同惶惑幽深的时间,有无限的可伸展性。

清明时节雨纷纷,路上行人欲断魂。借问酒家何处有,牧童遥指杏花村。(诗)

清明时节雨,纷纷路上行人,欲断魂。借问酒家何处,有牧童遥指,杏花村。(词)

[清明时节]雨[纷纷],路上、行人,[欲断魂]。借问:"酒家何处?"[有牧童]遥指——"杏花村"。(元曲)

甚至,可看做一部小说,它具备了小说的各个元素:时间、地点、人物,故事的发生、发展,至于结局,一句"遥指杏花村",更是有无限的想象空间在。其实诗词画都是一样,有时候太满了反而不妙,要懂得适当的留白才是高手。

童年的印象使这样的男子成了我印象中落魄文人的标准像。后来很多年,我都以为画中这个人就是杜牧,即使后来知道他是世家公子也一样。其实京兆杜氏自魏晋以来就是名门世族。他祖父杜佑是中唐宰相,有名的史学家,所撰《通典》一书,开典章制度专史的先河。他自己也是少年才子,二十三岁即作传世名篇《阿房宫赋》,应该是很得意的了。然而随着祖父和父亲的相继去世,仕途开始变得坎坷不平。他一直做着小官,几乎有十年,他是蹉跎在扬州,迷醉在二十四桥的青楼明月间。

我总在想,如果没有白居易的词"江南好,最忆是杭州",没有苏轼的诗"若把西湖比西子,淡妆浓抹两相宜",没有历代文人香词艳赋的粉饰,杭州会不会如此地芳名遐迩。

扬州也是一样。当年隋炀帝为了观琼花,开凿了一条大运河,扬州的繁华旖旎随着琼花的芬芳传遍天下,从此后是"腰缠十万贯,骑鹤下扬州"的销金窟,是"天下三分明月夜,二分明月在扬州"的锦

【十年一觉扬州梦 赢得青楼薄幸名】

绣地,是"人生只合扬州死,禅智山光好墓田"的温柔乡。

可是,若没有杜牧的诗魂相许,纵然扬州是千古名城,她还会不会如此情致婉转,缠绵得刚烈。霍霍地立在浩渺的水烟里,千年仍有自己的风骨。

杜郎,我和那些扬州的女子一样,唤杜牧为"杜郎"。杜郎的扬州既有"春风十里扬州路,卷上珠帘总不如"的绮丽多情,也有"二十四桥明月夜,玉人何处教吹箫"的惆怅伤惋。

写扬州的月夜,再没有人写过他。千载,有多少人从他这里偷了意去,数不清。"二十四桥仍在,波心荡、冷月无声。念桥边红药,年年知为谁生。"姜夔直接将他的诗写进了词里,怪不得王国维批姜夔写的隔,又说:"古今词人格调之高,无如白石,惜不于意境上用力,故无言外之味,弦外之响。终落第二手。"评得实在到位真切。

总觉得扬州,是杜牧之一个人的扬州,即使诗仙李白写了"烟花三月下扬州"这样氤氲妩媚的句子也一样敌不过。

和人一样痴心,有时候,一个城,也只爱一个人。

"十里扬州,三生杜牧,前事休说。"杜郎与扬州,是一场命中注定的纠缠,需要用一个城市来祭奠的离伤。

想起他写在扬州的《遣怀》——

落魄江湖载酒行,楚腰纤细掌中轻。
十年一觉扬州梦,赢得青楼薄幸名。

这仿佛是天已晓白,他的酒已经醒了,要告别时说的话。《遣怀》应该是在牛僧孺的感召下写出的自嘲之作。可是怪得了他吗? 牛李党争,他陷在其中挣扎反复,朋党相争的尴尬,比青楼风月更甚,政治消磨了一个昂然的青年。

十年一梦,他觉得是醒了,然而那魂却遗落在彼处。还不如遗落在彼处,风月尚可容身,政治已经没有容身之所了。

"落魄江湖载酒行,楚腰纤细掌中轻",他总是落魄了,带着潦草的潇洒。男人之间已经没有相处的余地,或许女人的温柔乡还可暂居,却也是暂居而已。这个人,是与柳永不同的,柳永堕便堕了,落便落了,能够自得其乐。"诚然风物忆繁华,非是秦淮旧酒家,词客多情应落泪,心中有妓奈何他?"从冯梦龙的"三言"中的《众名妓春风吊柳七》可以看得出,是柳永影响了文化沉淀极深的秦楼楚馆,而妓女们则激发了一个词人的灵感,饱满了他的艺术生命。

杜牧则不同,即使是沉迷风月的时候,他的心底也是清醒矛盾的。少年时代的际遇使他颇具大家风流浪子的潇洒;儒家思想的熏陶,让他始终抱着济世安民之志,然而仕途的不顺,却让他在现实中不断承受煎熬,在放与不放中踟蹰着。所以他会叹:"十年一觉扬州梦,赢得青楼薄幸名。"你看,"赢得"两字间的隐隐不屑,"薄幸名"后藏住的自嘲后悔之心,不是不难感觉到吧?

不过他毕竟是讨人喜欢的男人,当他沉溺其间的时候,也有深情如许。大和九年,他要离开扬州赴长安任监察御史的某个临别之夜,面对着相爱的女子,他写了《赠别二首》——

娉娉袅袅十三馀,豆蔻梢头二月初。
春风十里扬州路,卷上珠帘总不如。
　　　　　——其一

多情却似总无情,唯觉樽前笑不成。
蜡烛有心还惜别,替人垂泪到天明。
　　　　　——其二

她是十三岁的小女孩,娉娉袅袅豆蔻芳华的少女。不要以为杜牧有"恋童癖",中国人的传统婚姻是早婚早恋。因此她,十三岁也可以承欢君前了。何况是个歌女,风尘里摔打惯的。只是,她究竟是个小女子,与情郎分手时,心底的哀伤总比他深。明知他的归来杳杳无期,却不能有过分的要求;是情人不假,但只是歌女。她一准是哭了,所以惹他伤感地说:"蜡烛有心还惜别,替人垂泪到天明"。

于是,一句千古名句就在她的泪眼愁肠下锻炼出来。

蜡烛有芯他有情。

想象着,离别筵上,小小的她拟歌先敛、欲笑还颦的模样。盈盈泪眼就这样痛触人心。这个人,不知后来在他的心上停驻了几时。

他赞她美,诗句写得煽情无比,真实的心底恐怕未曾想过要娶她。

因为他,是清白家世的子弟,要娶的也是良家女。传说他后来在湖州喜欢过一个十余岁的女子,赞她是国色天香。可惜那时她太小,不能嫁娶,他只好与她家约好十年后来娶。不料蹉跎了十三年,待他再去时那女子已嫁作人妇,并生有两子,他于是很悲切遗憾,作《怅别诗》。诗说:"自恨寻芳到已迟,往年曾见未开时。如今风摆花狼藉,绿叶成荫子满枝。"

有人说,男人一夜,女人一生,我不喜欢这样的话,太粘牙,仿佛女子都是拎不起来的糖稀一样,必得要靠住男人这根棍子才站得住。但对一个十三岁的小女孩来说,她情窦初开时遇上的男子,必然是心田里一道深重沟渠。

水仙已乘鲤鱼去,一夜芙蕖红泪多。总会有些人,有些爱,是生命的阻滞,一生也无法翻越。只是不知,杜牧后来,还记不记得这个扬州的小歌女。一个,他曾经很喜欢的人。

我不确定!因为杜郎心中的红颜天下,与柳七是截然不同的。即使"二十四桥明月夜,玉人何处教吹箫",写得华美斑斓,恍若神话,他本身也不值得迷恋,因他不曾,也不肯为青楼女子放下身段去,写诗赠妓,也如文人咏梅赞菊。别人旁物如水似镜,最爱的还是镜中的自己。

青山隐隐水迢迢的扬州,秋尽江南草木凋的时节。我若遇上杜牧,肯定会邀他喝上一杯,因为他是我心仪的诗人;可是若我是个沦落风尘的女子,我宁愿遇上穷困潦倒的柳永。

【星沉海底当窗见,雨过河源隔座看】

"星沉海底当窗见,雨过河源隔座看。"李商隐的这两句诗非常亮丽华美,一如义山的诗本身给人的印象:宛若星河斑斓,有妩媚的壮阔,华美的哀伤。

应该是因为骨子里安逸荼靡的情绪作祟,所以我喜欢浓词艳赋如《花间集》多过于写实史诗,喜欢李白多过杜甫。我一直喜欢李义山的诗。他的诗学极了李贺的奇幻象征手法,青出于蓝而胜于蓝;又承袭了杜甫的精严顿挫和李白的浪漫自如。

"昨夜星辰昨夜风,画楼西畔桂堂东。身无彩凤双飞翼,心有灵犀一点通。隔座送钩春酒暖,分曹射覆蜡灯红。"像这样练字精巧的诗,兼有齐梁诗的艳和六朝民歌的清丽,诗风媚中有刚。我是极爱的。

后来喜欢他的洒脱。他生在晚唐,错过了最繁华荣胜的时期,又身处牛李党争的政治旋涡中,终身潦倒,郁郁不得志。当时唐朝式微,正逐步走向没落,可是除了咏史诗外,义山诗绮丽浓艳之处,丝毫不露末世悲凉之意,倒是颇有开元遗风。能不让自身遭遇霸占思想的人是可敬的,就像莫扎特,生活潦倒荒唐,音乐却圣洁无瑕。一味地自伤自怜,只挖掘自身的小情小意的人是放不开手脚的,境界自然也高远不了。

唐诗浩如烟海。李白杜甫双峰横绝,其余众人峰峦叠嶂,各有拥趸。边塞诗推岑参为首,五绝山水当属王维,七绝宫怨王昌龄写得新巧奇丽,情诗则是李商隐当之无愧独占鳌头。新旧《唐书》本传上都记载,李商隐与太原温庭筠、南郡段成式齐名,时号"三十六体"。(《小学绀珠》说:"此三人皆行十六,故曰'三十六体'。")李、温、段都善写爱情诗,段成式(又名柯古)有《红楼集》,也属于艳体,今已失传;温庭筠的爱情诗词还保留下来不少,但是爱情诗集大成者,对后世影响最大的仍是李商隐。所以"三十六体"的代表人物,应是李商隐。进而放眼晚唐众诗家,仍以李商隐为翘首。

义山以爱情诗著称于世,我想这与他的情感经历是分不开的。不然,如何能隔了千年,依旧撩人心弦? 他曾经有一段影响了他一

【星沉海底当窗见】
【雨过河源隔座看】

生的初恋。这段恋情最后以悲剧收场,是李商隐的心结所在,也是他的爱情诗充满忧伤迷幻色彩的根本原因。

　　李商隐的诗格受阮籍的影响很深,词旨隐晦,意境迷离,尤以他的"无题"系列最为难解,历代俱有争论研究。不过《碧城三首》是他写怀念初恋情人女道士宋华阳,当是无疑的。"星沉海底当窗见,雨过河源隔座看"两句就出自《碧城三首》之一。

　　二十三岁时,李商隐在河南玉阳山之东峰学道。唐朝崇道之风始于高祖李渊。有鲜卑族血统的唐帝,为了神话李姓,附会是太上老君李耳的后裔,形成了唐代"扬道抑佛"的宗教风气,即使贵为皇族宗室子弟,也不免会被遣送到道观清修。

　　这股风气在唐玄宗时代掀起高潮,这恐怕不得不归功于他曾借学道之名把心仪的杨玉环化进皇宫,成就了他的"旷世黄昏恋"。在爱情的滋润下,他灵感迸发,还在杨玉环的帮助下创作了一批对后世影响较大的乐曲,如《霓裳羽衣曲》《玄字道曲》《九真曲》和《凌波曲》等等。这些作品不单是皇帝崇道的产物,对后世戏曲艺术的发展也有深远影响。

　　至武宗时,"崇道"之风又掀高潮,士人学仙修道,遂成一时风尚。于是赶时髦的李商隐也跑去学道。刚上玉阳山学道时,李商隐还是很认真的,他对道家经典《道藏》下过苦功,以至于后来他情诗里的许多用句和隐喻都是源出于《道藏》。不过,世事正如老子所说的"祸兮福之所倚,福兮祸之所伏",天资颖悟的他在沉迷典籍研究的同时,对于房中术的理解也大大加深。他春心萌动,对男女之事的向往如春草埋根,如遇不上春风也就罢了,一旦遇上了,想不兴盛发芽都难。

有一天,像一个走在山林里未带雨具的人兜头淋了一场急雨一样,年轻的他邂逅了初恋女友宋华阳。宋华阳是侍奉公主的宫女,随公主入山修道,住在玉阳山之西峰的灵都观里。不料道心未成,爱情却不期而至。因为和李商隐常在两峰之间来往,年轻貌美的她很快就和李商隐双双坠入了情网。

李商隐和宋华阳心知彼此的感情是不容于清规教礼的。虽然当时公主王孙顶着学道的名义偷欢屡见不鲜,传说中高阳公主还和辩机和尚生了一个儿子,但清规戒律只可为特权阶级大开方便之门,俗话说,"只许州官放火,不许百姓点灯",人世不平正是如此。

于是他们只得背地偷欢。身体的契合和偷情带来的野性、生疏的刺激让他们如胶似漆,难分难舍。有时候不走寻常路反而可以领略到爱情的难言美妙。但是短暂的欢娱之后,深深的落寞便将两个人缠绕。正如他自己写的:"相见时难别亦难"。

被压迫的爱火往往分外炙烈。在每个相会的夜晚,他们都如飞蛾扑火一样尽力释放自己。然而在分离时分,黯然拥抱着对方,天将破晓,又将别离,当窗隔座,相对黯然,见星沉海底,良时已逝,不免怅然。李商隐看着窗外的冰轮皓月,抚着宋华阳的脸,感伤地说着爱的誓言:"若是晓珠明又定,一生长树水精盘。"这时候的宋华阳

【星沉海底当窗见】
【雨过河源隔座看】

只能依偎在他的怀里,默默垂泪。

天将晓,情未央,独看长河渐落晓星沉。爱得深切时,他视她为至高至洁的月,又像是月里嫦娥,所以情愿明天的太阳永远不再升起,他与她就此沉沦在黑暗里,留住,手指间爱的良辰美景。

激情的后果是宋华阳怀孕了。上头降下旨来:男的被逐下山,女的被遣返回宫。等待他们的是永远的别离……

时间可磨损感情,却不可磨损爱。对于曾经沧海的深爱,很少有人能轻易忘却,我相信李商隐也是一样。他和宋华阳的隐秘恋情实在不足以宣扬,然而义山毕竟是情深恋旧之人,聪明的他便利用道教中"秘诀隐文"的表达方式来遣抒心怀。这样一来,他的很多诗意更加清灵深远,让我们多了许多揣度和猜测。

很久以后他叹道:"嫦娥应悔偷灵药,碧海青天夜夜心。"他应该明白宋华阳是不悔的,因为他自己也不曾悔过。他为她写了很多诗,《锦瑟》是最著名的。

锦瑟无端五十弦,一弦一柱思华年。
庄生晓梦迷蝴蝶,望帝春心托杜鹃。
沧海月明珠有泪,蓝田日暖玉生烟。
此情可待成追忆,只是当时已惘然。

他对月长叹,只是因为"此情可待成追忆,只是当时已惘然"。

碧海青天夜夜心,他怀念那个不知结局如何的女子。她和嫦娥一样深锁广寒宫,如果,能寂寂终老已是幸运了。

"回望高城落晓河,长亭窗户压微波。水仙欲上鲤鱼去,一夜芙蓉红泪多。"这是他离别京城时写下的一首《板桥晓别》。今宵美景良辰后,余下了一地清辉;芙蓉红泪如血,触手凄艳冰凉,我以为这是你留给我最后的印记。爱的印记。

可是,思念清冷如霜雪。如果天明日光照耀,你我手里依然一无所有,也请你不要绝望,为我珍重。即使,告别爱情的时候,也希望你一切都好;我不再爱你的时候,也许不是我不爱你,只是,我已不能再爱你。

【唯将终夜长开眼，报答平生未展眉】

题目是元稹的诗《遣悲怀三首》其二的尾联，悼念其妻韦丛。

一个下午，颠颠倒倒颠颠，思绪盘旋的只这十四个字。

《遣悲怀》以前是读过的，只是太小，所以更喜欢《离思》之四："曾经沧海难为水，除却巫山不是云。取次花丛懒回顾，半缘修道半缘君。"

喜欢。有一个人喜欢自己以后就再不喜欢别人。取次花丛懒回顾，他的眼中只有一个人存在。要心如静水，安静得好像青灯古佛度余生的寂寥。似乎，以一生去殉一个人，才是可贵的。

可是又如何？写下这首诗的元稹为求取功名，赴长安，抛弃了莺莺，他最初的爱人。

这莺莺是唐传奇小说《会真记》的女主角，亦是《西厢记》里莺莺的原型。或者我们可以说，王实甫的《西厢记》是借了《会真记》里莺莺的壳。《会真记》又名《莺莺传》，是一部写实的作品。元稹写出自己的初恋故事，亦可算做他的忏情录，也就是自传。他就是那个张生。

一千二百年前，长安东边的那个小郡，小郡里的一座寺庙，寺名普救。春光和煦，一个年轻俊雅的男子在和尚的陪伴下，在庙中四处"随喜"。然后，他遇见了心中的如花美眷。

爱情，在一瞬间敲击心门，心中烟花绽放。在很久以后，很多人很多事都模糊的时候，我们依然记得爱情，是记得爱着的人，还是那个瞬间的灿若云霞的快感？它们无法磨灭，感慨让人"曾经沧海难为水，除却巫山不是云"。

在她犹豫不决的时候，他写了两首诗，托丫鬟送给她。

春来频到宋家东，垂袖开怀待好风。莺藏柳暗无人语，唯有墙花满树红。　深院无人草树光，娇莺不语趁阴藏。等闲弄水浮花片，流出门前赚阮郎。

——元稹《古艳诗二首》

【唯将终夜长开眼】
【报答平生未展眉】

是有感而发也好,是无意为之也好,不可否认元稹是调情的高手,这两首诗暗藏了莺莺的名字,意境旖旎,惊动了她的寂寞。她为一个仅有一面之缘的男人能一眼看到她高贵冷漠之下的委屈寂寞而欢欣雀跃。这使得她相信,她值得为他去冒险。

然后的再然后,在丫鬟红娘的牵线搭桥下,他共多情小姐同罗帐,二人同居了。应该感谢唐朝那个伟大的时代,母亲可以姑息,和尚也表同情,爱情是向阳花木早逢春,在门阀相对的大条件下,有相对的自由。

像《西厢记》的莺莺一样,元稹的莺莺也有过挣扎和困顿,但最终,还是投向了他的怀抱。一定是反抗封建礼教吗?追求恋爱的自由吗?这些都是后人牵强附会的东西,如同说宝玉和黛玉的爱情一样。其实爱就是爱,是发自本心的东西。世间事,也唯有它能超脱一切束缚。若不得解脱,终至坠灭,多半由人身上起。

他们也是这样的一对才子佳人。史载元稹十四岁明经及第,是当时少年得志的才子;而她,是佳人。我觉得这个"佳"字不是后来话本小说里用滥的那个"佳"字。莺莺有着独立的人格,或许,她比他还要聪明。即使是义无反顾投奔热情的时候,也显得冷静从容。对她来说,情爱是一块庄严的圣地,不需要任何堂皇的理由作借口,不需要任何羞惭猥琐的表情作掩饰,亦不需要任何患得患失的考虑。当她选择爱以后,她就毫不迟疑地来到他身边。这样的女人,你要得到她,除非交出自己的心。

他由此可能对她产生敬畏的心。我由此想到张爱玲之与胡兰成,亦是如此。她的冷落从容,反而使得他肃然敬畏。一个女人过于神圣肃静的爱,会是男人沉重的负担。他往往在短暂的欢娱之后,陷入莫名的情绪里,有浅浅的懊恼和犯罪感。这时,他宁愿自己面对的是一个轻佻的、欢愉的,不知世事、可以逗弄的女人,这样,他只需使出三分力就足够使她艳羡雀跃,如同胡兰成对小周。

男人喜欢女人聪明,亦只要聪明的温婉和顺。他们不需要女子的才气,只需要她们有灵气,能够懂得自己的得意和苦闷就已足够。当一个男人可以用三分力为女人撑住一片天的时候,我们没有理由再要他为那个需要付出十分力的女人留下。

当莺莺奔向他的怀抱时,元稹却要远上长安,奔向他的前程了。"通塞两不见,波澜各自起。与君相背飞,去去心如此。"爱情的悲哀莫过于此。

他后来曾经回来过。回来却发现,他们再也回不去了,他想在她身上得到的,关于需要的例证,她不再给他。

偶尔她会在深夜里独自操琴。她的琴艺精妙绝伦,琴声愁惨凄绝,但若尝试请她为他独奏一曲,她立即让红娘把琴收起来,挂在墙上,拒绝再弹。他对这种状况非常绝望,他们之间或许只有一公尺的距离,然而这一公尺,他再也无法靠近。

如果第一次,他在这场爱情里先下一城,但,这最后的一座孤城,她死死地闭了城门。

【唯将终夜长开眼　报答平生未展眉】

忧伤美好的初恋像春光一样无法羁留，他亦不过是陌上观花者，所以心怀眷恋而不哀戚，天明之后，淡淡地走上他的长安古道。

所有的诗人都是一样，他们年年伤春复悲秋，却年年伤春再悲秋，是爱恋春光秋色，还是爱恋年年岁岁不期而至的情绪，谁也说不清。或许只是习惯了，在某一个时刻去做某件事来证明自己的存在。

爱，有时只是某个时刻的某种需要。

三年后，二十四岁的元稹娶太子少保韦夏卿的季女韦丛为妻；三十岁时遇到薛涛；同年韦丛卒，元稹写下"唯将终夜长开眼，报答平生未展眉"的诗句。两年后，元稹在江陵贬所，纳妾安仙嫔；三十六岁时续娶裴淑，亦是大家闺秀。

他并不负情。"唯将终夜长开眼，报答平生未展眉"。这不是负情之人可以写出的诗句。他也会如他所写的那样："尚想旧情怜婢仆，也曾因梦送钱财。今日俸钱过十万，与君营奠复营斋。"他会在她的坟头，潸然落泪，手抚墓碑，无处话凄凉。

只是爱情，更像是邂逅一场盛景后，摆出的美丽苍凉的手势。

【从此无心爱良夜,任他明月下西楼】

　　自从知道李益和霍小玉之间的情事以后,我每次读到这首《写情》,都会觉得这是一双可怜人的写照。

　　　　水纹珍簟思悠悠,千里佳期一夕休。
　　　　从此无心爱良夜,任他明月下西楼。

　　你也许曾经遇上一个人,你与他相爱,以为他是你全部的需要和存在的意义。你爱他,如生如死如火如荼缠绵如呼吸;然而有一

【从此无心爱良夜 任他明月下西楼】

一九一

天你们分手了,得已不得已情愿不情愿,伤筋动骨声嘶力竭歇斯底里愤怒悲伤安静压抑,而那个人就那样消失于你的世界了。同时,他静默地关闭了你通向他世界的门。

天国的阶梯,消失在云间,你仰头瞻望思念的余光,只看见蓝天上白云轻轻流动,天上圣门已阖。你想念他,思念若水滴,还没落泪,就干了。

如果你为一个人彻骨痛过,你就会明白李益在说什么。他说,从此无心爱良夜,任他明月下西楼。失去了那个人以后,他再也没有千金一刻的春宵,也没有了风清月白花下相偎相诉的良辰美景。

从此,无心爱良夜,任他,明月下西楼。

有时越是情深意切,表达出来的情感就越淡越正。越好的茶,越不会以苦涩凌人。元稹花样文章的悼亡也归简静,千言万语只是一句"贫贱夫妻百事哀";苏东坡,十年夫妻情深似海,也只能说出"相顾无言、唯有泪千行"。李益的《写情》也是如此,心底有百般忏悔,也只能化做一句"从此无心爱良夜,任他明月下西楼"的叹息。

李益的诗是那样好,边塞诗雄浑有力,闺情诗清雅有致。"大历十才子"中他是翘楚。说他好,那是说得出,拿得出根据的。曾读他的诗,精彩处叫人忍不住扬眉动目,意态飞扬。他的"几处吹笳明月夜,何人倚剑白云天"(《盐州过胡儿饮马泉》),有太白的豪放高迈气;"别来沧海事,语罢暮天钟"(《喜见外弟又言别》),又得杜甫的沧桑沉郁之味。李益还有一首诗,一直是我最喜欢的边塞诗之一。

诗云：

> 回乐峰前沙似雪，受降城下月如霜。
> 不知何处吹芦管，一夜征人尽望乡。
>
> ——李益《夜上受降城闻笛》

这首诗是李益边塞诗的代表作，气势雄浑，苍劲幽远。恢宏地不像经历过"安史之乱"的离乱，我觉得气势意境都可以和王昌龄的边塞诗比肩。

李益生长的陇西，曾是汉唐历年的征战之地。当年西汉名将霍去病就曾在那里驰骋拼杀，因而留下了很多战争遗迹。其中最著名的要算"受降城"，它是汉将军霍去病在河西走廊接受匈奴投降的遗址。李益幼年时就经常在这些战争遗迹上凭吊那些曾叱咤疆场的英雄，长大后又曾亲身经历"安史之乱"。他有才情，又有丰富的经历和广博的见闻，是得天独厚的才子。如果他不是遇上霍小玉的话，也许他的人生会有另一种轩敞明亮。

那是在唐大历年间。那一年，霍小玉初初长成一个明艳无伦的少女，承母亲的旧业，做歌舞姬待客。清丽可人的她恰似一夜芙蕖迎风涉水而来，艳名动长安。而李益赴长安参加会试，中进士及第，少年登科，更是春风得意。他的诗每每是墨迹未干，长安的教坊乐工就千方百计地求来，谱上曲子让歌姬吟唱。长安无数豪门贵族请

【从此无心爱良夜】【任他明月下西楼】

画工将他所写的《征人歌》《早行将》等诗,绘在屏帏上,视为珍品。大历年间的长安城,无人不知李益李十郎的诗名。

《唐宋传奇集·霍小玉传》里说他:"生门族清华,少有才思,丽词嘉句,时谓无双。"要知道李益在笔记小说中形象并不好,和绝色佳人霍小玉的这段生死畸恋,几乎使他的诗名丧尽。很多人只记得他是那"才子佳人"故事里始乱终弃的负心人,因此小说里对他这样的评价应该算是比较真实可信的。

渐渐地,霍小玉也听闻了他的才名。她在饮宴间时常会唱到他的诗词,李益的《江南曲》听她唱来,格外悠然婉转。

每每当霍小玉慢转明眸,轻舒玉腕,按弦调歌,唱"嫁得瞿塘贾,朝朝误妾期;早知潮有信,嫁给弄潮儿"时,她神色幽怨,就好似兰花瓣落玉露,一咏三叹,如大珠小珠落玉盘。与她同席的人不免难过忧伤,却更被小玉的清新雅饬所袭倒,流连忘返。从一开始霍小玉和李益之间就有一种明明暗暗的牵扯,生生死死纠缠不休。久了,大家都知道长安名妓霍小玉唱李十郎的诗词是尽得其中三昧;再后来,连母亲也看出她对这个李益有些意思。

霍小玉能体会到李益诗中怨妇那种无可奈何的孤寂心情,是因为她心里始终摇晃着的悲凉,她本身也是这样无可奈何的一个人。父亲是唐玄宗时代的武将霍王爷,母亲郑净持原是霍王府中的一名侍姬。在她身怀六甲的时候,"安史之乱"起,霍王爷在御敌时战死,王府中人作鸟雀哄散。郑净持带着尚在襁褓中的霍小玉流落民间。长大后,困于生计,霍小玉做了卖笑陪欢的歌舞姬。

有时候她或许会想,如果没有"安史之乱"的话,自己会有怎样的人生?然而人生是没有那么多回望的余地的,开始了就不能回头。如果知道结果,母亲郑氏是不会请求街坊十一娘引着李益来见霍小玉的。

结果他们见了面。和所有花好月圆的故事的开始一样,他们一见钟情情投意合情意绵绵难舍难分。才子生在这世上本来就是要配佳人的,就好像天上浮云,水里游鱼,是天造地设的一场安排。

不久朝廷派李益外任为官。李益打算先回陇西故乡祭祖探亲,来年走马上任,一切安排停当之后,再派人前来迎接霍小玉完婚。

她疑心重重,半是惊喜半是忧,说起来,好像忧还是多一点。她霍小玉阅过无数男人,男人如风筝,好放不好收,这点警觉性还是有的。李益为了安抚她,取过笔墨把婚约写在一方素绫上:"明春三月,迎取佳人,郑县团聚,永不分离。"

我觉得,李益对霍小玉也是真心的。他写婚约时是动真心要娶她,没有负心的打算。只是做人往往都输在太天真,以为说出的话,写下的约就成了不可动摇、坚如金石的东西;我们都太一厢情愿,忘了人事无常,要留有一线余地。他和她这边山盟海誓,那边父母忙着帮他和人家海誓山盟,帮他跟豪门卢氏之女定下了亲事。

卢姓、韦姓、裴姓,一直都是唐朝很有权势的豪门世家。李益为前程计,又见卢氏品貌不差,犹疑一下也就顺应安排和卢氏结婚了。他新婚燕尔,在长安等待的霍小玉被理所当然的抛在脑后。

整整一年过去了,霍小玉隐隐的担忧终于变成了严酷的现实。任她望穿秋水,李益音讯杳杳。之前的誓言,不问也可知是不作数了。

霍小玉伤心之下,抑郁成疾。

写到这里,大约人都会以为霍小玉会痴情重病而死。这是没错的,然而霍小玉要仅仅是这样千篇一律的柔弱,我想也不用在这儿细细地描摹细节了。大不了又是一个痴心女子负心汉的故事,这么多年也着实看够了。

后来李益来见她了,可惜是被长安城中一位黄衫侠客绑架来的。见了李益,霍小玉爱恨交加,心知两人已经是覆水难收。小玉的决绝是女子中罕见的。在临终前,她紧握李益的手臂道:"我为女子,薄命如斯,是丈夫负心若此!韶颜稚齿,饮恨而终。慈母在堂,不能供养。绮罗弦管,从此永休。徵痛黄泉,皆君所致。李君李君,今当永诀!我死之后,必为厉鬼,使君妻妾,终日不安!"

这话够狠够绝。她再不说"今生已过也,愿结来生缘"的话,只是一路决绝到底。极爱翻成了极恨,似琵琶行的三叠——急管哀弦,逼得人透不过气来。他和她之间正应了那诗的上半句:"水纹珍簟思悠悠,千里佳期一夕休"。

据说,后来李益经常精神恍惚,似有似无地看到有男子和卢氏来往,便认为与卢氏有私情,常常打骂卢氏。

霍小玉因为绝色早夭,多被后人施以怜惜之意,李益却因此丢了才名,成了十足的负心人形象。虽然李益负心可恶,然而为此伤情而导致心理变态,一生中再没有快乐的日子,这种惩罚比死还严酷。我看他比因情而夭的霍小玉更可怜。

佛说人有三毒:贪,嗔,痴。霍小玉的死,难说是死在李益的负心,还是她自己的心毒。

如果说他们两个人可怜,那这故事里的另一个人——卢氏显然就是无辜了。父母之命,媒妁之言,比起霍小玉自择才郎,她一个养在深闺的女孩根本无权选择自己的婚姻,只有听天由命的份儿,却被无端牵进这场情殇里饱受磨折。

从此无心爱良夜,任他明月下西楼。看李益的诗句,觉得他应该是个有情的人。我相信他是爱霍小玉的。只是因为世事侵袭,不能够始终坚定,然而这一世的惩罚也够了。他送了她一命,她毁了他一生。在指责李益负心的同时,谁能保证自己就坚如磐石?

爱情本就该是你情我愿,两不相欠的清洁。彼此付出也不计较,怨恨也应能饶恕。我欣赏的是霍小玉的刚烈,而不是报复之心。但这世间恩怨情仇如丝如茧,不知何日解了三毒,世人才得解脱?

【第三辑】

【落花人独立，微雨燕双飞】

　　晏小山是我喜欢的词人。那种喜欢是豆蔻梢头初见的相知心悦，羞涩懵懂却真实。那时刚从唐诗中缓过劲来，投身宋词。一如是刚在浓春见惯了万花争艳，长调读起来便觉得冗长，小令恰好如出水芙蓉一样清丽可人，叫新读的人一见清新，再见倾心。

　　他和他的父亲晏殊，都是小令的坚持者。宋初的词坛，风气未开，作者尚少，还很寂寞。自晏殊崛起，喜作小令，流风所及，影响甚大。自小山之后，便是柳永的长调渐入江湖，小令日衰，写得好的更少。我观小山以后的人，少有人将小令写出"长烟落日孤城闭"的悲凉,"碧云天,黄叶地"的萧壮,少有人写出"红杏枝头春意闹"的清丽,也绝少有人写出"泪眼问花花不语,乱红飞过秋千去"的感伤。

小山之后,是小令的消亡。晏几道是一段年华的谢幕人。少年时父亲正高居相位,烈火烹油鲜花著锦的好富贵,对他来说不是梦,而是活生生的现实。也曾诗文博富贵,恩荫入仕,一阕词引得龙心大悦,做了清贵的官。

后来,父亲死了,应了一句古话:"树倒猢狲散。"那些猢狲们都散了,去攀附新的树,世事改变了,人事翻新了,独他不愿醒来。是词人的浪漫本心,宁愿和李煜一样,放纵自己沉溺在南唐旧梦里。

他变成一个终身生活在回忆里的人。

小山词中多酒,多梦,如果抽去了"酒",小山词会黯淡失色许多。读他的词就像是朦胧微醺时行在回忆的路上,步步流光溢彩,可是酒醒后回望来时路,却只有四个字——悲辛无尽。

《小山词》中我最爱他那首《鹧鸪天》,当中那三句"从别后,忆相逢,几回魂梦与君同",是引我读宋词的开始。如今仍能遥遥忆起,年少时读到这阕词的心悸神摇,似杨柳舞春风。

彩袖殷勤捧玉钟,当年拼却醉颜红。舞低杨柳楼心月,歌尽桃花扇底风。 从别后,忆相逢,几回魂梦与君同。今宵剩把银釭照,犹恐相逢是梦中。

——晏几道《鹧鸪天》

【落花人独立】
【澈雨燕双飞】

没有几个多愁的、细致的、婉约的、多情的女子能抗拒这首词，假装浪漫的话就更不能。有一种毒，名婉约，能让人甘心含笑而死。

醉颜，是撩人的红，抚着，感觉温暖滑腻，手颤了，酥麻入心。

娇颜，冰肌，眸凝春水。

爱情，在他的手掌之中解冻，涓涓潺潺。

公子，为你一舞如何？当年在沈公子家初见……

是的，他记得她的舞姿。

她低了头，舒了舒水袖，抬头，曲了腰身，嘴角，笑意缠绵。依稀仍是当年模样。

颤，巍巍。如桃花临水。

她的舞引他入迷。他痴痴地看，想起当年沈、陈二人家中欢歌宴饮的情形。小莲、小鸿、小蘋、小云或歌或舞，风姿各别。但有一样是相同的，她们未曾对他有过怠慢。或许是她们不敢，她们的身份卑微，而他，虽然家道没落了，依旧是相国公子，主人的上宾。

因此她们待他，没有外面那种世态炎凉爱人富贵憎人贫的那种怠慢。她们爱他，爱他风雅，爱他的才，爱他丁香花似的忧伤。这是他最后能获得的一点安慰。

好景不长。沈廉叔和陈十君这两位情投意合的朋友死后，小莲、小鸿、小蘋、小云流落江湖，他失去了最后一片栖身乐土。

不料多年后，他又遇上故人。

《鹧鸪天》写他与相爱之歌妓相逢的情景。"彩袖殷勤捧玉钟,当年拼却醉颜红",是浓醉前的殷勤;"舞低杨柳楼心月,歌尽桃花扇底风",是歌筵时的丰盛绚烂;"从别后,忆相逢,几回魂梦与君同",是爱的刻骨思念;"今宵剩把银釭照,犹恐相逢是梦中",是相逢后的喜悦无限。

这首词,满足了爱的全部需要,却如此的精短深长,最难得用语淡而有致,不好堆砌。如爱到最后,是情多无语,水深无声。"从别后,忆相逢,几回魂梦与君同",超越了一般的男欢女爱,那淡到极点的思念,侵蚀到梦中。当中隽永之处,细细体味,能让人心动神摇。

是的,小山的词是这样的,好像清水莲花,艳而不妖。格调,小山一生未放低的是他的格调。所以他写爱情,他写艳词丽语,写到动摇人心,却绝不为人轻分罗带,出卖颜色。甚至,当位高权重的苏轼慕名去拜访他的时候,这位已经日暮途穷的贵公子,依旧很倨傲地说:"今日政事堂中半吾家旧客,亦未暇见也。"

他很不给面子地对东坡说:现在朝中的亲贵大臣,多半我家从前的门客,我都不想见,你自然也免了……搞得这位文坛领袖很没面子。这可是苏轼啊,只得摸摸鼻子离开。换了别人,还不知怎样记恨,回头怎样去刁难他呢! 这个任性的孩子。他自己的艰难障碍,是他自己一手造成的。

说起来,苏门四学士中的黄庭坚算是他的知音,黄庭坚称小山是"人杰",却也说他痴亦绝人:"仕官连蹇而不能一傍贵人之门,是一痴也;论文自有体,不肯作一新进士语,此又一痴也;费资千百万,家人寒饥,此

【落花人独立】

【潋雨燕双飞】

又一痴也;人百负之而不恨,已信人,终不疑其欺己,此又一痴也。"

他升不了官,不会利用一下老爸的资源,厚厚脸皮跑跑后门,是痴;文章写得行云流水,却不去参加科举考试,是痴;一生花钱无数,家人却饿得哇哇直叫,是痴;被人骗了一次又一次,却仍以诚待人,是痴。

庭坚评论小山的话一针见血,又充满黑色幽默,让人看了忍不住莞尔一笑。用这"四痴"概括小山的行事为人,可谓精当绝妙。从黄山谷的勾勒中,不难看见一个失意而狂傲的词人背影。如果说李煜是永远也长不大的孩子,那么晏几道就是永远也不肯低头的痴人。他宁愿千百次地咀嚼往事,也不愿对现实稍稍妥协。

很多人说,纳兰容若是"清代的晏小山",因为两人都是相国公子,少时生活奢靡,后来家道中落;两人际遇相似,词风亦有相近之处,都是走清嘉妩媚的路数,都擅写小令,擅写爱情,写到极致,绚烂到让人忘记题材的单一。

然而小山毕竟不是容若,他没有早逝,他不写悼亡,他没有满洲子弟鞍马骑射的功夫,功名一路更是平庸,终生只做过许田镇监、开封府推官等小吏。但有一点是一样的,他们始终在回忆,不停地回忆,是生活在回忆里的人。

然而沉湎于旧事的怀念,对容若来说像悲辛无限的二胡曲,对小山来说却是嘹亮入云的羯鼓,带他坠入荼蘼旧梦。他连惆怅亦是惘惘的快乐,像春日邂逅一阵杏花雨,雨停后,怀念继续。

繁华若真如一梦,过而无痕多好,人就不必失意,只当醉了一场,醒来仍过平淡的生活。可惜做不到,这个高贵敏感的男子,他时时刻刻都在感伤怀念着旧日的生活。

　　长长的舞,舞落他半生繁华。楼下,姆妈尖声尖气地叫,有客到! 舞停了,他苦笑,敛衣起身。检点身上的所带全部银两,也不够他在这里再留宿一夜。

　　当时明月在,曾照彩云归。临别梦醒的一霎,他突然间化出了李白的诗意,写下一阕《临江仙》——

　　　　梦后楼台高锁,酒醒帘幕低垂。去年春恨却来时,落花人独立,微雨燕双飞。　记得小蘋初见,两重心字罗衣。琵琶弦上说相思,当时明月在,曾照彩云归。

　　我要走了。小蘋。这个,留给你,再见面你要歌给我听。
　　……她执住他的手,不舍,凝噎。女儿心事,他应该明白。
　　是的,他明白。然而现实迫他离开。
　　下次,再来看你。他切切地说,不敢看她,有些心虚,黯然。
　　她破了例,送他到楼下。他回头,见她站立在紫藤花下,幽幽人影,落花满地,梁间燕子不解人愁,依旧双飞,呢呢喃喃。
　　落花人独立,微雨燕双飞。他念道。一瞬间,他恍惚了,到底人生似词,还是词如人生?

【衣带渐宽终不悔,为伊消得人憔悴】

寒蝉凄切,对长亭晚,骤雨初歇。都门帐饮无绪,留恋处,兰舟催发。执手相看泪眼,竟无语凝噎。念去去,千里烟波,暮霭沉沉楚天阔。

多情自古伤离别,更那堪冷落清秋节!今宵酒醒何处?杨柳岸,晓风残月。此去经年,应是良辰美景虚设。便纵有千种风情,更与何人说?

——柳永《雨霖铃》

都是浪子吧,古龙和柳永,却是我喜欢的那种男人。还是很久以前了,BBS上有人说古龙的不是,顾不得牙还没磨好,爪子还没削尖呢,立马跳出来和人掐架。原是看金庸小说起家的人,最后却拜倒在这个五短身材头大如斗好色贪杯的男人手下。

也是因为看多了古龙笔下那些个浪人风月,秦楼楚馆,连带着爱上了柳永。

一弹剑,晓行夜宿。一句"念去去,千里烟波,暮霭沉沉楚天阔",读得完、品不尽的潇潇落意尽在里面。古龙好用宋词,犹好用柳永词,酒醒阑珊,红颜薄缘,由浪子而识浪子,命中注定。

那些侠客浪子们醒来常吟的一句"杨柳岸,晓风残月",总叫我想起柳永。这一句点染的江湖色,天涯羁客的漂泊感,教人无可救药地堕入柳词。

柳永是一个很难定断的男人。的确有才,才情上达天阙,下至黎民;所作曲词风传天下,号称"杨柳岸边,凡有井水饮处,即能歌柳词"。那是个没有电话,没有e-mail,没有电视报纸,没有媒体炒作的年代,一首好词的流行,从此处到彼处,必定口耳相传。一个人的红,要经过经年累月的积累;还应有貌,混迹于红香绿玉之间,深获女心,这柳郎不是潘安、宋玉,起码也不会长得有碍观瞻吧。

他的红,连东坡也羡慕。南宋俞文豹在《吹剑续录》中记载:东坡在玉堂,有幕士善讴,因问:"我词比柳词何如?"对曰:"柳郎中词,只好十七八女孩儿,执红牙拍板,唱'杨柳岸,晓风残月';学士词须关西大汉,执铁板唱'大江东去'。"公为之绝倒。

能令才大如海的苏轼起一时竞雄之心,柳永之才可见一斑。可惜,获天下芳心,亦有才名,却获不了圣眷。宋仁宗一句"汝自去浅斟低唱,要功名何用",御笔四字"且去填词",断送了他的三十功名。从此后他八千里路云和月,不是天涯羁旅,就是勾栏瓦肆,从心底与那庙堂决裂了。

他也不是没有做过当官的梦。祖父柳崇以儒学名世,父亲柳宣先任南唐监察御史,入宋后为沂州费县令,后为国子博士,官终工部侍郎。两位哥哥柳三复、柳三接也都进士及第。所以仍是清嘉的世族子弟,骨子里有清气仙骨,怎么能像七仙女坠凡尘一样,一下子就抽去那根仙骨,堕落人间呢?

他初名柳三变,因为得罪仁宗,后来改名柳永,参加科举考试,也曾为仕途不顺挣扎折腾过,也曾想过走偏门。据传那首《望海潮》就是为求见孙何而作。柳永与孙何为布衣交,孙官居两浙转运使,驻节杭州,门禁甚严。柳永功名失意,流浪江湖,欲见孙何而无由,乃作《望海潮》词,乞相熟的歌妓在宴会上献唱以达孙何。以柳七之才相求,歌妓当然应允。孙何即日迎柳永饮宴。

东南形胜,三吴都会,钱塘自古繁华。烟柳画桥,风帘翠幕,参差十万人家。云树绕堤沙。怒涛卷霜雪,天堑无涯。市列珠玑,户盈罗绮竞豪奢。

重湖叠巘清嘉。有三秋桂子,十里荷花。羌管弄晴,菱歌泛夜,嬉嬉钓叟莲娃。千骑拥高牙。乘醉听箫鼓,吟赏烟霞。异日图将好景,归去凤池夸。

那妓人轻舒云板,慢展歌喉,唱的是杭城民康物阜,胜景如画。词是绝妙好词。据罗大经《鹤林玉露》载,此词流传至江北,金主完颜亮闻歌,"欣然有慕于'三秋桂子,十里荷花',遂起投鞭渡江之志。"原来金兵南侵,却是由柳永的词而起。若是真的,柳永当是第一个因词改变时事的词人了,也不枉他自封"白衣卿相"。然而这是野老乡谈引出来的遐想,在历史上做不得准的。

我只是不知,当时他在旁听到"千骑拥高牙","归去凤池夸"时,会不会觉得心酸?我柳永一身才气,竟要做此谄媚之辞,那香艳的酒喝到嘴里,是涩还是香?

人世真是这样,可以是华丽深邃,亦可以幽苦艰绝。不是你该走的路,怎么挤也挤不进去;勉强挤上独木桥,眼见得许多不如自己的人轻松过河,登堂入室,自己却也走不到头。柳永一直是科场失意,宦游各处。他大约五十岁时进士及第,一生只做过一次小官,在任期间,清廉正直,官声甚好,却也没因此有什么大作为。

有一次,他在《西江月》中说:"纵教匹绢字难偿,不屑与人称量。我不求人富贵,人须求我文章。"不曾想又招来祸端。他的放荡疏豪惹来当朝丞相吕夷简的嫉恨,上奏弹劾,宋仁宗因此罢免了他。

衣带渐宽终不悔
为伊消得人憔悴

多年坎坷,柳永终于灰了心,认清自己的命途,顺应天意。他遂以妓为家,自称"奉旨填词柳三变"。中华大国文明泱泱,敬天恪物,大到时势变换,星月轮转,小到一家一人的生情死意,都要候上天的安排;虽有个天意无常在,但上至天子,下至黎民都可以是安然平顺的。这种承受也是一种力量。既然登天无路,不如谨守天意,"且将浮名,换了浅斟低唱"。人生若能一路欢歌,到底也不枉桐花万里。

他便真流连于这烟花地不去了,与伶人妓女相来相往。不是他自绝与上,甘于"下流"。事实上,我也从不觉得柳永的词是下流的俚俗,相反觉得自有一种才子的放荡不羁,豁达明艳的境界。严有翼《艺苑雌黄》评柳词曰:"大概非羁旅穷愁之词,则闺门淫媟之语。"这话太难听。叵耐严有翼自假清高,我倒不见他有片言只句被人传诵。

无论道学家们怎么诋毁,也无法改变柳永是北宋一大词家的事实。他的地位是超然的。他承李煜余绪,注重抒发个人真切细微的感受,而境界更广大;他大量创作慢词,彻底改变了以往小令一统天下的局面。

柳永以前,慢词总共不过十余首,而他一人就创作了一百三十二首。他将赋法移植入词,故其抒情词往往具有一定的叙事色彩。《雨霖铃》就像一曲长亭送别的独幕剧,事中有人,情由事生,后来的秦观、周邦彦亦多用此法而变化之。他对后世词坛有深邃悠远的影响。纪昀于《四库全书总目提要》中倍加推崇:"诗当学杜诗,词当学柳词。"真是令人快意的赞誉。

我觉得柳词愈是风花雪月,愈见得情谊深长,也不用刻意去追求境界辽阔高远,因为柳永的胸襟比之寻常男人已是霁光明月了,词自然是堂庑特大。

那些酸腐文人平日泡秦楼楚馆的不少,多半是闻香下马,摸黑上床。下了床不要说是有真情意,在别的地界见到,能装作不认识,不语带讥讽就不错了。妓女只是男人的玩物,是一些下贱的女人,甚至连人也不是,只是物品,和骡马同列。

最恨,是古时的男子不懂得尊重女人。《诗经》里一篇又一篇的弃妇诗叫人不忍卒读。寻常女子,颜老色衰,尚被负心的夫君休下堂去;至于妓女,更是低贱。戏文里,薄幸男子功成名就后背弃曾经捐助他们的妓女的故事更是屡见不鲜,而为妓女舍弃功名的却只有柳七。

"不愿君王召,愿得柳七叫;不愿千黄金,愿得柳七心;不愿神仙见,愿识柳七面。"柳永对妓女的爱,换来了妓女的真情与崇拜。在妓女的心中,能见上柳永一面,自己的名字能被他叫一声,使柳永为自己填词一首,即便立即死去,也心甘情愿。

平时,谁肯真心地为她们写下一字半句?女子无才便是德,她们才是真正的过客,一腔的苦无法倾诉,生命结束就结束了。所以若有一个人,天生敏感,绝顶聪明,博学多才,妙解音律,肯低下心来,听她们的哀曲,是几世求得的福分?这个人,老天派来了,他就是柳永。

"唯本色英雄方能到此,是飘零儿女莫问人家"。这一联赠柳七正好。他是真性情的好男儿。他的词大多是为妓女作的,他用词来歌颂她们,把她们比作梅花,芙蓉,海棠。女子都是娇媚的,都需要

【衣带渐宽终不悔】
【为伊消得人憔悴】

有人怜惜与疼爱。不是柳郎才高,而是柳郎心低,他肯低下身来俯就这些女子,他肯看她们心上的伤痕,对她们的爱是发自内心的,纯洁而不染烟尘的;他肯用一阕清词,一句温言博红颜一笑,甚至于将妓女从娼与文人出仕相提并论。他对女子的感情稀贵而真诚,即使隔了千年看去,仍是脉脉动人。

他字里行间流露出的真性情,直直戳中封建伪道学的痛处。所以柳永一生为人所忌,皇帝不喜欢他,朝臣抑压他,士人排挤他。即便他词中滴落出的情感如金似玉,也依然为礼教所不容。

晚年的柳永落魄潦倒,身无分文,但他的死却是轰轰烈烈,荡气回肠。相传柳永死时,"葬资竟无所出",妓女们集资安葬了他。此后,每逢清明,都有歌妓舞妓载酒于柳永墓前,祭奠他,时人谓之"吊柳会",也叫"上风流冢"。渐渐形成一种风俗,没有入"吊柳会"、上"风流冢"者,甚至不敢到乐游原上踏青。这种风俗一直持续到宋室南渡。后人有诗题柳永墓云:乐游原上妓如云,尽上风流柳七坟。可笑纷纷缙绅辈,怜才不及众红裙。

"衣带渐宽终不悔,为伊消得人憔悴",是柳永笔下流传千古的名句,深情宛然可绘。千红一哭,万艳同悲。获得尊重是每个人的情感渴求。草色烟光残照里,我若遇上柳七,也会备下清酒佳肴,共他浅斟低吟。不会让他一人把栏杆拍遍,感叹无人谁会凭栏意。

应该不会有这样的机会。现在有妓女而没有青楼文化,有嫖客而没有柳七,很多事早已变得麻木索然。

【伤情处、高城望断,灯火已黄昏】

邂逅一首好词,如同在春之暮野,邂逅一个人,眼波流转,微笑蔓延,黯然心动。遇见少游的时候,我正是如此。

读书的时候,有同学凑过来问有好的爱情诗词没有。知道他的意图,我眼都不眨,挥圆珠笔就写下少游的《鹊桥仙》——

纤云弄巧,飞星传恨,银汉迢迢暗渡。金风玉露一相逢,便胜却人间无数。 柔情似水,佳期如梦,忍顾鹊桥归路。两情若是久长时,又岂在朝朝暮暮。

【伤情处、高城望断】
【灯火已黄昏】

　　然后等着他来问我什么意思,问明白了,好去哄女孩子,也算我功德一件。这小子却大叫:啧啧,这个这个我知道嘛!那个项少龙泡赵雅,陈家洛追香香公主时用的都是这句"金风玉露一相逢,便胜却人间无数",我们还以为是"淫诗"。后面那两句我更熟,一般有了新的进攻对象,没空分身,我们就会安抚旧的说,"两情若是久长时,又岂在朝朝暮暮"。

　　……香蕉你个芭拉,这群"人渣",千古名句被他说成"淫诗",坏我偶像的名声。真是气死人!

　　少游这个人真的是天生的才子,少年时就文才华瞻,名盛一时,苏轼称赞他"有屈、宋之才",王安石也说:"其诗清新妩媚,鲍、谢似之。"连牛郎织女这样俚俗的故事,到他面前,也变成了"金风玉露一相逢,便胜却人间无数",临水照花似的惊艳无语。隋帝杨广的两句淡诗"寒鸦千万点,流水绕孤村",在他的笔下轮回,成了"斜阳外,寒鸦数点,流水绕孤村",虽不识字人亦可知的天生好语言。

　　"千万寒鸦"缭乱嘈杂,改"数点"则意境全出,盗意不盗境,仿佛一艳俗女子洗尽铅华,叫人耳目清亮。最不能小看的是这一字之易。古人有"一字师"之说。《红楼梦》里元春归省,才试宝玉,宝玉题诸院的诗匾都说得过,独怡红院因是后来他的住所,如同与人的远亲近疏,题的反而不合元妃意。元春将"红香绿玉"改作"怡红快绿",又命他作诗,结果这个痴人仍写个"绿玉"。宝钗私底下提点他把"绿玉"改作"绿腊",这呆子大喜,立时要赶着宝姐姐叫"一字师",惹宝钗戏谑。王安石有名句"春风又绿江南岸","绿"字曾作"到""过""渡",皆不能满意,后来偶然想到一个"绿"字,顿时觉得洞开心意。佳人佳时并俱,那个字,那一句,好像天地洪荒开始就已经等在那里,等着和他亲近交接。

可叹少游有丰盛如筵的才华,亦是个命禄微薄的人。他一生仕途坎坷,总不得意,二十九岁、三十三岁时两次参加科举考试都名落孙山。名动天下的"山抹微云君"直到三十六岁才进士及第,真像张爱玲国文考试不及格一样,是个让人哭笑不得的玩笑。

北宋元祐年间旧党得势,苏轼曾向朝廷推荐秦观,谁知他得了重病,已回蔡州了,四年后才重回京师,当了宣教郎、太学博士一类无名小官。未几哲宗亲政,新党复起,元祐党人被清洗,此后秦观再也没有平安过。宦海浮沉,他是依附于苏轼的,却不似苏轼。东坡一生大起大落大悲大喜,际遇峰峦叠嶂,总也不负此生了;少游却是薄命才子,在不停的贬谪流放中,一点一点磨折了生命。公元1100年,宋徽宗即位,大赦天下,在流放途中的他还没有挨到京师,就病死在藤州了。

天涯羁客有太多难以排遣的愁绪,只有一点点地尽诉词章。少游在羁放之时写的《踏莎行》亦是名篇——

雾失楼台,月迷津渡,桃源望断无寻处。可堪孤馆闭春寒,

【伤情处、高城望断】
【灯火已黄昏】

杜鹃声里斜阳暮。　　驿寄梅花,鱼传尺素,砌成此恨无重数。郴江幸自绕郴山,为谁流下潇湘去?

这阕词,王国维极赞他"可堪孤馆闭春寒,杜鹃声里斜阳暮"两句,认为气象可与《诗经》的"风雨如晦,鸡鸣不已",屈原的《楚辞·九章·涉江》,以及王绩的《野望》相并举。东坡则喜欢最后两句:"郴江幸自绕郴山,为谁流下潇湘去?"秦观死后,东坡把这首词题在屏风上,连连哀叹:"少游已矣,虽千万人何赎!"

静安先生是从词的意境气象上说的。从人情和个人的偏好上来讲,我更赞成苏轼的品位,没那么多词学教条,我只看到他白发人送黑发人的悲伤。我也爱这样至情不掩的子瞻,他疼惜少游,已经不只是爱才,更是爱他这个人,将他视为子侄至亲。亲人之间,才有白发人送黑发人的凄伤。

少游才高,苏东坡素来爱重他。书上有这么一句话:"苏门四学士中东坡最善少游。"民间有东坡将小妹许配给秦观的传说,又说"苏小妹三难新郎",当真是绘声绘色。我心底真是希望有苏小妹这样的妙人,喜欢这样的平等。也多亏得有少游,因为有他这样的俊俏才子,老百姓才附会出这么一个才学气度不让文君的苏小妹。

以东坡对少游的看重,如果他真有一个待字闺中的妹妹,他一定会将她嫁给秦观。可惜没有,因此少游没有机会娶苏小妹。那只是美好的涟漪。大约是老百姓看苏氏父子皆是人中俊杰,怕他们好花开得寂寞,因此要敷衍出一个苏小妹,来帮衬出人生百世的惊喜完满。

北宋的那个暮寒的春天,少游在一次次贬谪中淡漠了功名,他选择流连青楼。从杜牧到柳永到秦观,"拟把疏狂图一醉,赢得青楼薄幸名",或许真是失意才子惯有的落寞疏狂。

中国传统恋爱方式的逼仄寡淡,使得需要相处一生的男女往往在揭开红盖头的那一霎才看清对方的相貌。偶有思凡的,偷偷先去窥看,还不能被对方得知,因为那是不恭敬且轻佻的。婚姻麻木不仁,选中了不可轻易更替。妻子因此往往是乏味的。

很早的先贤就明白"情欲似水火"的道理。大禹治水亦告诉人:疏而堵之,不如疏而导之。不过少年时代禁欲是为了教子成才,这种严苛,成年以后便逐步放宽松。随着年岁渐长,少年时代的禁情锢欲往往换来成年之后的放荡不羁,妓院成了最自由放松的社交场所。妓院的旗幡上直截了当地写着,有钱就可以过夜。妓女是最容易也是最不容易得到的女人。她们往往有才有貌又擅风情,尤其是那些女中花魁。借用制度经济学的术语,这是交易成本最高的性交易。

何况,性是一回事,爱又是另一回事;得到妓女的爱往往比得到妻子的爱更难。因为后者方心无旁骛,前者却已阅尽千帆。对男人而言,这个游戏本身就充满挑逗和刺激性。即使如此,也不妨碍人和人,在天地的某个角落,邂逅一段刻骨铭心的情感。

伤情处、高城望断
【灯火已黄昏】

说中国的文化是风花雪月的文化,是男人书写的关于女人的文化,真有点滑稽。女人被他们轻贱,总是不许登大雅之堂。然而千千万万的士人失落,沉溺,又不甘沉溺,最终的桃源归宿竟多是女人的怀抱。自以为承担天下的男人,到最后,竟唯有在女人处才被承担。

我心底透出的意象里,少游这个人,应是青衫磊落,茕然独立于花廊之下,抬头望着楼上的爱人,脸上有阳光阴影的文弱男子,有着暗雅如兰的忧伤。那春草清辉般的邂逅,应是他的。

他骨子里是凄婉的,连思人也是"倚危亭,恨如芳草,过尽飞鸿字字愁",比易安的"满地黄花堆积,雁过也,正伤心,却是旧时相识",还要幽邃深长。有时候,我甚至怀疑他眉间的愁绪,是他钟爱的女子也抹不平的。

不需学恩师"一蓑烟雨任平生"的洒然,不需学师兄"付与时人冷眼看"的狷介,人和人的禀性天赋是不一样的,无须勉强。淮海词婉媚,一直都少了为国为民的刚烈;后来的哀伤,也是感伤身世多过于忧国忧民。冯煦在《宋六十一家词选例言》中说:"淮海、小山,古之伤心人也。"少游是伤心人,看来已是定论。然而,只是将一身才气付与清嘉,少游的词也足以流传千古了。他就有本事写男欢女爱写得清嘉柔亮,甜而不腻。

还是他的恩师看得准。王国维说少游"凄厉",总觉勉强。"郴江幸自绕郴山,为谁流下潇湘去",隐晦深流,隐约才是他的心曲。我猜，少游的生命里一定会有相爱如欢的时候，共一个眉目如画的女子。春日浓醉，他与她画堂做戏，并肩携游拼酒，恩爱如蝶；夏日暂有别离，也是眷眷难当，遥看星河辽阔，织女牵牛天各一方。盈盈一水间多少轻愁喜悦，亦只有相爱的人才领会的到。

等待一个人的焦灼，似女娲补天的火，熬的爱成了五色石，也好过无人等待的冰冷无慰。人只道银河是泪水，原来银河轻浅也是形容喜悦。因为爱着，离别着，才有"两情若是久长时，又岂在朝朝暮暮"的慰语，知道你爱我，我爱你，都不是一时之兴。银河迢迢，正是彼此之间的思念如水连绵。

后来，他们应是真正地分开了。少游因政治上倾向于旧党，被视为元祐党人，绍圣后累遭贬谪，不得不像鸟儿一样迁徙。宦游中他写了一首《满庭芳》来怀念这段青楼岁月。

> 山抹微云，天连衰草，画角声断谯门。暂停征棹，聊共引离尊。多少蓬莱旧事，空回首、烟霭纷纷。斜阳外，寒鸦万点，流水绕孤村。
>
> 销魂。当此际，香囊暗解，罗带轻分。谩赢得、青楼薄幸名存。此去何时见也？襟袖上、空惹啼痕。伤情处，高城望断，灯火已黄昏。
>
> ——秦观《满庭芳》

【伤情处、高城望断】
【灯火已黄昏】

　　东坡爱极了首句疏淡高古的意境，戏称少游为"山抹微云君"。这首词在当时流传太广，连亲戚家人也沾光。秦观女婿范温性格内向，木讷少言，参加宴会时坐在角落，无人理睬。后来有人问他：你是谁家儿郎呀？范温说，我乃"山抹微云"的女婿也！众人惊艳，赶着与他畅谈，无复寂寞。撇开这首词说，范温也是出息得很，堂堂男儿竟要靠岳父的一句词来打天下。我若是秦家女儿回去一定警告他：自己出息点，别扛着我爹的招牌出去应酬。"山抹微云"四个字不是人人扛得起的。

　　我爱极这首满是落魄意味的词。"冠盖满京华，斯人独憔悴"。背景越是艳丽，身影就越加荒凉。这是一种刻薄的美。不是自认"薄幸人"就会薄幸。他仍会思念她，销魂，当此际，想起当年，鹊桥相会后，香囊暗解，罗带轻分，温柔相拥，是如何的隽永缠绵。

　　"伤情处，高城望断，灯火已黄昏"。这样的思念颇有"蓦然回首，那人却在灯火阑珊处"的味道。可是，辛弃疾的蓦然回首，还有个人在灯火阑珊处，微笑守望；少游他怕是高城望断，灯火寂灭，那人却再也不见。

　　没人知道少游的爱情是怎样的结局。已经不重要了，邂逅和等待都是宿命式的凄凉。不是每个人，在蓦然回首时，都可以看得见灯火阑珊处的那个人。

【零落成泥碾作尘,只有香如故】

  北宋的林君复为梅所动,一生未娶,以"梅妻鹤子"自诩。他的"疏影横斜水清浅,暗香浮动月黄昏。"十四个字清绝出世,艳冠古今,咏梅的,无人出其右。王十朋更赞道:"暗香和月入佳句,压尽千古无诗才。"

  却有一个女子,爱梅不在林逋之下,清绝也不在他之下。她出身于福建的莆田,入大明宫后,在宫前遍植梅花,建赏梅亭,作梅花赋,爱得痴绝。她的男人称她为梅妃、"梅精";也曾三千宠爱在一身,也曾在宫宴上舞做凌波,有人乘醉踩了她的绣鞋,便恼了,拂袖而去。

  清冷疏淡的人儿,连皇帝的面子也不给,像这梅,春风初度,万花献

【零落成泥碾作尘 只有香如故】

媚的时候,她不理,冬风萧瑟,蓦然回首,她或许已在墙角候君多时了。

她整个人,正是白梅如雪,不染尘埃。可惜清幽的梅,似乎从根本上不属于繁盛的大明宫。她是被命运带进来的冷眼旁观人。杨玉环进宫,她渐渐失宠,迁居上阳宫。沉香亭的梅花改成了牡丹,一篇《楼东赋》,改变不了爱情偏离的轨迹。

他恻然了一下,恻然而已!爱情是霸道的,独一无二的爱。他不能,也没有能力同时爱着两个女人,只能送去一斛珍珠。

君王也一样,一样遭遇了爱情。面对真正的爱情,不能够三心二意。

可惜他不晓得,丰裕的物质温暖不了被爱情遗忘的心,满足不了这个孤独清高的女人。她作《楼东赋》,说"长门自是无梳洗,何必珍珠慰寂寥!"意思也是明确的:要么就是你的人来,清心寡欲的来,哪怕只是来见我一面,我也承恩不忘;而一斛珠,我是不稀罕的。

一个失宠的妃子能决然地将皇帝御赐的礼品退回去,并反问一句,何必珍珠慰寂寥!该是多么清洁自诩、自尊自重的人!我总觉得林君复笔下暗香疏影、冷花淡萼的梅仙便像是梅妃江采萍。

她幽谧柔弱的外表下隐藏了一颗宁折不弯的心。可惜,太出尘离俗便更不为世所容,又怎经得住人事变化?"安史之乱"中,梅妃成了战火里的一树枯梅,将清冷疏瘦的影子留在温泉池里,等着这个宫殿的主人回来。

多年后,当李隆基在梅树下挖出梅妃的遗骨时,已然垂垂老矣的太上皇泪湿长衫涕泪横流,将满园的梅花撒在她的身上。

他回望前尘旧事,夜凉如水,长生殿上依旧灯火通明,暗香浮动间,依稀是她在梅林中笑语翩跹;杨妃仙去,梅妃也化成了墙角数枝梅;所爱的两个女人都找到了生命的归宿。当真是一抔净土掩风流也好,胜过他一人寥落地活在这个世上。繁花如锦到头来是长恨一梦。

梅花开似雪,红尘同一梦。

江采萍,她更像是生错了朝代,早生了数百年。唐爱牡丹,宋爱梅。梅妃似乎更应该出现在宋代,成为一代文人意淫寄托的对象,独独地占尽风流;不要和杨玉环那株洛阳牡丹争艳,不应该落得个"柳叶双眉久不描,残妆和泪湿红绡"的下场。周瑜在死前问苍天:"既生瑜,何生亮?"对她来说何尝不是如此?有了一个江采萍,何必再来一个杨玉环?若是悲剧,毁灭一个也就够了,何必要两个绝代的佳人,一起葬送在开元盛世的余烬里?盛世高唐这把火,烧得人热血沸腾,也烧得人心涸如死。

宋爱梅,蔚然成风,看似雅然,却有它的不得已在。民众审美情趣的变化,折射的是历史的变化——唐的辉煌与宋的孱弱。宋是一个积弱积贫的王朝,开国伊始就因失去燕云十六州而处在外强威胁凌辱之下,南渡以后,国势更是江河日下,风雨飘摇;不比大唐,国富民强,从骨子里就渗出富丽堂皇的风韵来。

积弱的国势,使长期生活在内忧外患中敏感的文化人,对顶风傲雪、孤傲自洁的梅花有日趋浓烈的钦佩感,把她视为抒怀咏志的最佳对象。

【零落成泥碾作尘
只有香如故】

陆游走在沈园里慨叹:"何方可化身千亿,一树梅花一放翁。"他写"无意苦争春,一任群芳妒。零落成泥碾作尘,只有香如故",是以梅花的劲节自比;陈亮写"墙外红尘飞不到,彻骨清寒",则以梅花的清高自比;辛弃疾喟叹"更无花态度,全是雪精神",更以梅花冰肌玉骨的仪态自诩。

如果说生活在南宋前中期的陆游、陈亮、辛弃疾等人,他们以梅花的标格比拟自己,意在表现无论多么艰难的情况下也不放弃自己抗金救国的爱国之志的话,那么到了南宋末年,宋亡已成定局的情势下,大多正直文人的咏梅之作,则是表明他们学梅花洁身自好,宁当亡宋遗民也不愿委身事元的悲苦无奈心态。

从古至今,很多文人都是爱梅成痴之人。这些人当中不乏才智高绝的,却再也没有人能写得出"疏影横斜水清浅,暗香浮动月黄昏"的绝唱。不过这并不奇怪。这些人爱是真爱,只是对梅的爱有太多洁净刚硬的味道在,于是更像是纳喀索斯的顾影自怜,谁分得清是爱水仙,还是爱着像水仙的自己。

再也没有人如林逋爱梅般爱得纯粹。梅似女子,芳魂有知也只寄知音一人。

本来,文章可以结束了,但我想起——一个女人,忍不住接着写下去。有一个女子,她在自杀之前,写的绝命词是陆游的《卜算子·咏梅》——"驿外断桥边,寂寞开无主。已是黄昏独自愁,更著风和雨。无意苦争春,一任群芳妒。零落成泥碾作尘,只有香如故。"然后开了煤气自杀,第二天被人发现时已经芳魂杳杳……

这是1985年5月间的事,5月14日,我尚未出生。这段往事是在家中整理旧书时,从一本杂志上看到,题目是《翁美玲之死》。

她的死,是与别人的妒有关,设了局,教她看见爱郎和别人鸳鸯戏水的样儿。现在又有新的传闻,说是她无意得罪了人,遭人陷害,被强暴后,一忿之下寻了死路。人世千头万绪,烦恼缠绕难解,——"无意苦争春,一任群芳妒。零落成泥碾作尘,只有香如故。"她的死,让我记清了这首词。

放翁的劲节,到了阿翁处,成了对世事森然的冷语相对,男人的刚烈化成女子的清嘉。

韶华极胜时抽身离去,爱得非常短暂凄凉,如光一样消失。那男人亦随她一起隐没在黑暗里,终生不再得志,多年之后变成大腹便便的庸常男子。

她走了快二十四年,却好像从未离开过那样被我们怀念着。很多年,每次读到这首词,都会想起她。

薄命如花,却是二十一年暗香如故,如果她真活到今日,在人世颠沛辗转,老成了寻常妇人,人心挑剔,还有多少人记得她年轻时的容颜?也许,她将不得不面对批评指摘,好像梅,被人折下来,左右翻覆地看。凋谢枯萎了,丢弃道旁。

世事,有时看起来残酷,翻转过来想,也是一种慈悲。

【不思量,自难忘】

　　十年生死两茫茫。不思量,自难忘。千里孤坟,无处话凄凉。纵使相逢应不识,尘满面,鬓如霜。　夜来幽梦忽还乡,小轩窗,正梳妆。相顾无言,唯有泪千行。料得年年肠断处,明月夜,短松冈。

——苏轼《江城子·乙亥记梦》

　　这首词很多人烂熟,是苏轼悼念亡妻王弗的词。十年之后,他与继配王闰之结婚的第六个年头,某日,是王弗的周年。他梦魂相扰，犹记得她小轩窗下梳妆的样子，深情一片，宛然可见。

史载，王弗性"敏而静"，她博闻强记，东坡偶有遗落，她也能从旁提点，与东坡琴瑟和谐。东坡自称"眼前见天下无一个不好人"，又言"余性不慎言语，与人无亲疏，辄书写肺腑。有所不尽，如茹物不下，必吐之乃已，而人或记疏以为怨咎……"容易把与之交往的每个人都当成好人。王氏安静谨慎，与生性跳脱豁达的东坡正是互补。

《东坡逸事》里有王氏"幕后听言"的故事，是说东坡每有客来，王弗总是躲在屏风的后面屏息静听。不过我想那应该是些家里的亲眷叔伯，或是无关紧要的官员朋友，来求东坡办事聊天，言谈间偶然论及新物，妇人家听听也不要紧，只当长了见识。这自然是东坡的豁达开明处。那是宋朝，整个人文思想已由唐朝的外放式向内缩紧，女子的天地有越来越小的趋势，东坡能如此待王弗，足见其不是一般男子。

但若是一干政要来访，退居密室尚且不及，如何轮得到一个女子，幕后听言干涉时政？苏轼再豁达也不会做此逾礼之事，他是士大夫，不可能逃脱礼教，即是现在也不太可能。其实中国的男子，从古至今，骨子里未尝有翻江倒海的变动。在某些事上，他们坚毅得叫人惶恐，历经风雨却依然故我。

往往待客人走后，她每每软语相劝，说得在理又每得印证，连苏轼也是服的。他得她，是真正的贤妻内助，因此苏轼早年青云直上，

【不思量】
【自难忘】

除了有欧阳修等先贤的掖助外,"妻贤夫少祸"的力量也不可小觑。对这个发妻,连苏轼的老父苏洵,也是极满意的。

什么时候读到这首《江城子》已经不记得了,应该是在迷恋港剧的年代。有一部电视剧的一场戏,女的站在崖边,长风凄凄,吟完这几句,便跳下去,又穿着红嫁衣,决然回眸间有林青霞的不败风采。当时就哭起来,这几句词很有让人心旌摇曳的哀苦。

又有金庸写杨过十六年后在绝情谷候小龙女不至,一夜白头,是《神雕侠侣》里最伤情的一段,金老头儿这样写——

霎时之间,心中想起几句词来:"十年生死两茫茫,不思量,自难忘。千里孤坟,无处话凄凉。纵使相逢应不识,尘满面,鬓如霜。"这是苏东坡悼亡之词。杨过一生潜心武学,读书不多,数日前在江南一家小酒店壁上偶尔见到题着这首词,但觉情深意真,随口念了几遍,这时忆及,已不记得是谁所作。心想:"他是十年生死两茫茫,我和龙儿已相隔一十六年了。他尚有个孤坟,知道爱妻埋骨之所,而我却连妻子葬身何处也自不知。"接着又想到这词的下半阕,那是作者一晚梦到亡妻的情境:"夜来幽梦忽还乡,小轩窗,正梳妆;相对无言,唯有泪千行!料想年年肠断处,明月夜,短松冈。"不由得心中大恸:"而我,而我,三日三夜不能合眼,竟连梦也做不到一个!"

无论是文字还是影像,这一段每每惹我落泪,从无落空。追想起来,应是在看《神雕侠侣》之前已有了印象,所以后来读到便如故人重逢,有无比的亲切感。我想起这书中还有一首元好问的《迈陂塘》,起句是:"问世间情为何物?"也是多赖金庸小说的宣传才广为人知。可见武侠也有好的,就看人怎么看。一样的道理,世人多评定苏轼为豪放词派,其实子瞻的情词小令一样写得清灵疏秀,柔媚不让婉约派,风骨刚硬处,又胜其一江春水自东流,由不得人不服。

他和李白一样是天才。天才每不为世俗流法所拘,所经所历每每淡笔描摹,却是风雨也不能减损其意。

苏轼一生为情所重,也自多情宽厚,有树欲静风不止的快乐烦恼。就好比现在的天王巨星之与追星族,每每有女人示好。

曾记他任杭州通判时,有一天与朋友在西湖饮宴。从远处驶来一条彩舟,舟中有一位三十余岁的淡妆女子,异常美丽。那女子到了苏轼船前,自报家世道:"小女子自幼就风闻苏大人的高名,听说您今天来游西湖,特意赶来,也不怕公公婆婆怪罪我不守妇道。今天见到您,真是很荣幸。也没什么可以表达我的仰慕之心的,小女子善于弹筝,今天就让我为您演奏一曲吧。"说罢,她弹了一曲,琴音如诉,她高贵娴雅的气度和高超的技艺,使在座众人都为之动容。

女子献完这支曲子,恳求苏轼说:"今天得见苏公,乃小女子三生之幸。只求您赐我一首小词,作为我终身的荣耀,不知您能否应允?"苏轼不好驳她的盛情,当即作词一首:

【不思量　自难忘】

凤凰山下雨初晴，水风清，晚霞明。一朵芙蕖，开过尚盈盈。何处飞来双白鹭，如有意，慕娉婷。　忽闻江上弄哀筝，苦含情，遣谁听！烟敛云收，依约是湘灵。欲待曲终寻问处，人不见，数峰青。

——苏轼《江城子》

又据元代龙辅《女红余志》记载，惠州有一温姓女子名超超，到了十五岁都不肯嫁人。当听说苏轼到了惠州，才欢喜地说："这才是我的夫婿。"天天徘徊在苏轼的窗外听他吟诗作赋。后来，苏轼发觉超超对自己的仰慕之情，恐有不便之处，就匆匆离开了惠州。

数年后他故地重游，听人说超超已死，葬在沙地里，悚然动容，为她写了首《卜算子·缺月挂疏桐》——

缺月挂疏桐，漏断人初静。谁见幽人独往来，缥缈孤鸿影。惊起却回头，有恨无人省。拣尽寒枝不肯栖，寂寞沙洲冷。

有人评东坡这首《卜算子》独有那种"寓意高远，运笔空灵，措语忠厚"的好处，"是坡仙独至之处"。《卜算子》的轻灵不同于《水调歌头·明月几时有》的洒脱，不同于《念奴娇·大江东去》的磅礴，不同于《江城子·密州出猎》的豪迈激荡。

然而他和超超之间,就像现在某某明星和粉丝之间的相遇相识,看起来性感可人,惹当事人遐想连连,也只如春风柳絮,飘飘儿就不见了,穿檐过户却始终落不进画堂。

这些女子于他,也只是生命里的插曲。不是无情,亦非薄幸,只是我们一生中会遇上很多人,真正能停留驻足的又有几个?生命是终将荒芜的渡口,连我们自己都是过客。他挽留不住超超,更挽留不住王弗。

王弗二十六岁因病亡故。死后四年,苏轼又续娶。我只觉得他是好的,续娶的夫人也是好的。她性格温顺。知足惜福,不是别人,就是王氏的堂妹,也姓王,名闰之,在家时人称"二十七娘"。闰之自幼倾敬这位姐夫,姐姐死后嫁给他,也不觉得委屈。她相伴苏轼的二十六年,是他生命中最重要的二十六年。苏轼宦海沉浮,几升几降,她与他鹣鲽情深。在东坡又一次被黜之际,她卒于京师。闰之病故后,苏轼不再娶,只留朝云随侍终老。

现在不再执拗地认定,一个人一辈子只爱一个人是值得称许的。童话里王子永远只爱公主一个人,那是童话,要保留纯净。现实是,公主和王子都已经慢慢长大,人和人之间会渐行渐远。城堡已经凋敝,粉红的玫瑰早就开始败色。

苏轼写《江城子》,王闰之想必是知道的,也没有嫉妒和埋怨的心。一个人,为另一个人守,是心里留着他(她)的位置,凭谁也取代不了,后来人的影像与先人也不要重叠,各有位置才好。

【不思量】
【自难忘】

爱要爱得这般豁达,明亮,九曲柔肠。所以,他十年后还记得王弗在小轩窗下梳妆的情形,在她坟前默然落泪,无处话凄凉。他不是,生前辜负,死后说相思,用锦绣文字把自己包裹得华丽非常。这样的爱,深重,纯粹。与娶妻几次没有关系的,他永远可以堂堂正正地说,你是我的爱妻。

对每个爱人珍重,彼此之间没有模糊的替代,清楚地知道自己需要谁,需要的是什么,若爱的时候只爱一个人,不要有旁枝进来缠夹牵扯,这爱就如舍利,金贵完满。

男的,不是杨过,女的,不是小龙女,我们有什么资格去苛求完美无缺的爱情?为守而守,到最后爱枯心死,还不如顺其自然,彼此倒能留三尺回旋之地相思。

读《江城子》,读破苏轼一片心。

【枝上柳绵吹又少,天涯何处无芳草】

随手翻过苏轼的词集,读到"花褪残红青杏小,燕子飞时,绿水人家绕。枝上柳绵吹又少,天涯何处无芳草"这几句,却总能越过苏轼,想起王朝云。

是胡兰成,在《生死大限》里清淡地提及。他起笔说,"苏轼南贬,朝云随侍"八个字,隽永的好像一抔泪。不必再看下去,这个妖冶的男人,就那样清淡的笔,随手一抹,已经撩得我哀伤不堪了。

怎么能不记得,朝云如他所言是歌扇舞袖的女子。东坡和朝云西湖初遇,应是神宗熙宁四年的事。东坡被贬为杭州通判,是辅官,

【枝上柳绵吹又少 天涯何处无芳草】

只负责审案,公务并不繁重。闲暇时,性好山水的他就和朋友一起游山玩水,饮宴赋诗。生性洒脱不拘形迹的东坡,在杭州的灵山秀水中乐陶陶地过。一日,宴饮时,他遇见轻盈曼舞的王朝云。他的妻子总姓王,或许,他真的与王氏缘深。

那时她形容尚小,只十二岁。因家境清寒,自幼沦落在歌舞班中,虽身量不足,却别有一段自然的风流态度。他看得入神,这个女子仿佛在很久以前就见过。碍于身份又不好露得太明,只淡淡一笑置之,心思却有一缕总被绊住了,心有挂碍。

游船复饮宴,他又见着她。"千万年里千万人中,只有这个少年便是他,只有这个女子便是她,竟是不可以选择的。"这一句,宜当用在朝云身上吧。抱歉!这一次,他的一双眼再也离不开换作素妆的她。朋友看出门道来,叫他赋诗,他脱口便是——

水光潋滟晴方好,山色空蒙雨亦奇。若把西湖比西子,淡妆浓抹总相宜。

——苏轼《饮湖上初晴后雨》

朋友们哄然叫妙,已解其意。便有人暗中将朝云买下,送至苏府。这时朝云尚懵懂不解,她太小,不明白这些大人们拽文的奥妙。可是数年后,她却在苏轼和苏夫人的调教下,成了一个识词解意的"如夫人"。那一年,苏东坡已是四十岁的中年男子。

《词林纪事》卷五引《林下词谈》云:"子瞻在惠州,与(侍姬)朝云闲坐。时青女初至,落木萧萧,凄然有悲秋之意。命朝云把大白,唱'花褪残红',朝云歌喉将啭,泪满衣襟。子瞻诘其故,答曰:'奴所不能歌者,是"枝上柳绵吹又少,天涯何处无芳草"也!'子瞻翻然大笑曰:'是吾正悲秋,而汝又伤春矣。'"

　　这段话翻译成白话文也好理解,说苏轼和妾朝云在花园闲坐。正值秋霜初降,落叶萧萧之际,苏轼凄然有悲秋之意,吩咐朝云拿酒来,唱《蝶恋花·花褪残红》一词。朝云刚开口,还未唱就已泪满衣襟。苏轼问她为什么感伤,朝云说:"我最怕唱到词中'枝上柳绵吹又少,天涯何处无芳草'两句,触景生情实在太伤人。"苏轼大笑:"我正悲秋,而你却又伤春。"

　　她如何能不伤感?她唱《蝶恋花》凄然不成歌,是因为她体味到了其中所包含的旷达与感伤相杂的情怀。正是明白他是那样豁达宽和的人,才替他伤感。他实在不该受这样的磨难。朝云待子瞻亦如黛玉待宝玉。世皆言黛玉爱哭,却不知她的泪总是为怜惜宝玉而落,不是为了自己。朝云也是一样的心思。我想,子瞻是明白的,不久,朝云病亡,苏轼终生不再听这首词了。

　　彼时,宋哲宗业已亲政,用章惇为宰相,新官当政,于是又有一批不同政见的大臣遭贬谪。苏东坡也在其列,被贬往南蛮之地的惠州。这时他已经年近花甲了。眼看运势转下,难得再有复起之望,身边众多的侍儿姬妾都陆续散去,这是人心凉薄,亦是无可厚非。只有朝云始终如一,追随东坡长途跋涉,翻山越岭到了惠州。

【枝上柳绵吹又少 天涯何处无芳草】

对此,重情的苏轼一直铭铭于心,却不宣诸于言辞,因为夫妻就是这样寻常的日子,寻常的两人,也不需要满口言谢。也是人说的,人世是这样的浮花浪蕊都尽,唯是性命相知。直到有一天他读到白居易的诗,才不无自豪地泄露心机——

不似杨枝别乐天,恰如通德伴伶元;
阿奴络秀不同老,无女维摩总解禅。
经卷药炉新活计,舞衫歌板旧姻缘;
丹成逐我三山去,不作巫山云雨仙。

此诗有自序云:"予家有数妾,四五年间相继辞去,独朝云随予南迁。因读乐天诗,戏作此赠之。"夫妻谈笑戏谑间,子瞻的满足和感激宛然可见。

这个十二岁进门的丫头几十年来侍奉在他左右。在他最得意时,在他最倒霉时,都誓同生死。面对比自己大许多的丈夫,朝云的生死相从不是源于刻骨铭心的敬和爱又是什么?她固然聪颖不凡,才能当得上他的解语花,他的"如夫人",他又何尝不是横绝百年的男子,天资卓绝的才人?

一个没有才的男人,永远得不到女人的喜欢和尊重。男人不要总说女人物质,女人纯洁起来,也是瑶池仙露,一点俗事不沾的。端看做男人的,有没有这个能力让女人死心塌地?

朝云死后，苏轼葬她于惠州西湖，墓边筑"六如亭"长伴红颜。他虽然没有和她葬在一起，我想，朝云也是没有怨意的。情既超越生死，又何用计较虚名？她与他既是生死相知相重的夫妻，更是比爱人还要难觅的知己。

有人说，苏东坡是一位"永不背叛感觉"的性情中人，我深深认同。所以他姬妾多，我亦觉得他是痴情之人。如果拿一夫一妻制来衡量，苏轼在今天，不单在道德上，法律上还说不过呢，怕是难免有私买儿童之嫌。

是感觉不是感情。他从不背叛感觉。王弗病逝后，苏轼续娶，但仍在王弗埋骨的山头亲手栽下了三万株松柏苗，以伴青冢。他对她心有牵念，年年不忘。作词悼亡，亦是坦荡荡。他亲手栽下三万株松柏，那些号称不薄幸的文人们，哪个有如此闲心？松涛入耳，我是王氏，也当安眠地下了。续妻王氏死后，他不再娶。十几年后由其弟苏子由将他和王闰之合葬在一起，完成他对她"死则同穴"的誓言。

"十年生死两茫茫。不思量，自难忘。"在以词写悼亡的悲切劲上，东坡和纳兰容若极似，只是他比容若更达观，更懂得死者长已矣，生者当乐天的道理。

再看他应酬歌妓的诗词，也是端庄尊重，轻灵妩媚之余却没有一点轻佻浮浪之意，其心意与两宋年间的那些文人骚客是迥然不同的。除了有名的他为柔奴写的《定风波·此心安处是吾乡》外，另一首《减字木兰花》也是别有来源。

【枝上柳绵吹又少】
【天涯何处无芳草】

> 郑庄好客,荣我尊前时堕帻。落笔生风,籍甚声名独我公。
> 高山白早,莹雪肌肤那解老。从此南徐,良夜清风月满湖。
>
> ——苏轼《减字木兰花》

这是他借词为歌姬郑荣、高莹求情脱籍所作,开了"藏头词"的先风。这样的苏轼,和那口口声声"忠君爱民"、"存天理,灭人欲",却为一己之私威逼名妓严蕊诬陷他人的南宋理学宗师朱熹相比,人品高下,不望可知。

应该还有一段人们甚少提及的故事,苏轼的初恋。我看到,就一并录了来。他的堂妹,一个在历史上没有留下名字的女人,只是在东坡的诗文中称她为"堂妹"或"小二娘"。祖父苏序的葬礼期间,她出现了,苏轼对她一见倾心,只不过缘分浅薄,不能在一起。这位堂妹后来嫁给了一个喜欢收藏书画的书生柳仲远,住在靖江,苏轼在杭州做官时,后来流放时都去探望过她,也为她写过诗——

> 羞归应为负花期,已是成荫结子时。
> 与物寡情怜我老,遣春无恨赖君诗。
> 玉台不见朝酣酒,金缕犹歌空折枝。
> 从此年年定相见,欲师老圃问樊迟。

林语堂先生以为这首诗是很典型的"情诗",可看做东坡对年少时梦中情人的温然怀念。后来这位堂妹死时,苏轼直说自己"情怀割裂""心如刀割"。我真是喜欢东坡这样的洒然真挚。对身边的人都有敬爱怜惜的心,这样的男子值得女人去爱,值得千年后仍时有女子为他牵动情肠。

善男子,善女子,都应得到怜爱。

他对堂妹的感情,是情意结般的高高在上,可以自诩。红尘万里,很多人遇到了,散失了,误解了,错过了,所以,到年老仍是赤心怀念的人,不是每个人都可以拥有的,因此是一份机缘。就好像有个人叹息,当年他喜欢过一个女子,可是那个女子是别人的女朋友,他不好意思去表白,甚至连争抢的心也没有,那时候他还是个小卒,后来,她和先前的男子散了,他也逐渐有了名气,可是他跟她,毕竟错过了!这么多年来,她一直是他的情意结,但他也是万人称道的好男子。

> 苏轼作她的墓志铭,只短短百余字,这朝云几岁来我家,十五年来待我尽心尽意,是个知礼的人,她跟我来惠州,某月某日病瘴,诵金刚经六如偈而殁,我葬她在此云云,此外她生得如何美貌聪明,身世之感,悼亡的话,一句也不提。我避匿雁荡山时在苏词宗案中读到,不觉潸然流下泪来。

——仍用胡兰成的文字作结吧,这个男人,别人说他如何,仍难减我对他的好感。这是没办法的事。

【而今听雨僧庐下,鬓已星星也】

我听雨时想起你。

想你和我一样躺在床上,身边没有伴。爱过的人都烟散云消。

夜浓如墨,滴落我的眼中。

这世界早已不是熟悉的世界。人事全非这个词,面目平静内相狰狞。

辗转反侧。身体里崩裂了巨大的伤口,不动声色,却痛得如影随形。

是窗外不眠不休的雨,还是你的词,潜入我的心,使它摇荡,如飘在水面那样凄苦无措。

我相信,光阴之间是没有缝隙的,不能造成隔阂。千载,对心照不宣的人而言,也只是转念之间。

不然,我如何能对你的苦,感同身受。

那首词在心里翻来覆去。

——不是没见过写雨的词章,相反是见得多了,而在这个雨夜,我能够想起的,只有你写于宋亡后某个雨夜的这首词。

我常潜在一个人的词里观察他一生中的某个片段。盛大的微小的灿烂的醒目的浮光掠影。不得不承认自己有一种窥私的心理。现在你让我在短短的词里看完你长长的一生。这是多么确实、浩大的冲击。

你说,"少年听雨歌楼上,红烛昏灯帐",你说,"壮年听雨客舟中,江阔云低,断雁叫西风"。你说,"而今听雨僧庐下,鬓已星星也。悲欢离合总无情,一任阶前,点滴到天明。"

"僧庐"二字,引我多少感慨。惊觉自己不再是少女,不再顾念《花间集》里多情女子思念情人的词章,这心境的移换,使我无声无息地走向你,走入你寄居的僧庐。

你我,都没有成为僧人,却在此地得到慰藉;慰藉纵然苦涩,也好过一无所有。我所认为的皈依,是心的停泊,靠岸。

要过多少年,我们才能将激荡的感情收起,变得缄默从容,告别富于挑逗的美好,告别脆弱的精致,告别无用的敏感?不再会遇到风吹草动就草木皆兵,而是变得茁壮,哪怕被误认为是倔强。

我看见你打坐。我在你的影子里看到另一个人,他躺在遥远孤

【而今听雨僧庐下】
【鬓已星星也】

村的一张床上，奄奄一息。他即将抵达生命的终点，可他的信念没有停止前行——他依旧不忘叮嘱儿子说："王师北定中原日，家祭无忘告乃翁！"

——你们都无法忘却那脆弱的前朝，即使它积贫积弱，即使知道它被取代是历史演进的必然。就像我们明知道死亡无时无刻不潜伏在身旁，可是没有力量能够阻止人，继续寻欢作乐。

人们一厢情愿追求不死，迷恋年轻。

盲目的坚持，有时正是生之乐趣所在。如果，从一开始就看破，也就无所谓看破。我们。所有的平静都将重新崛起在年华消逝的悲凉之上。生命最根本的失去，是老去。谁都无力阻止。最平衡的法则，最公正的无情。

所幸我们还有回忆。以为凭借回忆可以重回往昔，可正是这座桥提醒我们过去已过去，促使我们和往日分手，与今日执手相看，纵然心有不甘。

你回忆年少。年少的轻狂。你的出身优越，是贵公子。你的青春，花好月圆。身边环绕着莺歌燕舞，韶华极盛，消耗和挥霍成了理所当然毫无负罪感的事。

连听雨，也要在偎翠依红的悠然自得中，感慨时序变幻，春花秋月的凋残。那时的伤感并不是真正的伤感，忧愁也是被粉饰一新的。要美人的手轻轻揾去英雄泪。多情泪只是点缀，一点也不销蚀内心壮志。

游走，游走，白马轻裘，花枝不沾手。不留恋是以为来日方长，谁知转眼山河变色，江山易主。

昨日已旧，来日全非。青春仓促结束，过往的荒唐由自己买单。

优雅软弱的宋朝之后出现彪蛮强悍的元朝并不是偶然。如果能用一种通达、无定见的态度去看待历史，将它看作自有法则的延续，就会发现，历史是拟人化的，递进或倒退与人的成长心境不无照应。

克制，不容宣泄的青春所拥有的平静只是表象，内在郁积。成年后终有伺机爆发的一日。

雨声合着你心中韵。那雨已不是少年时，隔帐所听的绵绵之音。它满心悲怆，悲壮地敲击江面，固执地敲打着陈旧的客舟。

人在舟中。随波漂荡。

随你到秋江，江上雨茫茫……

那磅礴的雨在我眼中化作一只鸟，我想起了填海的精卫——孱弱的生命，不屈的精魂，无望的坚持，执意要挽回什么，凄厉却无果。

天空有失群的孤雁，低低盘旋。它飞翔的姿势彷徨，在这雨中疲于奔命，找不到同伴，找不到家乡。无处栖落。

它哀戚的叫声破雨而来，又因雨声变得更加渺茫。这只失群雁，使你内心凄恻，你望见它如同看见自己，如同看见很多人的困顿。它正是如今在世途上辛苦挣扎的众生写照。

对它有怜悯也无能为力。你也在挣扎漂泊。

风疾云低，隔窗望去，密雨的秋江与天厮缠，晦暗不明。面对同

【而今听雨僧庐下】
【鬓已星星也】

样晦暗的时局,你也在自问该何去何从。

那时你已步入中年。你开始漂泊。

男人,到了一定的年纪,一定有很多想法要去实现。即使不是兵荒马乱的年代,客居他乡是常有的事情。奔波的生活使你思乡,深浓的相思促你写下词章:

一片春愁待酒浇。江上舟摇,楼上帘招。秋娘渡与泰娘桥,风又飘飘,雨又萧萧。

何日归家洗客袍?银字笙调,心字香烧。流光容易把人抛,红了樱桃,绿了芭蕉。

笔锋眷恋——那时心里还蕴着春愁,再疲惫也善感,留心在意何处红了樱桃,又几时绿了芭蕉。对时节的变换惊心,是对生命敏感,也是心存强求,遗憾追不上流年的步伐。

惦念着归家洗去身上风尘。换下旧衫,点起熏炉里心字香,调弄有刻银字的笙。那时家中有佳人守候。你为她吹奏,诉说旅恨几重。

如今,爱过的人都烟消云散,笙积尘灰香残断。

你走进了一座僧庐。少年的风流,中年的浪荡,终归于老来的孤清。这清简之地,自成一个小小世界。你学习放下,挥别旧日繁华!

夜来,雨又开始下,滴滴答答。

残灯如豆,烛火温暖不了你斑白的头发,也照亮不了你苍老的容颜。

半夜灯前十年事,一时和雨到心头。

　　这老去的你,孤独的你,无用的你,词章孤独,借纸续断篇,残梦重温,拓不回从前。
　　你这个日渐衰朽的男人独自悼念着那消逝的前朝。
　　雨打湿了庐外青阶,打不湿你的心。时事的变迁与你再无干系,桃花源外是秦是汉,自有天数。
　　你改变不了它,也拒绝被它改变——就这样静默地对峙。
　　你的心已不再多情,多情最无用。承认个人的坚持和努力无用。不舍又如何?即使疾步也被时代狠狠抛下。过去的终将过去。
　　人人都以为自己一生千丘万壑,辗转行来阅尽世事风光。其实再多的经历,悲欢离合四个字也可概括,再深的纠葛也逃不脱爱恨情仇的圈套。
　　老去的陆游感慨——

老去同参唯夜雨,焚香卧听画檐声。

　　我不知道他参悟到了什么。是否,也与你一样,千头万绪凝作一句:悲欢离合总无情。

【一怀愁绪，几年离索】

红酥手、黄藤酒，

满城春色宫墙柳。

东风恶，欢情薄，

一怀愁绪，几年离索，

错，错，错！

——陆游《钗头凤》

写到《钗头凤》，突然就卡住了，觉得太多人知道陆游、唐婉、沈园。故事我是烂熟，却不知打哪儿说起，也喜欢自虐，压根就不愿毫无新意地复述别人说过的话。

在没有引进西方遗传概念之前，中国传统信奉"亲上加亲"，表兄娶表妹是天经地义的。穷困人家之间这种换亲，省得许多彩礼；富裕家庭则更增添一些喜庆。民间有许多表兄妹间的爱情故事，譬如嫌贫爱富、撕毁婚约，譬如私相授受，暗定终身……由于表兄妹也分所谓姑表、舅表，戏文中常常出现的是舅母嫌弃外甥。

而陆游、唐婉也是表兄妹，却是姑母嫌弃外甥女。唐婉怎么做也"不获上意"，丈夫又是个事母至孝的人，这便种下了悲剧的种子。我看《二十四孝》的故事总觉得惊怕，怎么世间还有这样愚孝的人？这样残酷的事还时时被后世人拿来做榜样，京剧《三娘教子》唱的即是。都说帝王家无情，其实中国的堂堂皇道，到了民间也一样是清冷残酷的。因为权力变小、责任变重的缘故，有时，礼教反而更显得变态压抑。

陆游原不是一个软弱怯懦的男子。"三万里河东入海，五千仞岳上摩天"，"当年万里觅封侯，匹马戍梁州"，"夜来卧听风吹雨，铁马冰河入梦来"。他诗里的慷慨义气，教人耸眉动容。"上马击狂胡，下马草军书"，他的诗剑生涯，一样激扬从容。可是，在母亲面前，在最爱的女人面前，他都做了懦弱的人。

或许这样去指摘他是不对的。他不能不孝。毕竟是那个时代的人，礼教驯养出来的标准好男儿，如孙悟空挣不脱那个紧箍咒。

所以只能一次次地哀求,最后低头,休了自己至爱的妻。

原本属于两人的情爱中,添入了太多的情感纠葛。纠葛是沉重的,繁杂的,无法使人释然。

他另娶王氏淑女,她另嫁赵家好男。没缘法,转眼分离乍。翻覆间生离如死别。时光又轮回了。事件重演……"孔雀东南飞,五里一徘徊。……举身赴清池,自挂东南枝"。你可看见,东汉的杳缈水烟里,刘兰芝和焦仲卿隐约的身影?

时间慢慢地流过去了,那些曾经鲜活的人,他们血流成河的哀伤,渐渐变成了戏文里的皮囊,单单的,薄薄的,哪个人都可以套到身上来演;书页之间的黑白文字,轻薄,谁都可以谈起。他们成了故事,成了神话。

以为一切已经过去了。可是,走过三国魏晋,南北朝,隋唐北宋,到了南宋,焦母陆母们仍可以为了儿子的前程考量,举起"孝"的大棒逼散鸳鸯。做小官的儿子,敢怒不敢言,不懂得孝而不顺的道理。贤惠美貌的儿媳含冤受屈被遣送回家——依旧是同样的悲剧,连戏码都没有变,只是主角上场时换了一副面具。

"多谢后世人,戒之慎勿忘"。孔雀东南飞,千年的期盼还是落了空。

十年后,他回到家乡,独自去了沈园。应是心底的一缕难解的情愫引领他去的。那里是他与唐婉相恋的地方。沈园的青春岁月是他多年来藏在心里的秘密花园,秘而不宣。

他黯黯地在沈园里凭吊，想着世事如水不可回转，大宋江山如是，自己的爱情亦如是。转身之间却又遇见她了。这如画的春天里，杨柳揉碎了一池碧水。曾经与他十指交缠，分花拂柳踏步而来的人，已嫁作他人妻。

为什么还要遇见呢？

此时唐婉已由家人做主改嫁名士赵士程。春光和煦的一日，夫妇相偕游园。

她分花拂柳而来。阔别十年后，又看见他了，依稀仍旧是分花拂柳间抬眼望见的弱冠少年，他好像从年少时就站在那里，未曾离别。

为什么一定要是十年呢？

这个数字仿佛一个魔咒，撺掇着人把时间当成坟墓，把什么都往里面埋。等你，以为已经时过境迁，风平浪静了，再一股脑地倒腾出来，看你受不受得了。

一个眼神，就知道彼此根本未曾离别。十年之前，我们分手，十年之后，我在你身后。仍是朋友，还可以轻声问候。只是，那种温柔再也找不到拥抱的理由。

她遣人送来黄藤酒一杯。红酥手，黄藤酒，请君满饮此杯。这或许是你我最亲密的接触了。情人最后难免沦为朋友。

她退回小轩里，与丈夫共进小食。隔着摇曳柳树，她知道他就在不远处，可是再也不敢抬头，不能再看他一眼。往事不堪回首，纵

【一怀愁绪　几年离索】

有千种愁绪也只能埋在心里,烂在心上。已是他人妇,虽然赵士程足够绅士,给了他们叙旧的机会,只是他不敢过来,她不敢请。谁不怕？这抑制不住如海的相思!

她只送过一杯酒。以妾红酥手,赠君黄藤酒。相逢无语君应笑,各自春风慰寂寥。

她和夫君在轩间小酌,依稀望见黛眉轻蹙,红袖玉手,为他轻轻斟酒。隔着摇曳柳树,轩上的她,好比云间月,禁宫柳。

曾以为,我们是一生一世一双人。

他在墙上题了一阕"钗头凤"。为了逃开这宿命般的挫败感和遗憾,陆游远远离开了故乡山阴,手持三尺青锋北上抗金,又转川蜀任职。一年后,唐婉重游沈园,走到与陆游相逢的地方,看见粉笔上字迹犹新的词,恰如看见两人的心血斑斑。她伤心饮泣,在词后和了一阕——

世情薄,人情恶,雨送黄昏花易落。晓风干,泪痕残,欲笺心事、独语斜栏。难、难、难。

人成各,今非昨,病魂常似秋千索。角声寒,夜阑珊,怕人寻问、咽泪装欢。瞒、瞒、瞒。

春如旧,人空瘦。你何必再题什么《钗头凤》？桃花落,闲池阁。你我别后,已是武陵胜景又一春,何必再叹什么"山盟虽在,锦书难托"?

那一年,他终于以一只钗头凤为聘礼,将她迎娶回家。那是一只钗,钗头是一只小小的凤——凤嘴小小,以为衔紧了一世的爱情。

以为朝夕的相拥而眠,是终生的厮守。我太眷恋你了呀,无心去做别的事,天天谈诗论赋,耳鬓厮磨,不知今夕何夕,把什么功名利禄都抛到九霄云外。得到这样兰心蕙质的妻,谁舍得只顾追名逐利,冷落了你?何况我屡试不第,是因为性情耿直而得罪权贵,是血脉里流淌着诗人的梦魂,不是你的过错。

谁说世代望族子弟就必得做官才不堕家风,才对得起祖先?若不是生逢乱世,谁不想效李太白"且放白鹿青崖间,须行即骑访名山",在山水之间,赌书泼茶,琴瑟相和?

"船前一壶酒,船尾一卷书,钓得紫鳜鱼,旋洗白莲藕。"足教世人从此不羡鸳鸯只羡仙。

不料却恼了母亲,一来唐婉不能生育,二来使陆游沉溺儿女情长,有耽误功名的嫌疑。去占卜,说两人八字不合,陆母闻言大惊失色,也顾不得亲戚不亲戚,立逼儿子写休书,又赶着为他另娶贤妻。陆游是陆游啊,被寄予厚望的男子,只可以做国家的栋梁,从科甲正途入仕,不可以做那被溺爱的儿女情长的贾宝玉。

也是因为爱儿子吧,为了他的功名前程计,更为了私心里那一点不可明言的"恋子情结"。就像焦仲卿的母亲一样,媳妇怎么做也讨不得婆婆欢心。因为我的儿子太爱你了,这本身就是一种罪。

【一怀愁绪】
【几年离索】

女人的妒忌是嫉忿狠毒的根苗里开出来的妖花,却常常拿爱做幌子。

和了一阕《钗头凤》后不久,唐婉便因悲痛过度,抑郁而死。她对得起陆游了!唯一辜负的是赵士程吧?一个儒雅豁达的谦谦君子。史书上不提他的深情宽厚,可也应该是不输放翁的,如果不是"曾经沧海难为水",如果不是沈园一遇,那一阕伤筋动骨的《钗头凤》,他和唐婉安然到老,应该不是神话吧?

唐婉说"怕人寻问,咽泪装欢",难道他真的一无所觉吗?沈园那一遇,她和他的未尽情愫,他真的看不出来吗?只是他选择隐忍,沉默罢了。他爱她,也尊重她。

她别去,用死亡在两个爱她的男人中间划下一道不可逾越的银河。没有鹊桥暗渡,此生此世再不复见。死亡,有时反而是最轻易的割舍。

用破一生心,也无法让你爱我。夜半阑珊时,赵士程又该有怎样的痛?

这一切的哀讯陆游并不知道。他刻意地远走他乡,忙于他的抗金大业。只有"夜里挑灯看剑,梦回吹角连营"的军旅生活,塞外关河的风刀霜剑,才能消磨他心底那属于江南的一缕缠绵隐痛。

人生如白驹过隙,一蹉跎,便是两鬓苍苍。直到四十年后,陆游重回沈园,才看到唐婉的和词。可是,伊人何在?他们错过了四十年!本该厮守却仳离的四十年……

像咬破舌尖般刺痛,我轻曼地想起《古诗十九首》里的句子:"同心而离居,忧伤以终老。"一霎的轻别,换来半生的凄凉孤单。生命中无法填补的空洞,只是一错手而已。相爱太深是错,没有恶意也可以导演出无法遏止的悲剧。爱的本身无分对错,所以也可以是错。

他的一生,写了九千多首诗词,却没有一首是给自己的母亲和续弦的妻子的——心里不是不怨吧,只是不能明说。他终究还是有怨,还是有恨。母亲扼杀了他一生的幸福,逼死了他最爱的女人。

对母亲的孝,应该是心甘情愿,若心生怨艾,已是不孝了。其实他如此地悔,还不如当初反了,拼着不做什么孝顺儿子,忠于自己,省得一生长恨。可惜已经错了,一错手,是天长地远,相见无期。

金戈铁马的陆游,一生中最柔软的伤口该是这"沈园"了吧,不能触碰,一动,就有汹涌的泪流出。他偶然看见别人做的菊花枕,想起她曾经把采下的野菊放在太阳底下晒干,细细地缝成菊枕。为他做的枕头。那幽谧的菊花香,使他感伤地叹——"唤回四十三年梦,灯暗无人说断肠"。

他只能移情沈园。最后一次见到心上人的地方。"每入城,必登寺眺望,不能胜情"。那时,垂垂老矣的陆游,总是老泪纵横,苦不堪言。一次次的重游沈园,哪怕是梦游,他也有诗做。

此身行作稽山土,犹吊遗踪一泫然。恨不能,将我自己常埋此地。只为在此回忆,你经过的身影。

今我来时,杨柳依依,沈园里,不见宋时明月宋时人。影壁上后人刻的两阕词,遥遥相看,黑的碑,白的字,叫人凄然。心意相通却无缘牵手。山长水阔,梦魂杳杳,再相逢,唯有来生了。

这堵墙,被苍凉的爱情剜了筋脉,似是残了。虽然被修葺得光洁了,仍有不见天日的哀伤。

那一年,夏末游园,园里展眼看去都是绿。这园不及苏州的园林多矣,但仍惹人眷恋,就像北京上海的大观园,明知是假,爱着《红楼梦》的人还是要进去看看。

这树静静地陪他一起老了,这水还青碧着,仿佛一低头就可以看见她的倩影。我滞留沈园,不为亭台楼阁之胜,为的是那份千年情殇。

不禁想,若当日两人放舟江湖,南山携隐又如何?没有牛郎织女式的离散,不要这千古传唱的《钗头凤》,只要他们是一生一世一双人。

【有梅花，似我愁】

十月时在阿里驱车行走，常常百余里荒无人烟。看到荒滩上炊烟袅袅，一时就动了归心。

那天一时困倦睡过去，醒来时见周边白雪皑皑，车里几个同伴忙着拍雪山做资料，我靠在车窗上问，海拔多少了？答我，过五千了。

怪不得有雪。

满山满谷的雪，群山敛默。隔着车窗还看见纷纷扬扬，细碎如堆的心绪。迷蒙间我想了一句话："都道无人愁似我，今夜雪，有梅

【有梅花似我愁】

花,似我愁!"

宋人蒋捷的词出现在我脑海。像一个人,走了千里万里,茫茫的雪路,风尘仆仆出现在面前,猝不及防却理所当然。

他与我最直接的牵系,是耳边风,眼前雪。这风是宇宙中的风,雪是洪荒时就积下的雪,两者皆是永不朽灭的巨大存在,而我们是时间两端两个微小易朽的生物。文字是破空而至的箭镞,同时穿透了我和他的灵魂,于是,那缺口两边多了遥遥相望的人。

承载我们的,是他的舟,我的车,舟船是相同事物在不同时空的显现,有着共通的本质——生命永处于变动中,这变动剧烈却不易察觉,因此人制造出一些具体物件来提醒自己在前行,在前行中苍老。这种无意识的行为,暗合了永恒的命题。

有一只鹰俯冲下来。阴沉的天色使苍鹰的身形模糊,伟岸凶猛不易察觉,它盘旋而过。我竟觉得是他那日在船头邂逅的白鸥,那样温良的水鸟。

一只白鸥在外面叫着,蒋捷开始不知道这只鸟倾诉的对象是自己。这时船慢下来。船夫进舱来点亮了灯,蒋捷意识到天暗了。他问,走到哪里了?

答曰,到荆溪了。

哦,那便快到家了! 蒋捷松了口气。他是宜兴人,荆溪就在宜兴。一路车船劳顿使得他急切地想返家。

落雪了,瞧着只怕一时半会儿走不了,船夫说。

家在咫尺却归不得——这倒是未曾料到。他皱了眉头,情绪一下子低落了许多,顺手揭开帘子,冷风扑面而来,水面上船影幢幢,蛰伏着不动,倒像是岸边的村舍。若船上生火做饭,炊烟袅袅,越发近的狠了。

他怀着某种莫名的伤感步向船头。看到铅云沉沉,冻雨打湿了船板。他由此想到的,不是归期被阻,而是人生的种种不得意,不得已。那只白鸥又对着他叫起来。他突然意识到——这小东西是在对我说话,它好像在问我,你逗留在此是否着急啊?他因这充满想象力的画面而微微发笑了。

便真的如在与一只鸟,一个孩童对话一样,许多情绪涌集心头。那些想说的话最终凝练成一阕词,他看见白鸥自由自在,童稚天真,也许白鸥的生活同样不安动荡,充满了暗箭难防被人猎杀的危险,今夜此时,白鸥翅膀展开的是人生洁白明亮的一面,让词人联想到海阔天空的自由。

人的渺小无助显露无遗,飓风吹折远航风帆,一场雪就可以阻断归程。无论你会造船造飞机,任你能上天下海都好,逃脱不了自然小小的一个摆布。

便如我们行在阿里,时时小心计算路线,天气是首要考虑的因素,不经意的一场雪,可能使我们被困在一个偏远县乡一两个月。严重的话,直至来年雪消,方可行车。翻山越岭之间,孤崖绝岩之上,一个拦路的石块就可能使车翻坠深渊……

【有梅花似我愁】

此时悠然的归心,不是路途艰险生出的恐惧,而是于茫茫无际中领略到的人生感受。对于宋人的词,唐人的诗,何谓"都道无人愁似我,今夜雪,有梅花,似我愁!"何谓"柴门闻犬吠,风雪夜归人"。

此时兴起的愁绪,不是无病呻吟。没有花外楼,不见柳下舟,暮野四合了。我无比清晰地看到,无论是蒋捷,还是我,抑或换做任何一个人,都回不到从前,这是命定的。旧游,是人永远也回不去的地方。

即使你曾经回去过,可惜与你同去的人不在了,你们又一起去过,可惜当年的心境难追返,纵然深藏着当年的心境,小心翼翼。同着当时的人一起。你亦会惊觉,这地方和以前大不一样了。

总有不对的细节来干扰,让你无法严丝合缝重温旧梦。昨日只在梦中重现。

古人的词章里隐藏着极大的秘密,关于时间空间的秘密。大到一个朝代的兴亡,小到一个人的生老病死,本质上都遵循着同一个规则。

蕴于文字中的智慧,使得轻浮的情绪感触有了经书般的庄严。哲理隐匿于一切的存在物中,花鸟鱼虫,风霜雨雪——秘密是公开的,隐喻却高深莫测。

令我念念不忘唐人这样吟道:

日暮苍山远,天寒白屋贫。

柴门闻犬吠,风雪夜归人。

　　现在回味这首诗,真要感慨年龄和阅历给人带来的改变及影响。一首简单五言诗,描绘的只是民间的艰窘生活,以白描笔法勾勒出一幅风雪夜归的场景,其中怎么会有深长的动人画面呢?这在年幼时,简直是不可理解的事。

　　年轻有年轻的快乐,年长有年长的好处。有一些快乐,只有年轻能够挥霍享受,有一些快乐却只有到了一定年龄才能心领神会。愈是年长,愈是知道平凡可贵清淡难得,文字也一样,有些意境好处,年岁不到是难以体味到的。

　　便如刘长卿这首五言吧,写的是他被雪阻路,借宿芙蓉山中的农家。时值日暮,夜色降临。青山模糊了形影,望去仿佛远去了一般。所借宿的农家,全家人挤在小小几间残旧屋舍里。密雪积压,白茅覆盖的屋顶看起来不堪重负,时时有倾颓的危险。忽然间听到院内有狗吠叫,原来是家中有人踏雪归来。

　　有人归来,有人迎出,嘘寒问暖,家中一时热闹,这一幕被借宿的客人看到,心中温暖哀伤不已。漫漫风雪之中,阖家团圆的幸福画面,让他心生羡慕,自觉孤独。在茫茫之中,又兴起无边际的归心。主人家灶间的炉火逐渐明亮。此时他或比任何时候都耻于看见自己的孤独,渴望停止漂泊,停止追逐永远高高在上的理想,停止这一生的坎坷,就做个衣食饱暖的普通人。可现在看起来,想宦海回身做个普通人,更难。

　　刘长卿一生经历了玄宗、肃宗、代宗和德宗四朝,奔波劳碌,屡遭贬谪。宦海浮沉,终不得志。在这个风雪交加的夜晚,看到的这个情景,让他心中埋藏的,难与人言的哀伤浮出水面,凝在笔端,如雪般落下,积为一首不动声色的诗。

　　他拿这首诗逼近了自己内心,照亮了它,检点它,他看见所有人的心上,都烙着一块共同的印记——向往温暖,趋于安宁,就像这诗后所省略的,夜色宁静,白日的喧嚣,一切烦乱都消匿了,如人归于屋舍,动物蛰伏于巢穴。

　　还有细微的,听不见的声响,那是心头不为人知的怨愤、不甘、哀苦、挣扎。它们通常只在夜间出没。到了白天,就要被理所当然的关起,若无其事地转身上路。

　　宋人陈后山有首不太为人知的小诗《雪》,乃是感于刘长卿诗中意境,重现了这幅画面。以宋诗特有的清明,减去了刘诗中的惆怅:

　　　　初雪已覆地,晚风仍积威。木鸣端自语,鸟起不成飞。寒巷闻惊犬,邻家有夜归。

　　陈诗用心虽无异,可惜意境远不如原作细致的铺陈,损害了原诗的高远隽永的意味,使得这诗也像是一个避居世外的人被人生生拽入市井了。

高原天高壮阔,我想起韩愈在南去潮州的路上,勒马长吟:"云横秦岭家何在,雪拥蓝关马不前。"他看见的天,必定是我眼前的这幅高天,绵延长卷,绝非我所生活的城市,抬头望见的是被割据的零碎天空。

　　他以为此番有去无回了,这英勇的想法过后,酸楚和不安接踵而至。唐时的潮州还是一片人迹罕至的蛮荒之地,人烟稀少,瘴疠横行,是朝廷贬谪罪人之地,如俄国的西伯利亚。前途未卜,他心内充满了忧伤。因为远去,对长安的眷恋愈发浓烈。你看啊,秦岭高不可攀,浓云也只是盘绕在山间,雪积蓝关,连马都裹足不前了!我还能有什么办法呢?

　　此时倨傲的文士清楚地意识到内心的无助及卑小。无论是面对凛凛不可犯的自然界,还是面对凛凛不可亲的君王,他都不像自己预设的那样重要,简直微不足道。传说中,他身为八仙之一的侄孙韩湘子,让他看牡丹在初冬开花,花上现"云横秦岭家何在,雪拥蓝关马不前"两句诗。韩愈不解其意,韩湘子说日后可知。后来韩愈因劝阻宪宗迎佛骨获罪。行至蓝田关重病,韩湘子显身救了他。

　　人生的阻碍真是无所不在。大雪,让我们前行时驻足停顿,更清楚地看清来时路。蒋捷在迷蒙中看见了旧游的真相,那是费尽心机再也回不去的地方;长卿隔窗看见了人间烟火的温暖,他转而明白了一生坎坷的症结所在,并非受人逼迫,命运拨弄,是他自己选择了流离的生活。

《溪山图》　明　徐贲

高启纵览古今,气吞山河的豪兴,比前人是有过之而无不及!诗人慧眼洞悉万古苍茫后争斗不息的真相,是宛昔也是赞叹。

《贾宝玉神游太虚境》 清 孙温

想那贾宝玉于鲜花着锦、烈火烹油之时,何曾想到贾府已经潜伏着深重的危机,眼前这一场富贵不过是镜花水月,一朝大厦倾塌,从上到下无一幸免。

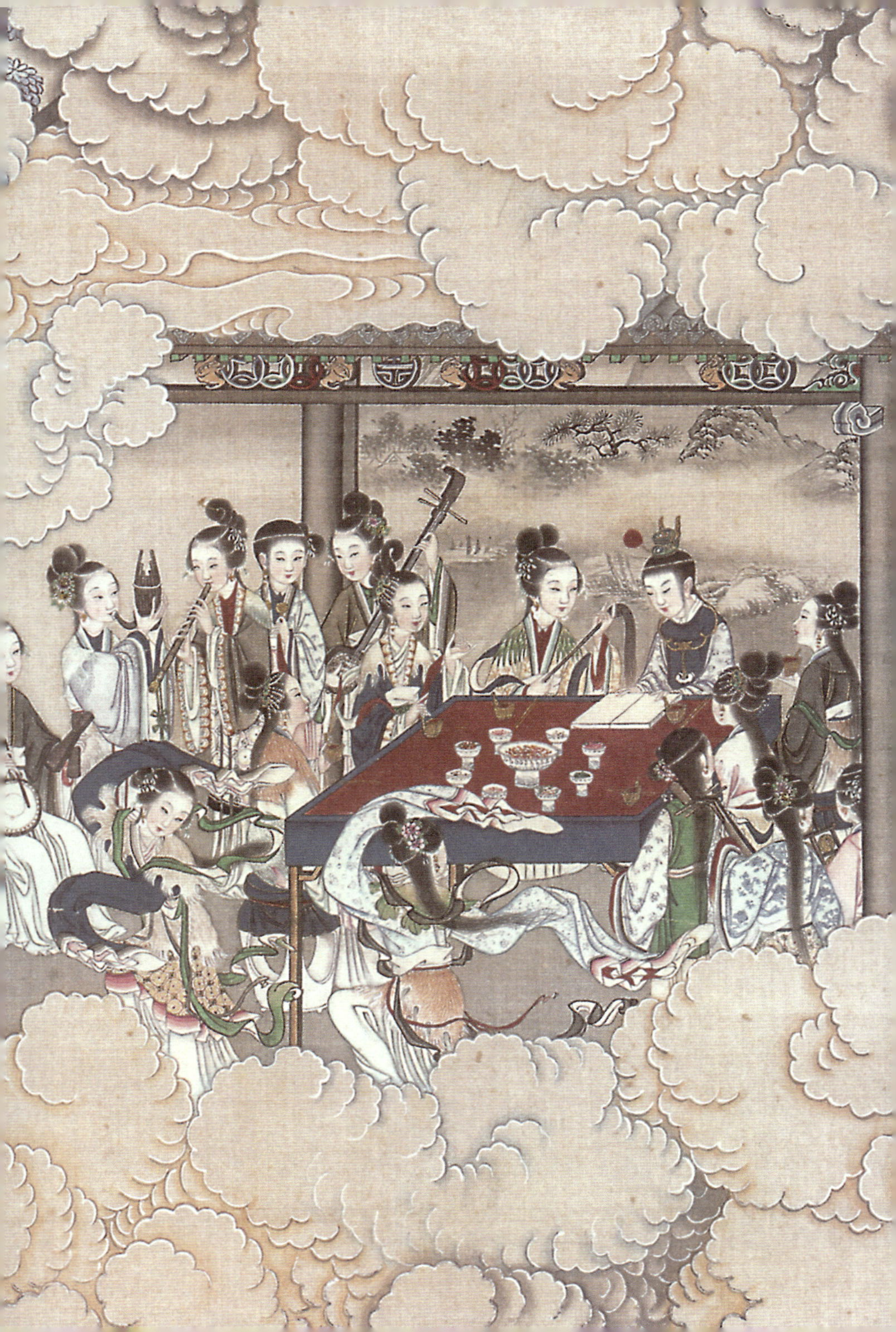

《**富春山居图**》 剩山图卷　　元　黄公望

江南的诗意失意，也自古长存。身在江湖，心忧庙堂，人，或多或少总有放不下的一点执念和残念。偏安一隅固然少了压力，却也不免有些怀才不遇的落寞。

山川渾厚草木華滋

畫苑墨皇大癡第一神品富春山圖
己卯元日書句曲題辭于上吳湖帆祕篋

《**西湖图**》 元 佚名

如今走在西湖细雨中,想起的却总是苏曼殊的"春雨楼头尺八箫,何时归看浙江潮?芒鞋破钵无人识,踏过樱花第几桥"。

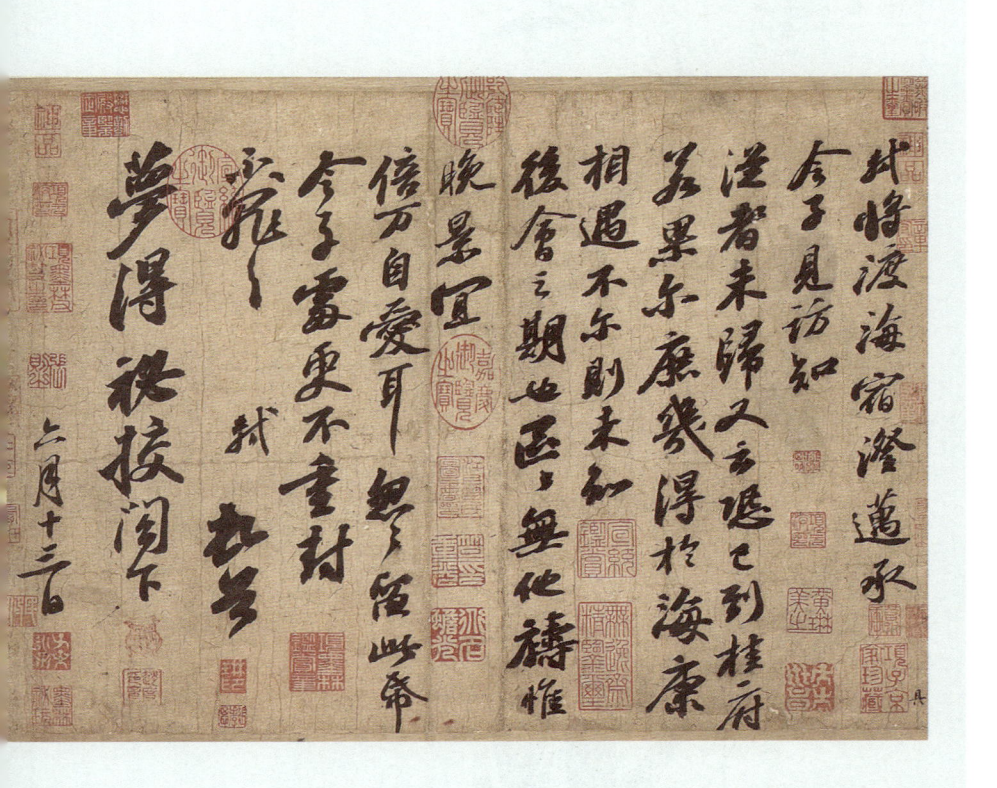

《苏轼尺牍》　　北宋　苏轼

他的诗文，竟只可叹服，只能追慕，如那青天上明霞一缕，甚高远，也甚旖旎。掩卷神游，只得赞一句：千江有水千江月，万里无云万里天。

《墨竹图》 北宋 苏轼

人生中，其实不断有契机能够让你审视自己存在的状态和价值。一个人，若能把握天人相应的契机，静心参悟，将一世荣辱看成一树花开，盛衰随喜，那么人世间的凄风苦雨，亦能泰然处之，坦然相待了。

韩愈勒马垂泪,模糊中他看见侄孙前来相迎,温情脉脉的脸。他一生都在追求精神上的超拔,家国天下,他操心的是天下,令他安心的还是自己的家。

他对侄孙韩湘说:"知汝远来应有意,好收吾骨瘴江边。"这是他对亲人的交代。我听到的不是从容赴死的高呼,而是低低的叮咛、渗透内心的恐惧——就算身死潮州,有你前来为我掩土收葬,我死也瞑目。

遗憾的是,韩愈此行自身虽无恙,却难免亲眷丧亡之痛。韩愈获罪,家属亦遭遣逐,韩愈的四女儿体弱多病死于途中,当时没有条件好好安葬,仅用野藤捆绑薄皮棺材,将她葬于荒山野峰之下。后来韩愈回程,路过亡女之墓,不禁痛断肝肠,写下《去岁自刑部侍郎以罪贬潮州刺史乘驿赴任后其家亦遭逐小女道死殡之层峰驿旁后蒙恩还朝过其墓留题驿梁》以记其事,中有:"致汝无辜由我罪,百年惭痛泪阑干"之语,足见此事对他打击之大。

沿着荒漠一样的路行走,我一个接一个地想起他们,他们汇合在一起像一条汹涌的河流,向我涌来。零碎的语感全部指向同一个核心。佛说,一念千年。我原不解,可这归心一动,分明是千年。

【人间别久不成悲】

　　肥水东流无尽期,当初不合种相思。梦中未比丹青见,暗里忽惊山鸟啼。　　春未绿,鬓先丝,人间别久不成悲。谁教岁岁红莲夜,两处沉吟各自知。

——姜夔《鹧鸪天·元夕有所梦》

　　我欲诉说一点艳凉的心思。有一种心境,在心里起落,我知道这样做是强勉的。表达如步履蹒跚的小孩,终难走向指定的地方。

　　这飘摇的情绪起自于一个南宋男人的词。元夕之夜——他自

【人间别久不成悲】

梦中幡然醒来,为着少年时的一段情事。写下这篇作品。

他默默无语。怎么过了这么久,还会这样想你,在梦中见到你,面容如昔,而我已老去。

我已不再悲伤,可那难过的情绪像一团乱絮堵住我胸口。我无法不去想你。此夜,夜如昼。灯比繁星亮,弯弯曲曲渡到眼前来,是银河倒映于心,还是泪水模糊了眼帘?

人声嘈杂,夹杂着其他欢娱的声音一刻不停地灌入耳中,这是一年里难得放松的一夜。普天同庆,皇族与庶民同欢。流离和战乱越发刺激了人们对安逸的向往,得以名正言顺放纵的短暂时光,及时行乐的心思太过明显,合了韶华极盛的余音,快乐也变得珍贵而悲凉。

车如流水马如龙,悲欢离合从未间断。爱恨开了又谢,谢了又开。不消去看,亦知今夜仍有,多情少女,人约黄昏后却泪湿春衫袖,深情男子,默立于灯火阑珊处,回头却不见有人等候。

外边的热闹犹如腾腾的篝火,照着他,寂寞的男子。他守着热闹心里亮彻,又安静地似大雪无痕。狂欢夜,他不欲参与,连旁观也谢绝,选择闭门不出,连灯也不点,就着月光品味那点凄凉心事。

将自己与世隔绝,不被惊扰,才能尽量把握住飘忽的回忆,与她面对面。

请相信。我不是在抒情或杜撰,这是实有的事,我做的,只是将词意原景再现。《鹧鸪天》这种词,语短意长,妙在意犹未尽,很容易写得撩人。他在回忆，于是撩动了我的回忆。我曾写过姜白石这个男人，于他一生机遇也了然于心。此刻见他一句"梦中未必丹青见，人间别久不成悲"，不由得心有所动。

姜夔年轻时，曾寄寓安徽合肥，就在合肥的赤阑桥畔，他住过一段时间。有诗为证："我家曾住赤阑桥，邻里相逢路不遥。君若到时秋已半，西风门巷柳潇潇。"

那个时候，和现在很多漂泊他乡，意欲开阔眼界在事业上有所发展的年轻人一样，姜夔选择了离开江西老家到外地去寻找机会。

机会也许有，但肯定需要等待。街上或许每天都有千里马在奔走，伯乐却未必肯天天逛街。姜夔虽然名留后世，那时却还没有人慧眼识珠，肯一掷千金为他的才华买单。要在一个陌生的城市立足安身，生存是首要解决的问题。

书生姜夔便委身街肆为人题匾作画，舞文弄墨，也许置换一下时间，我们会更容易理解他当时的处境。试想一下，是如今的年代，在城市的某个角落，生活着一位文艺青年，蜗居在方寸之地，生活艰窘却仍孜孜不倦地创作，相信自己终有出头之日。

八百多年前的南宋，姜夔的生活，差不多也是这个状态。

姜夔在日复一日漫漫无期的等待中，没看到前途的光明，却等来了爱情。

一开始，不能称之为爱情。所有爱情的起源都是偶然。当时，他并不知她会同他衍生出一段感情，而这感情的日后为之刻骨铭心。

他因梦写下《鹧鸪天·元夕有所梦》时已人过中年,显然他并没有因时间的流逝而淡忘往事。在姜夔所遗下的词作里,几乎所有关于感情的欷歔感慨,零星回忆都与此有关。

姜夔是个习惯掩藏心事的人,或者说,习惯欲言又止的人。他的词,说好听点是清空,骚雅。喜欢用思力去引领情绪,必定要旁敲侧击,断不肯直言相告。说得难听点就是虚。王国维很不欣赏他曲里拐弯的表达习惯,道其"格调虽高,却无一字道着"。嫌他过于玩弄文字技巧,缺乏真正有力的感动。

却不知何故,在那一年的元夕前后,他接连写下四阕《鹧鸪天》。这四阕词,是他比较明显的袒露心事,道出内心的痛苦。按顺序,在《鹧鸪天·元夕有所梦》之前,他还写过《正月十一日观灯》:

巷陌风光纵赏时,笼纱未出马先嘶。白头居士无呵殿,只有乘肩小女随。　　花满市,月侵衣,少年情事老来悲。沙河塘上春寒浅,看了游人缓缓归。

以及《元夕不出》:

忆昨天街预赏时,柳悭梅小未教知。而今正是欢游夕,却怕春寒自掩扉。　　帘寂寂,月低低,旧情唯有绛都词。芙蓉影暗三更后,卧听邻娃笑语归。

在正月十六那天,他出去了一趟,回来写下《十六夜又出》:

辇路珠帘两行垂,千枝银烛舞凄凄。东风历历红楼下,谁识三生杜牧之。　欢正好,夜何其。明朝春过小桃枝。鼓声渐远游人散,惆怅归来有月知。

正月十一日,别人还没有出去赏灯时,他先出去了。我能理解他那不欲凑热闹的性子。花满市,月侵衣,十一的月亮也足够亮了,节日的气氛已经有了,虽然还没有到正日子,也比平日热闹好多,四处都是悠悠的游人。路遇达官贵人出行车马喧闹,仪仗威武,他避在一旁,让开开道呵街的随从,肩上负着的稚女却嘻嘻笑吵着要看热闹。

旧事,清亮如眼前灯烛,想起与他分别的女子,当年,分别就是在元宵节前后。如今,人已走远,月光下绽放的,是余情未了的惆怅。若当年,他能在功名仕途上有寸进的话,也许他就不会放开她,不与她分离,也就不会有今日之悲了。

少年情事老来悲——她遗留的影响竟是所料未及的深。到了元夕这天,他没有出门。独自睡下,不经然梦见了她,梦中醒来,他情难自抑,起身写下开头的那首《鹧鸪天》。

【人间别久不成悲】

谁又想得到,短暂的相知之后是漫漫一生的告别。以为错过的,只是一个人。谁知道放弃的,是一生。

如果一个人不在了。留她的画像在身边会是叫人睹物伤情的事,比这更可悲哀的,是在梦中不期而遇,画像可以长久地挂在那里,只要想看,就可以看到,可是梦中的相会,梦醒就转眼消失了。

梦中,山鸟啼叫将我惊醒,春天还没到来,草木还未绿,我的鬓边却又多了丝丝缕缕白发。它们比春草还急切繁盛。当年与卿刚分别的时候,激荡的悲哀几乎将我彻底覆灭。

现在,几十年过去了,连当年那份激切的悲哀都被消磨了。我对你的感情,像岛屿一样沉没了,沉入深不可测的海底,但我知道它的存在。思念,一直抵着我的心。

我相信,此夜你若与我同在这片星空下,天空繁星如梦。我们一定会走回同一个地方,那里有我们不能忘却的过往。

我真实感觉到自己在老去,听到时间在我身上践踏的声音——我衰老了,害怕春天的寒冷,所以我关上门不出去。我害怕热闹的人群,男欢女爱的场面对我而言触目惊心。我一个人留在屋子里,帘子垂下来,月光蜿蜒流照入窗,照见我这个躺在床上的人,街灯渐暗,人们带着各自的莲花灯回家了。我听见隔壁女孩回家时的笑语,她们今夜的快乐溢于言表。

而我旧日的一段感情,静寞地躺在词章里。爱后的余生,我习惯了反刍。回忆是活下去的乐趣。

【人生若只如初见】

姜夔的一生都纠结在曾经的一段感情当中。当初的分分秒秒都是美好。有这样一种人,他们心里一旦住下一个人,那个人就占据了他一生。

他不厌其烦提及的女子是一个弹琵琶的歌女,她或许还有个姐妹。她为他裁衣,煮饭,适时给他一个笑容一个拥抱。对一个前途未卜,百般落魄的年轻人来说,她的出现和接近,给予的他快乐及安慰可想而知。

如那民间传说中温柔善良的田螺姑娘,他六亲疏离,而她是他命里的亲人。

他茫然的生活,漂浮不定的理想,亦因她的肯定,她的期待,有了着陆的可能。他为她谱新词,教她歌新曲,为她的灵慧而心动,欢悦。

他们都是红尘沦落,挣扎求生的男女,因为处境相似,转而相怜相惜。一日的温柔,足够一辈子来珍藏。

姜夔自比杜牧,但他比不了杜牧。杜牧比他命好太多,十年扬州,为官放荡浪迹青楼,从不需为生计愁,背后还有高官安排的贴身保镖,保护他的人身安全。

姜夔却终生不第,为稻粱谋沦为清客,依附权贵而活。十几年间,书生姜夔成了清客姜夔,没有权利任性自由,甚至没有多少选择的余地。他必须学会仰人鼻息,察言观色,谨小慎微。人生的方向是随波逐流。

【人间别久不成悲】

他与她,一对处境寒微的男女——红尘中的有情人,终于分手,失散了。有爱算什么!可以开天辟地么?有爱一样没选择。

清客姜夔拥有不容置疑的才华。无论放在哪一代,他都算得上是出类拔萃的词人。我不愿多提他的际遇,姜夔是有才无运的典型。他的际遇足以使读书人灰心焚书,转作陶朱公。

某次他到苏州。寄寓退休大臣范成大的"范园",范成大跟他索诗。姜夔自制新曲,填词,得《暗香》《疏影》两篇。传世为名篇。

苔枝缀玉,有翠禽小小,枝上同宿。客里相逢,篱角黄昏,无言自倚修竹。昭君不惯胡沙远,但暗忆、江南江北。想佩环、月夜归来,化作此花幽独。　　犹记深宫旧事,那人正睡里,飞近蛾绿。莫似春风,不管盈盈,早与安排金屋。还教一片随波去,又却怨、玉龙哀曲。等恁时、重觅幽香,已入小窗横幅。

——姜夔《疏影》

姜夔的词没有多少忧国忧民之思。连被词家极赞的《疏影》,说他怀国恨,念二帝。他写着写着也转回当年情事里去。

旧时明月,算几番照我,梅边吹笛。长记携手处,又片片吹尽也。

他总是不厌其烦地回忆。喋喋不休言有余恨。如果当年,我有能力,就应该把握机会和你双宿双栖。我会安排下藏娇的金屋,给你安稳，不教你再受波折。

什么样的感情才值得一个人至死不渝，念念不忘，什么样的男人才会跌足过往，泥足深陷无法自拔？

我忍不住想问他："怀念，是因为你得不到。还是因为没有能力得到？"对于姜夔，这是个伤及自尊，无法直面的问题。原谅我刻薄，假设，后来的日子里姜夔早已功成名就，他还会这样想念她么？如果他会，那这念旧越发是难得！

其实，当初如果有勇气，想在一起就在一起了，以后分手了再说分手。小小的时候，小小的人，总喜欢说长长的永远，可是，人只要还活着，就没有资格说永远。

不如，英勇地爱，英勇地散。遍体鳞伤也好过日后百无聊赖挂肚牵肠。

在他的故事里，她是不能缺少的部分。守着残缺的永恒，她是不能还原的部分。

放不开，他始终是个小小的男人。

姜夔在范家盘桓了一个多月，临走时，范成大名士风流，怜才寂寞，馈赠他家伎小红。他携她而归，路过虹桥为她作诗："自琢新词韵最娇，小红低唱我吹箫。曲终过尽松陵路，回首烟波十四桥。"

我怀疑，真正令他快乐的是，忆及当年她也曾陪他泛舟湖上，如今含羞在侧，低头少语的温柔佳人，是上天赐予的补偿吗？此情此景魂牵梦萦，隔生隔世。

风流竟云散。云烟过眼这样迅疾。数年后,他再访苏州,虹桥犹在,阑干寂寞。当年相随而归的小红已离他而去,是何故他隐忍不言,不问可知。为他清贫难济家事,爱情都经不起生活的挫折。何况他与小红,只是承情的好感,怎经得起命运三番两次冷眼磨人。

携一只箫,为你写诗的男人,未必就有红尘放歌的潇洒。事实和理想往往背道而驰,沦落得面目全非。

才高命蹇的男人在铁骑来犯的仓乱中,一生无着。他的一生终与女人缘浅,所以一生都在回忆那段擦肩而过的感情。没有得到过,才会不离不弃。

不管我如何怀念你,这一切都会成为过去——就像他的名字"白石",那些路过的温存,终究会退还为冷寂。

【风住尘香花已尽】

她写:"生当为人杰,死亦为鬼雄,至今思项羽,不肯过江东。"应当是一个女人对英雄的倾慕,一个时代对英雄的需要吧。

彼说时势也乱透。恍惚又是秦末,狼烟四起,天下起干戈。却再无一个西楚霸王出来,扫平天下。七十二路诸侯,膝行而前,莫敢仰视。

然而天下,或者李清照这样的香草美人,都需要这样的男人来拥有和保护。

那时北宋灭亡,宋室南渡。赵构在临安建都,改年号为"建炎"。但南宋倾危,纵然偏安一隅退缩江南,也改变不了大金铁骑铮铮而来兵临城下的局面。可是也有人觉得靖康之耻已成旧事,往事不堪回首。明日这一颗好头颅还不知是谁割将去呢!不如,今朝有酒今朝醉,明日愁来明日愁。

于是便有了"山外青山楼外楼,西湖歌舞几时休?暖风熏得游人醉,直把杭州作汴州"。林升在《题临安邸》中描绘的浮靡景象。这是我小时候背的古诗,现在仍记得清明。

外公怕我不理解,(诗不理解则不能体会它的好处,当然就记不住。)他是一力反对死背的,就告诉我说,那时候赵匡胤辛苦建立的北宋已经覆亡了,他的子孙把国都迁到临安,今天的杭州。他们只拥有半壁江山了,可依然不想着抵御外族侵略,不知道重用忠臣良将,一味醉生梦死,歌舞升平……到最后,南宋也亡了。

外公说,杭州是个花柳缠绵地,人间富贵乡,人间的天堂,让人沉迷。可是那,不是沉迷的时候。这事,说大了,是对不起天下百姓,说小了,也是对不起赵家祖宗。子孙不肖,叫人心寒。我听了,赶着讨好说,我一定孝顺你。

儿时的印象让我对杭州充满了难言的好感,到现在仍不可磨灭。却也因此不喜欢南宋这样颓靡的,仿佛阴雨连绵的朝代。从里到外湿渌渌,没有一点刚骨。我喜欢安定壮烈,华丽得叫人魂魄飞荡的朝代,如大唐;或者乱,干脆乱到天地动荡,无人不可以是君,无人不可以是臣,如秦末,如五胡乱华。在这样的乱局里,偏是把什么都打翻了才见得清明爽利。

秦王扫六合,是天下的霸主。他的子孙压不住天下这杆秤了,自有挡得住的英雄出来。项羽灭秦,亦成为天下的霸王。

不是早有古训了么?分久必合,合久必分。乱是天下大势,天理循环使然。英雄、众生,随缘而生,随缘而定吧。

只是在南宋,除了那些抗金抗元的名将们,比如岳飞和文天祥,能让我有浓烈好感的,除了李清照和辛弃疾,好像也难找出太多人来。

一个是承袭了苏轼风骨的豪放巨匠,一个是于宋代词苑中独树一帜,开婉约一脉的名门闺秀。清照词称"易安体"。"易安体"之称始于宋人。侯寅《眼儿媚》调下题曰:"效易安体。"辛弃疾《丑奴儿近》调下题曰:"博山道中效易安体。"

词作既已自成一体,就表明已形成鲜明的风骨神韵。李清照在文学史上的地位足以与男子比肩。一个女子能有如此成就,是不易的,她是文学史上的异数;况且宋不比唐,种种等级制度鲜有宽松和余地。有宋一代,虽先后有四朝太后辅政掌权,女子的地位仍是低的,托程朱理学的福,礼教对妇女的束缚是越来越紧。

李清照整个人却是个异数。

出身贵族,有着美好回忆的童年,她受到良好的教育。十八岁嫁作人妇,与赵明诚结为连理,又琴瑟和谐,夫妻唱和不绝。跟赵明诚在一起,李清照既是他的诗朋酒友,又是他的知己知交,两个人都是快乐的。

也曾经倚门回首,却把青梅嗅。仿佛生命里还有个青梅竹马的影子。不知道那个人是不是赵明诚？已经无法证明他们的婚姻是自由恋爱的结果还是父母之命媒妁之言,又或者是两者兼而有之。毕竟一个是礼部员外郎李格非的千金,才名著盛；一个是两任宰相赵挺之的公子,年纪轻轻就做了太学生。反正,怎么着都是门当户对,才学人品无不相当,再森严的礼教也挑不出毛病来。这样的一对璧人,真叫人倾羡。

婚后生活清闲优渥。夫君酷爱金石,清照对此也颇有研究和见解。夫妻醉心于此,志趣相投感情愈浓,便有"赌书斗茶"的雅事流传。纳兰曾写:"赌书消得泼茶香,当时只道是寻常"之句悼念亡妻,可见其逸事已深入人心。然而这一句,易安晚年读到,怕也会潸然泪下吧。

易安需要一段平等丰满的爱情,来释放她的才华和美丽,需要一个温和尊重的男人来爱护她,赵明诚是最合格的丈夫。

她是太富有情趣,有太敏感明洁的眼睛,观物入心。某日一夜风雨后,她晨妆梳罢,闲问丫鬟一句:昨夜急雨一场,不知道园里的花怎样？

丫鬟答道:依旧如前。

她摇头笑道:知否？知否？应是绿肥红瘦。

是啊！今早容颜老于昨日,人每天会有改变,花草一夜风雨,岂有个一样的道理?是俗人看不出来罢了。

一年秋天,落木萧萧,赵明诚要携友外出,李清照在一方锦帕上写下一阕《一剪梅》词,为丈夫送别——

红藕香残玉簟秋。轻解罗裳,独上兰舟。云中谁寄锦书来,雁字回时,月满西楼。

花自飘零水自流。一种相思,两处闲愁。此情无计可消除,才下眉头,却上心头。

赵明诚读了,心中亦起眷眷之意,把那登山访古的心思,减去一大半;人还未走,心已归家。

又一年重九,赵明诚在外。李清照填了一阕词,寄给赵明诚。赵明诚接到这阕词后,闭门数日,穷三天三夜之力,填了五十阕,把妻子的那一阕也抄杂在里面,也不写清作者,拿去给好友陆德夫品评。陆德夫玩诵再三,以为有三句最佳:"莫道不消魂,帘卷西风,人比黄花瘦。"赵明诚大乐,言道:"我夫人才学果然胜我百倍。自此后,我是服了。"

这便是那有名的"东篱把酒黄昏后"的《醉花阴》之来历。赵明诚心折夫人才学,更敬她几分。因为家世和夫妻恩爱的关系,李清照大约没有受到太多礼教的压制。她写,"常记溪亭日暮,沉醉不知归路。兴尽晚回舟,误入藕花深处。"活脱脱的酒醉少女的酣态。湖

【风住尘香花已尽】

上泛舟赏荷,佐以清酒,有襄儿拔金钗当酒的豪气,更有湘云醉卧芍药荫的憨然妩媚,叫人看了欢喜。

"绛绡薄,水肌莹,雪腻酥香,笑语檀郎,今夜纱帱枕簟凉。"(《采桑子》)"绣幕芙蓉一笑间,斜偎宝鸭衬香腮,眼波才动被人猜。"(《浣溪沙》)这样的香词丽句,写满了薛涛笺,犹不能说足她的幸福。

她的前半生,是大喜了。如果能这样一生平顺,不经忧患,真是好啊! 不是每个人都要去经历忧患,人世苦,其实是越少人经历越好。更多人,本就想也就该享受安逸。不然要那天下太平作甚?

爱是最难的事。上帝到底嫉妒了。在他们成亲二十六年之后,建炎三年,赵明诚死在去建康赴任的路上。失去了挚爱的丈夫,那也是李清照后半生流离颠沛的开始。

我不知道老天为什么要折磨这个女人,给了她绝世的才华,给了她一个美好的开始,却又忍心给了她一个"国破家何在"的凄凉收场。

我们看《声声慢》,才知道她是如何凄苦度日——

寻寻觅觅,冷冷清清,凄凄惨惨戚戚。乍暖还寒时候,最难将息。三杯两盏淡酒,怎敌他,晚来风急。雁过也,正伤心,却是旧时相识。 满地黄花堆积,憔悴损,如今有谁堪摘? 守着窗儿,独自怎生得黑。梧桐更兼细雨,到黄昏,点点滴滴。这次第,怎一个愁字了得!

我不服！难道就是为了让易安词再添一点沉郁雄浑之气，添一点忧时忧民的慨伤，就一定要这个女人，随着小朝廷南渡，在人世间颠沛流离，被一个龌龊的男人弄得疲惫不堪，孤独终老？如果是真的，那老天真是残酷。

她熬住了。虽然，丈夫故去，亲人离散；虽然，国破山河破，凝眸处，从今又添一段新愁，她毕竟是熬住了。而且，任是自身这样潦倒，仍念念不忘国恨。别人元宵佳节赏灯时，她一面怀念追忆昔日的风光，一面又不由得因这末世里的繁华而大起悲意。这浮华实在是人们沉溺不醒的明证。她写下了《永遇乐·元宵》。一个女子，静夜沉吟，忧国忧民之思比男子还深切三分。

原来，是为了看她会不会被尘世的惊涛骇浪湮灭，家破人亡的哀痛会不会将她摧毁；浮生浮世，她最后会不会拔节而出。毕竟上下千年的岁月，这样出色的女文人，除了易安，再没有第二个。

英雄美人，原也是想着迎合时代的，只是迎合不上，必要饱经风霜。

原来，需等到风住尘香花已尽，才可以看到最后的风清月朗，花好月圆。

无论你在哪里，待走完沧桑人世，我们终会相聚。浮花浪蕊的人生，哪那么容易就断了呢？

【一声何满子,双泪落君前】

故国三千里,深宫二十年,一声何满子,双泪落君前。

——张祜《何满子》

由朱淑真的《断肠词》想到唐人张祜的《何满子》。《何满子》亦名《断肠词》,是唐诗里非常著名的断肠之作。估计四万八千首全唐诗,缩水到一百首,这篇都会入选。

据说这首诗在当时深受推崇。大臣令狐楚,认为这首诗为千古绝唱,于是上表给唐穆宗李桓,并把张祜的诗作也一起呈上。本来有了名流举荐，皇帝赏识，张祜很可能一诗成名，平步青云。这种事搁别的朝代说是神话，然而"以诗入仕"在唐朝却是正常到不能再正常的事情。德宗时，韩翃以"春城无处不飞花，寒食东风御柳斜。日暮汉宫传蜡烛，轻烟散入五侯家"扬名天下，才名飘忽忽传到皇上的耳边。后来德宗身边缺一个秘书，中书省提供了两份名单，皇上都不太感兴趣。经再三请示，皇上钦点韩翃。当时还有一个江淮刺史也叫韩翃，两人重名，宰相问要的是哪个，皇上批复："'春城无处不飞花'那个韩翃。"

可惜张祜没有韩翃的好运，他比较点背，遇上了个横竖看他不顺眼的元稹。于是他的大好前程被元稹"啪"的一声打掉在地。因为身份悬殊，元稹甚至连个理由都没有给他，就这么恶巴巴地把人欺负了。

这件事细说起来，过错全在元稹身上。在张祜写《何满子》之前，元稹也写过一首《行宫》——

寥落古行宫，宫花寂寞红。白头宫女在，闲坐说玄宗。

诗很简单，但余味无穷：那些婵媛婀娜的宫娥们，年轻的时候怀着缤纷的憧憬进到宫中，四十几年后坐在荒废的行宫里互相谈论着往事，会是一种什么样的心情呢？

后宫佳丽如云，除却本身的美貌、智慧，还有身后政治力量的较

【一声何满子　双泪落君前】

量。一个普通宫女,不可能常被宠幸。那么闲坐说玄宗,会有以下几种情况:如果是偶尔被宠幸——可能一辈子都活在对那一两次的甜蜜回忆中,闲坐说玄宗的时候可能是津津乐道,自我陶醉;如果她从未被宠幸,但当时可时常亲睹龙颜,甚至时不时地说上两句话——属于比上不足比下有余那种,也算还能接受,认命吧;然而更多的老宫女,一辈子都不知道皇上是何模样,一辈子不知道男人为何物,她们围坐在那些有谈资可炫耀的宫女周围,或苦涩地赔笑,或尴尬地附和,或悄悄地别过头去,泪水打湿衣襟。

"白头宫女在,闲坐说玄宗。"——朝廷的兴衰和个人的际遇,尽在不言中。

张祜的《何满子》写的是稍微年轻一点的宫女,比元稹的《行宫》少了些寂寥深远的意境,却也就更显得悲情。一个女孩十几岁进宫,在宫墙里过了二十年没有感情的生活,生理、心理上承受着怎样的折磨呢? 想那贾元春贵为贵妃,回家省亲还忍不住倒苦水——"把我送到那见不得人的去处。"一个普通的宫女,她后半生的希望和憧憬又在哪里?

她的一曲悲歌、两行清泪,给人的震撼无以复加。张祜整首诗没提到人物主体,连一个修饰性的词汇也没有,几个名词往一块儿一摆,就产生了一种不可言传的真切。加上这首诗词义浅白,便于诵记,此诗一出,天下传唱,宫掖内外,没有不会的,连元稹也震动了;张祜的出现让他感觉到一种惘惘的威胁。

忌才这事不算稀奇，文人相轻也不是只有唐朝才出了的事，不过这事涉及了两个大家都比较熟悉的诗人，就有必要说一下了。客观地说，元稹和张祜这两首诗题材一样，写的都是宫怨，一放一收，各擅胜场，很难说哪个更高明一点，但绝对都堪称绝唱。

但是元稹心里并不这么认为。当时张祜的诗轰动朝野，可能着实让他心里不舒服了一下。尽管现在看起来元稹在当时的位高权重，不是一介布衣可比，而且他留传后世的佳作也比张祜多得多。但从古到今一直有这种人——才高量窄。长江后浪推前浪，前浪不愿死在沙滩上，元稹选择尽力地打压张祜。

当时元稹与令狐楚有朋党之争，积怨较深。因此，令狐楚推荐张祜，元稹就横加阻挠。当令狐楚向德宗举荐张祜时，元稹对皇上进言，说此人的作品雕虫小技，有伤风化。元稹位居高官，他这么一作梗，愣把张祜登云阶的梯子给毁了。所谓"城门失火，殃及池鱼"，在这种情况下，张祜毫不知情地成了朋党之争的牺牲品。后来他再想晋身官场，也没有这么好的机会了。

当时元稹的铁哥儿们白居易，也是身居高位，还老参与主持铨问考试、进士录取这样重要的工作。在元白势力的联合抵制下，张祜就比较郁闷地屡次碰壁，一生仕途蹭蹬。直到很久以后，才遇上对他赏识有加，堪称知己的杜牧。

杜牧作诗称赞道："可怜故国三千里。虚唱歌辞满六宫。"一介布衣和刺史交好，当中也是因为这首《何满子》。张祜这一生颇有些

【一声何满子 双泪落君前】

成也萧何,败也萧何的味道。

"何满子"这个名字,因为张祜诗的渲染,在人心里变得不寻常起来,像落叶飞旋秋波荡漾,满溢着诀别和忧伤。传说何满子是唐玄宗喜爱的歌女,她死的时候,轻轻的棺木竟然几人都抬不动,当唐玄宗赶来叫一声何满子的时候,棺木才起。后来有人度曲制乐,音调悲哀,就将此曲命名为《何满子》。

但是关于诗名《何满子》的来历并不止这一种说法。一向关系老铁,见解一致的白居易和元稹还为此有过不同意见。白乐天诗云:"世传满子是人名,临就刑时曲始成。一曲四词歌八叠,从头便是断肠声。"还在诗底下注明:"开元中,沧州有歌者何满子,临刑时唱此曲,以求皇上赦免他的死罪,皇上不免。"(唐玄宗热爱梨园艺术,竟有死囚献歌赎罪,我真是不得不服,唐朝的民风开阔,敢想敢做!)

而元稹的《何满子歌》云:"何满能歌声宛转,天宝年中世称罕。婴刑系在囹圄间,下调哀音歌愤懑。梨园弟子奏元宗,一唱承恩羁网缓。便将何满为曲名,御府亲题乐府纂。"下注云:"甚矣,帝王不可妄有嗜好也。明皇喜音律,而罪人遂欲进曲赎死。"

元稹说的事实则恰好和白居易说的相反。他说有犯人献歌赎罪,结果还真有梨园弟子转奏给皇帝了,结果这个人就被赦免了。由此可见,做皇帝的不能有太明显的嗜好,不然就有人投机取巧,趁机渔利。元稹的说法显然更带有劝谏的味道。

【人生若只如初见】

二八四

我觉得李隆基还不至于糊涂到凭一首曲子就把人赦了的地步。也许是这个人临刑前唱出自己的冤屈,有人见这个人歌声美妙,唱辞凄婉,转奏给皇帝。李隆基动了怜才之心,下令大臣们重审案件。因为有皇帝的关注,大臣们认真审查案情,最后还了彼人一个清白,这倒还是有可能的。

不过,张祜这首《何满子》主旨在哀悼一个深宫里的女子是无疑的。这个人是唐武宗时的孟才人,这件事是张祜在《孟才人叹》序里面写明的。

其序称:"武宗疾笃,孟才人以歌笙获宠者,密侍左右。上目之曰:'吾当不讳,尔何为哉。'指笙囊泣曰:'请以此就缢。'上悯然。复曰:'妾尝艺歌,愿对上歌一曲,以泄愤。'许之,乃歌一声何满子,气亟,立殒。上令医候之,曰:'脉尚温而肠已绝。'(一云肌尚温而肠已断。)上崩,将徙柩,举之愈重。议者曰:'非俟才人乎。'命其亲至,乃举。"

说唐武宗时有孟才人因歌艺双绝,获君宠,武宗病重,自觉不久于人世,就把孟才人招来,一曲歌毕,问:"我如果死了,你准备怎么办?"

孟才人抱着笙囊哭泣:"臣妾愿以此自缢,相随陛下于九泉。"

武宗默许了。在长长的寂静里,孟才人渐渐不哭了,对睡在她面前的武宗说,臣妾善于唱歌,愿意再为陛下唱一曲,表达臣妾心中的悲伤。武宗看着自己宠爱的妃子,发现她变得很平静,不由心中

【一声何满子】
【双泪落君前】

的歉疚又多了一缕。他点点头,让她唱。

孟才人唱《何满子》,一种悲戚无力从她的歌喉蔓延出去。病重的皇帝感到满心不适,他正要叫停,歌声断了。孟才人像飞翔高歌的云雀被割断了喉咙。云雀从天空掉落下来,而孟才人,也倒在皇帝的榻前。

武宗急令太医救治。太医说:"身体虽然还温热,但是肝肠已经寸寸断绝,救不活了!"

不久武宗也死了。在迁移孟才人的棺木时,非常沉重,不像一个女子的棺木。众人议论纷纷,后来找来孟才人的家人,棺木才可以移动。

我看到这段传说时,曾经非常悲伤。孟才人哀戚的面容会清晰地出现在我的脑海。不止是为孟才人的深宫岁月,还为人殉、这暗无天日的残酷而心寒。对自己所爱,或所恨的人,只要权力在手,竟然都可以采取这种惨无人道的手段去占有或者惩罚。

武则天入尼庵逃了一条生路,他日重回大明宫,执掌帝位,堪称千百年宫闱异数。但是更多的,是像孟才人这样的宫人。或许,孟才人还是幸运的。她有才有貌,唱罢一曲《何满子》,肠断而死,死得比较突出,让张祜这样有良知的文人恻然,很为她哀叹了一把。张祜写了《孟才人叹》——

偶因歌态咏娇颦,传唱宫中十二春。

却为一声何满子,下泉须吊孟才人。

然后又写了宫词《何满子》:"故国三千里,深宫二十年。一声何满子,双泪落君前。"

纵有人感慨惋惜又怎样呢?几千年悲苦如黄连的女子,并不见少,她们的命运也没有彻底的改变,生在什么样的年代,就要承受什么样的命运。无论是何满子还是朱淑真,都无法逃脱。

开头说到朱淑真的《断肠词》,那的确是一本让人读完感伤不已的词集,很适合想把自己往忧郁里折腾的人看。《断肠词》带着强烈的个人意识,《何满子》点破的则是笼罩在中国女人身上绵延了几千年的悲剧,唱出了她们的哀音。

这个境界,就不好用悲伤来形容,那种情绪更接近于伫立野火焚原后的荒野上,扑面而来的、无可言说的悲凉。

一样断肠,却是两样心肠。朱淑真怜悯的是自己,情真意切。当你触及到一样的情绪时,你就会和她一样悲伤;张祜怜悯的是被红墙黄瓦禁锢的宫人们,这种悲伤如同秋日的萧萧落木,寥落高天,有广大而深远的意境,就像一个人心怀悲悯之后,明白慈悲无处不在。

【不见去年人,泪湿春衫袖】

去年元夜时,花市灯如昼。
月上柳梢头,人约黄昏后。
今年元夜时,月与灯依旧。
不见去年人,泪湿春衫袖。

——朱淑真《生查子·元夕》

一个女子在上元灯节时等待意中人赴约。他没来,花市依然灯如昼,可是那份亮烈却照得女人心灰意冷。想起去年这个时候,黄昏后，月到柳梢头时，两个人已经情影双双，一起观灯赏月，现在形单影只，她忍不住哭湿了春衫袖。

自唐以来，上元灯节就是民间最盛大、最富有人情味的节日。唐朝皇帝在这一天甚至会登上城楼，让百姓们一睹圣颜，以示自己亲民。这一天，上至天子，下到平民，都要尽心尽力地欢乐。尤其是女子，在这一天可以打扮得齐齐整整，名正言顺地出门逛街，稍微晚归，玩得过火点儿，都不会被骂。因为女子的加入，上元灯节也就成为了最有诗意、最为浪漫的节日，多少爱情故事在此时上演，多少异性间的倾慕在此时发生。《金瓶梅》里就写了西门大院的妾室们一起出门逛街，引得路人围观赞叹，把个风骚放荡的潘金莲得意得不行。——不过这是题外话了，赶紧拽回来接着说。

《生查子·元夕》是我非常喜欢的一首词，有人以为是北宋欧阳修所写，但又有人说，这是南宋朱淑真所做。(说欧阳修作，但《六一词》与其他词集互杂极多，不足为凭。力辩此词非朱淑真所作者如《四库提要》，乃出于保全淑真"名节"，卫道士心态，何足道哉！)并举例，淑真另有一首《元夜诗》，可与此词互看——

> 火烛银花触目红，揭天吹鼓斗春风。
> 新欢入手愁忙里，旧事惊心忆梦中。
> 但愿暂成人缱绻，不妨常任月朦胧。
> 赏灯那待工夫醉，未必明年此会同。

【不见去年人】
【泪湿春衫袖】

都是写元宵佳节过得索然无味,思想起旧事黯然心惊的情绪。这样对比着看,一诗一词感伤怀人的情绪一脉相承,情绪相连。细品《生查子·元夕》,的确不像六一居士手笔,更像是朱淑真的断肠之声。

朱淑真,南宋女词人,号幽栖居士,钱塘(今浙江杭州)人。南宋初年时在世。事迹不见于正史。生于仕宦家庭,传因婚嫁不满,抑郁而终。能画,通音律,也能诗。词多幽怨,流于感伤。

明朝田汝成在《西湖游览志》里记载:淑真钱塘人,幼警惠,善读书,工诗,风流蕴藉。早年,父母无识,嫁市井民家。淑真抑郁不得志,抱恚而死。父母复以佛法并其平生著作荼毗之。临安王唐佐为之立传。宛陵魏端礼辑其诗词,名曰《断肠集》。

其实我知道朱淑真是在李清照之后。普遍说朱淑真是宋代成就仅次于李清照的杰出女词人。易安身为婉约派的宗主,免不了有拿出去与人比对的时候,有和男的比,人说"男中李后主,女中李易安";也有和女人比,与同时代的朱淑真比。说长道短。真应了那句话,"人怕出名猪怕壮"。

然而对朱淑真的评价真不低。陈廷焯说:"朱淑真词才力不逮易安,然规模唐、五代,不失分寸。"(《白雨斋词话》卷二)魏仲恭说朱词,"清新婉丽,蓄思含情,能道人意中事,岂泛泛者所能及"。(《断肠诗集序》)

要知道,她不是和一个寻常"才女"相比,与她站在同一水平线上的,是几千年来女子才情第一人,风华高妙的李清照。

这份才华的惊艳甚至都不是苏小小、鱼玄机、薛涛之流以姿色可以获得的。

朱淑真有非常可爱、娇憨的地方。这也是她绝不同于易安的地方。她在《清平乐·夏日游湖》里写道:"娇痴不怕人猜,和衣睡倒人怀。最是分携时候,归来懒傍妆台。"我看了总是忍不住笑。

李易安的青春年少,是"眼波才动被人猜",那样的怕,那样的羞怯骄矜。而她,是那样的欢喜活泼,大胆放诞。

某日,她和喜欢的男孩游西湖。杨柳依依,荷花盛开。突然细雨霏霏,游人四散。她和他滞留在某处避雨。这一刻真是千载难逢!她撒娇弄痴,趁机倒在他怀里,呵呵。

读《断肠词》,会知道她有一段刻骨铭心的初恋,愉悦甜蜜,让人觉得金玉良缘合当匹配。她自己深闺刺绣,春日凝眸,恐怕也认为这是一段无可撼动的感情了。可是,红线偏偏就短了一截,手指上紧紧缠绕,脚上却忍不住各散东西。

曾经见过天花乱坠的美,所以后来的满纸浓愁,一片惨淡,显得格外触目惊心。朱淑真到底不如李易安啊,家境际遇,让她的词作每多幽怨,流于感伤,意境、文辞都不如易安开朗轩旷。

"赌书消得泼茶香。"李清照有赵明诚的爱托着,再颠沛流离,人生的底色是明黄的,亮丽的,她心里的热情未灭;而朱淑真遇人不

【不见去年人 泪湿春衫袖】

淑,即使她的丈夫也为官入仕,并非一介平民。所嫁非所爱,这份哀苦也足够一个多情痴心的女子幽怨一生了。

那么离别应该就是那一次的上元灯节,她约他做最后的商量。因为再迟,父母就要将她许给别人,但是他没来。

"不见去年人,泪湿春衫袖。"终于和你——在爱里,失散了。不兜不转,兜兜转转,都还是失散了。

我们再来看她后来写的词:

> 好是风和日暖,输与莺莺燕燕。满院落花帘不卷,断肠芳草远。
> ——朱淑真《谒金门》

春光浓艳如血,我将满纸思念尽付词章,怄断愁肠。再明媚的天气,也不可能回复当年和你一起陌上游春的碧绿心境。

> 独行独坐,独唱独酌还独卧。伫立伤神,无奈轻寒著摸人。
> ——朱淑真《减字木兰花》

我的日常生活里,怎样都免不了一个"独"字。他不爱我,我不爱他。

春寒着病,病里,我仍是无人可以拥抱依靠。我和你,我们之间可以因为小小细雨就相互拥抱取暖,与他之间却是西湖水干,波澜不起。

却也很难讲,到底谁更无情?

只可以肯定,谁比谁清醒,谁比谁残酷。

朱淑真到底离了婚。她是个叛逆的女子,到老了,坚固依然。她是太执着的人,哪怕不能够和爱的人在一起,也一样不能够和不爱的人在一起。一心要挣脱无爱的婚姻藩篱,即使最后遍体鳞伤。

渐渐郁郁地死去了,父母认为这样的女儿有亏德行,不许她安葬入土。女子无才便是德。父母认定,是她的多学多才害了她,不能安心地做一个正经妇人,一怒之下,将她所有的诗作付之一炬。

宋是那样积弱的国家,礼教却是那样森严,比军法更不容违背,对女人的态度远比对敌寇决裂勇猛,实在令人叹息。试想,男人的心思若全用在规置女人身上,那遇到敌辱怎样的狼狈不堪,也是罪有应得。

后来有人爱惜淑真的才华,将她的诗词整理出来。《断肠集》是她的诗集,词集则叫作《断肠词》。

我突然想起来,第一次知道《断肠集》这个名字是在央视版的《红楼梦》里。那个好学苦吟的巧丫头香菱,就是在深夜,就着一点微弱的烛火读这本词。夏金桂夜里叫她,她悚然一惊,把诗集丢在桌子上,奔过去接受差遣。那本书孤单单离了主人手,翻转过来。

烛火映着，看得清楚是《断肠集》。屋子里蜡烛红泪滴个不停，打湿"断肠"两个字。

断肠血泪……

我知道，那一晚，香菱要死了。可是，她一生的悲苦也过去了。其实，朱淑真也是一样的，当生命安睡过去，她血液里的悲苦也渐渐流淌干净了。

一枝红荷归南海。未尝不是慈航普度，慈悲一场。

"去年元夜时，花市灯如昼。月到柳梢头，人约黄昏后"。我依然能那样清晰地回忆起灯会那一日每分每秒的光景，闭着眼睛追溯每一点滴，与你之间轻声别离，经历了断肠之痛，安静回归。

其实一直都是那个和你一起月下漫步，笑语翩跹的人，生死之间，未曾松开手指。

来生来世，希望朱淑真可以做个快乐自在的人，回复本性里的甜美娇憨。在西湖淡烟轻雨中，盛开如花。

【那人却在灯火阑珊处】

　　这是一句不可或缺的话,无论以什么样的标准,它都是中国最经典的情话之一。"众里寻他千百度,蓦然回首,那人却在灯火阑珊处"。苦苦找寻的惘然,失而复得的惊喜。辛弃疾用一阕《青玉案》证明了自己生命中深藏不泯的柔情。感动了他生命中的女子,更打动了千年以后的人。这句话更被王国维用在《人间词话》里化为艺术境界之谈的第三层,有一种豁然光明,更加广为人知。

　　辛稼轩是文人中的异数,书生和百夫长的超完美结合,他的清亮,一扫文人柔靡的形象。作为一个具有实干才能的军事家,辛弃

那人却在【灯火阑珊处】

疾曾经获得相当高的地位。他对抗金事业的追求,不像文人那样出于书生的义愤却只懂得纸上谈兵。绍兴三十一年(1161年),金主完颜亮大举南侵,在其后方的汉人不堪金人严苛的压榨,纷纷起义。二十二岁的辛弃疾也聚集了两千人,参加由耿京领导的一支声势浩大的起义军,并担任掌书记。后来金人内部矛盾爆发,完颜亮在前线为部下所杀,金军向北撤退时,辛弃疾于绍兴三十二年(1162年)奉命南下与南宋朝廷联络。在他完成使命归来的途中,听到耿京被叛徒张安国所害、义军溃散的消息,便率领五十多人袭击敌营,把叛徒擒拿带回建康,交给南宋朝廷处决。辛弃疾惊人的勇敢和果断,使他名重一时"壮声英概,懦士为之兴起,圣天子一见三叹息"(洪迈《稼轩记》)。宋高宗便任命他为江阴签判,从此开始了他在南宋的仕宦生涯,这时他才二十三岁。

想想都脸红。稼轩二十一岁就投身到民族大业里去了,二十三岁时就已经名重一时,而我们,二十一岁的时候干得最精彩的事,不过是拿着父母的钱,谈一场场花期短暂的恋爱。

稼轩的词里怀古,追悼千古英豪的词章写得多,写得亮烈疏豪。李广、廉颇、孙权这样的英雄豪杰,是他的精神偶像,身负救世之才,又少年有为,早期的稼轩真的有"马作的卢飞快,弓如霹雳弦惊,了却君王天下事,赢得生前身后名。"的雄心壮志。

他看起来算是幸运的了,其实这不过是时势许他的一点甜头,彼时南方的宋朝和北方的金国时战时和,朝廷里主战派和主和派的势力此消彼长,此长彼消,就像妻和妾争宠卖娇,拔河一样拽着皇帝。南宋的皇帝也昏头,连皇帝自己都不知道自己到底要搞什么,这些做臣下的就更没个方向感了。

辛弃疾初来南方,对朝廷的怯懦和善变并不了解,加上宋高宗赵构曾赞许过他的英勇行为。不久后即位的宋孝宗也一度小小振作了一下,表现出想要恢复失地、报仇雪耻的锐气,起用主战派首领张浚,积极进行北伐。所以在南宋任职的前期,稼轩曾热情洋溢地写了不少有关抗金北伐的建议,像著名的《美芹十论》《九议》等。可是符离败退后,宋孝宗就坚持不下去,于是主和派重新得势,再一次与金国通使议和。因此尽管这些建议书在当时深受人们称赞,反响热烈,但已经不愿意再打仗的朝廷却反应冷淡,只是对他在建议书中所表现出的实际才干感兴趣,于是先后把他派到江西、湖北、湖南等地担任转运使、安抚使一类重要的地方官职,去治理荒政、整顿治安。这虽然与辛弃疾救国安民的理想大相径庭,但毕竟是关乎国计民生的事情,他一样干得很出色。

后世的读书人喜欢辛弃疾,不是没有道理的胡乱崇拜。稼轩文才傲世。老苏够牛的了,他能和老苏以词并称"苏辛"。辛词和苏词都是以境界阔大、感情豪爽开朗著称的,不同的是,苏轼常以旷达的胸襟与超迈的思想来体验人生,常表现出哲理式的感悟,并以这种参透人生的感悟使情感从冲动归于深沉的平静,近于禅悟。而辛弃疾总是以炽热的感情与崇高的理想来拥抱人生,更多地表现出英雄

【那人却在灯火阑珊处】

豪杰壮志不遂的悲慨,风格更沉郁顿挫,更入世。王国维言:"东坡词旷,稼轩词豪。"言简意赅,确实是大家才能作出的老辣解语。

幼安词有一种气象,伟峻恢宏。这是上通于盛唐,下达于北宋的。没有幼安,整个南宋词就气势颓然。姜夔,吴英玉,甚至周邦彦,都只能算是好词人,无论在胸襟和气概上他们都当不起领袖的身份。"落日楼头,断鸿声里,江南游子。把吴钩看了,阑干拍遍,无人会,登临意"。这种气概,在南宋一干孱弱文人身上拿放大镜也找不见。陆游虽然也有报国的壮志,才气也不弱,但还是不及稼轩霸气。

苏子是以诗入词,所以旷达中有淡雅。幼安则是以文入词,以慷慨悲昂著称,同时口语用得灵动,风格多样,在词境多有突破。真正的大家就是能够不拘于陈腐,大力去拓开新天的人。只是有一点不好,辛弃疾是个有名的大书袋。我甚至觉得后来文人爱用典的毛病就是他给带坏的。

稼轩词中用典多,像《贺新郎》的上阕——

更那堪、鹧鸪声住,杜鹃声切!啼到春归无寻处,苦恨芳菲都歇。算未抵、人间离别。马上琵琶关塞黑,更长门、翠辇辞金阙。看燕燕,送归妾。

简直句句用典。所以我更喜欢这词的下阕——

将军百战声名裂。向河梁、回头万里,故人长绝。易水萧萧西风冷,满座衣冠似雪。正壮士、悲歌未彻。啼鸟还知如许恨,料不啼清泪长啼血。谁共我,醉明月?

典故和辛弃疾之间恩怨难清。典故成就了他,稼轩广泛地引用经、史、子各种典籍和前人诗词中的语汇、成句与历史典故,融入自己的词里。这让他的词有非同一般的底蕴。幼安的出色,是有霸气的才华打底,后世的文人,没有他的才力却妄自学他用典,结果得不偿失。

我最喜欢的一首稼轩词是《水龙吟·登建康赏心亭》——

楚天千里清秋,水随天去秋无际。遥岑远目,献愁供恨,玉簪螺髻。落日楼头,断鸿声里,江南游子。把吴钩看了,阑干拍遍,无人会,登临意。　　休说鲈鱼堪脍,尽西风,季鹰归未?求田问舍,怕应羞见,刘郎才气。可惜流年,忧愁风雨,树犹如此!倩何人、唤取红巾翠袖,揾英雄泪?

这首词也用典,也沉痛,却有昂昂古风,扑面不涩。可惜稼轩这样的词不多,很大程度上稼轩是让典故给毁了。他的词没有苏轼陆游,甚至不及姜夔等人流传广泛。《水龙吟》的最末一句,让我想起那

【那人却在灯火阑珊处】

句流传千古的情语:"众里寻他千百度,蓦然回首,那人却在灯火阑珊处。"

那个上元灯节,火树银花不夜天。人潮汹涌。他和她走散了,在人群中切切找寻,已经是灯火阑珊的时候,无意间回头,却看见她立在那里微笑等待。无情未必真豪杰。"众里寻他千百度"这样的情语由辛弃疾这样的大丈夫说出格外缠绵感人。

作为一个文人,稼轩是杰出的,他一人引领了南宋文坛的气运;作为一个武者,稼轩更是堪为表率。读书人当中如果还有个英雄,一个真正侠客的话,那个人一定是稼轩。

宁宗嘉泰三年(1203年),主张北伐的韩侂胄起用主战派人士,已六十四岁的辛弃疾被任为绍兴知府兼浙东安抚使,年迈的稼轩精神为之一振。第二年,他晋见宋宁宗,慷慨激昂地说了一番金国必乱必亡的救世言论,并亲自到前线镇江任职。但不久又一次受到了排挤打击,在一些谏官的攻击下被迫离职,于开禧元年(1205年)重回故宅闲居。虽然后来两年都曾被召任职,怎奈此时他已年老多病,有心无力,终于在开禧三年秋天溘然长逝。

从来,忧国忧民的人都值得敬重。襄阳巡城,郭靖对杨过说:"侠之大者,为国为民。"连杨过那样放达不羁的人都对他肃然起敬。

虽然过了千年,所有的王朝都已经消散,很多民族也化作了历史的劫灰,现代人的心念已经不再执着于种族之见,消除了王朝的界限。金人汉人蒙古人再不是生死不能共存的仇敌。然而,每每看到郭靖死守襄阳,读到稼轩、岳飞的词,还是会热血沸腾,为的正是他们身上显现的"鞠躬尽瘁,死而后矣"的壮怀激烈。

  稼轩始终是幸福的。抗金大业功败垂成,非战之罪,而是南宋气数已尽,不是人力可以挽回。在他伤心失落的时候,身边会还有善解人意的爱人相伴。可是有很多人,众里寻她千百度,像陆游,一样壮志未酬,一生挚爱还是失散了。人海茫茫,蓦然回首时,我们是不是还有运气看到那个等在灯火阑珊处的人呢?

  在爱中,蓦然回首,那人却在灯火阑珊处。寻找和等待的一方都需要同样的耐心和默契,这坚定毕竟太难得,有谁会用十年的耐心去等待一个人,有谁在十年之后回头还能看见等在身后的那个人?

  我们最常看见的结果是:终于明白要寻找的那个人是谁时,回首灯火阑珊处,已经空无一人。

【问世间、情是何物,直教生死相许】

一、问莲根、有丝多少,莲心知为谁苦?

夏日清晨,元好问顺着驿馆的曲曲小道散步。这时候暑气未出,天色尚带着一些灰暗,眼见得一点点白起来。凉风和着路边的青翠草木,吹得人心情畅快。

风里有隐隐的香气。愈走近,那风愈凉。他不由得紧赶几步,朝前行去。走到路头,看见远远的田田荷叶,碧绿成片,涨满了整个荷塘。那风因得了水气,才这样的沁人心脾。荷塘间疏朗朗地开着莲花。素来,读书人都是爱莲的,看到残荷尚要感叹一句:"留得残荷听雨声。"何况这满池的荷花,粉白红润,摇摇曳曳的,风清玉露,一切美得恰到好处。

他觉得心旷神怡。最叫他称奇的是,这里的荷花都是并蒂而开。微风中双花脉脉娇相向,似梁间燕子语双双,旖旎无限。耳听得荷塘深处采莲女的歌声清亮妩媚,唱道:"江南可采莲,莲叶何田田。鱼戏莲叶东,鱼戏莲叶西。鱼戏莲叶南,鱼戏莲叶北。"这是南朝的乐府《江南曲》,本是文士以鱼戏荷叶,隐喻鱼水之欢,百姓不求深解,只爱它词风浅白生动,倒也流传得广。

旅途漫漫无聊,突然在此处听到悦耳清歌,他一发来了兴致,朝采莲的人招招手,想上莲舟。

他高声唤——可有人愿渡我一个?

看到一个书生模样的人在荷塘边,那些采莲女哄的一笑,立刻散开去。噼噼啪啪,他只看见船桨入水,击碎水面莲影,碧波颤颤。不一时,满荷塘的笑声都隐了,显然是人已躲到藕花深处。

面对这突如其来的寂静,元好问愣住了。他是一时兴起,没想别的;别人的慌张,倒正映着自己行为唐突。他是个读书识理的人,不由大窘。手脚正没个着落处,一只船从水面慢慢渡来,船头站着一位老者,叫道:少待,老汉的船这就来。

他松了一口气,敛衣上船。

"这里的莲女,好像特别怕生似的。"元好问坐在船头,半问半答

【问世间、情是何物】
【直教生死相许】

地说。摇船的,是一个老人,渔家打扮,倒也精神。

"今年这里,出了件奇事,女儿家的,不得不特别避讳些。"

"哦?什么事?"元好问看着身边娇艳无伦的荷花,心情大好,赶着问。

"这塘里溺死过人……"老汉感慨地说。看看客官的反应不大,又加重了语气:"捞上来一男一女。年轻人!"

"哦!"这样一来,元好问倒是有些惊奇了。水里溺死人是常事,然而同时溺死一男一女,怕是有故事。

——是这样吗?艳阳初升的时候,元好问下了船,临走时,将一幅字留在渔家老汉手里。

"这首词,烦请老人家记熟了,请采莲女代唱,聊表我对这一对痴情人的敬意,也不负这满池并蒂莲花。"

老汉笑了一笑:"相公请放心,你这首词叫'摸鱼儿',又名'迈陂塘',全词一百一十六字,前阕六仄韵,后阕七仄韵,同韵相押。老汉字字在心,且唱一遍给你听——"

问莲根、有丝多少,莲心知为谁苦?双花脉脉娇相向,只是旧家儿女。天已许,甚不教、白头生死鸳鸯浦。夕阳无语。算谢客烟中,湘妃江上,未是断肠处。　　香奁梦,好在灵芝瑞露。人间俯仰今古。海枯石烂情缘在,幽恨不埋黄土。相思树,流年度,无端又被西风误。兰舟少住。怕载酒重来,红衣半落,狼藉卧风雨。

唱到"兰舟少住。怕载酒重来,红衣半落,狼藉卧风雨",老汉的歌声已隐隐有萧索之意,仿佛已经看到风吹雨打后落红满地的一片狼藉。

元好问大惊。这是他方才哀悼痴情人之死,有感而发,不料眼前这貌不惊人的老汉,竟然深深领会他的愁怨之意——老天尚怜痴儿女,这森严礼教,却不知白白摧毁了多少人间美眷。

"失敬了!"他向老者一揖到底,"在下元裕之,请教老汉高姓大名……"

"不用了。"老汉摇手道,"我不过是心随故国身似水的人罢了。失敬的人,应该是我。我见过多人感叹他们,却没有一个人像相公你想得这么诚挚深远,这一双儿女,相眠地下,闻得此词,也该瞑目了。"说完,老汉的船荡开去,渐行渐远。裕之仍听到他高声吟着几句——"天已许,甚不教、白头生死鸳鸯浦。夕阳无语。算谢客烟中,湘妃江上,未是断肠处。"

元裕之站在塘边,看着满池荷花,它们仿佛向他证明:这世道,人吃人时,一点痕迹不露。然而他,必须继续在这样无情的世间,缓慢慎重地行走,如同穿越无尽昼夜。

二、问世间、情是何物,直教生死相许

问世间、情是何物,直教生死相许。天南地北双飞客,老翅几回寒暑。欢乐趣,离别苦,就中更有痴儿女。君应有语,渺万里层

【问世间、情是何物】
【直教生死相许】

云,千山暮雪,只影向谁去。　　横汾路,寂寞当年箫鼓,荒烟依旧平楚。招魂楚些何嗟及,山鬼暗啼风雨。天也妒,未信与,莺儿燕子俱黄土。千秋万古。为留待骚人,狂歌痛饮,来访雁丘处。

——元好问《雁丘词》

"问世间、情是何物,直教生死相许? 天南地北双飞客,老翅几回寒暑。"一双雁的贞烈感动了一个词人,一个词人的感慨问住了我们所有人。

那时候他走到了并州。在路上,他遇到一个打雁的人。那人说:"我今早捕到一只雁,已把它打死。另一只本已逃出罗网,竟悲鸣不肯去,后来撞到地上自杀了。"

于是,他又想起了,在那个荷塘,那个老人对他说的故事。大名那个地方有一对相爱的男女,彼此有了很深的感情,却不为双方的家庭认同,百般哀求无效,就一起失踪了。家人以为他们私奔,请官府代为寻找,却杳无音讯。不久前,有采莲踏藕的人,在水里发现了他们的尸体,捞上来,服饰容貌尚可辨认。而这一年的夏天,两人溺水的荷塘里,突然一夜之间开满了忧伤的并蒂莲。

他于是有"问世间、情是何物,直教生死相许?"的疑惑。若说这世间无情,为什么先有人殉,再是雁死;若说这世间有情,为什么刘兰芝焦仲卿魂化鸳鸯哀鸣不已,韩凭何氏身化相思树才能团聚,孟姜女哭倒了长城,看见的只是累累白骨,有情人难成眷属?

他怀着难言的感慨向猎人买了这两只死雁,把它们合葬在汾水岸边,堆起石头作标志,称之为"雁丘",并写了一首词。和上一阕一样,用的都是"摸鱼儿"的词牌,但是后来人更喜欢称它为"雁丘词"。

他站在那里黯然神伤。大雁南飞,经过这里,汾河进入黄河的入口处,汉武帝曾多次来过这里。依稀仍是《秋风辞》里言及的横汾路,当年箫鼓齐鸣唱棹歌,如今只剩低矮的树丛,黄昏时泛出漠漠荒烟。眼前望去正是楚辞《招魂》《山鬼》里描绘的那股凄凉风味。

这一对雁儿生死爱情,连老天也会感到嫉妒。你不信吗?你看那些燕子、麻雀死了,都变成了尘土,只有这对大雁,万古流芳,等待着词客骚人,来到"雁丘"前,狂歌痛饮,纪念它们至死不渝的忠贞爱情。

问世间、情为何物,值得用生命去等待和交换?这个问题,不要问正在爱的人,他们意乱情迷,给不出清醒的答案;也不要问爱过了的人,他们也不见得能给出答案。当爱消逝如飞雪时,剩下的只是白茫茫一片大地真干净。

我们无人可问,也无人可答。每个答案都不会完全一样。爱情是千古的疑难,是上苍留给人最大的谜题。

老天爷未尝不懂得嫉妒,因为它本身是寂寞的,黯然地俯视着苍生。天与地,从被分开那一刻,隔得已经太远,太长。

《雁丘词》元好问写成于金章宗泰和五年,赴试途中。彼时他还是个弱冠少年,已经才气如此高昂!

金元乱世,文人不是清高不仕就是平庸碌碌,所以诗词不成气

【问世间、情是何物】
【直教生死相许】

韵,一贯湮没在浩浩的水烟里。此时独出了个元好问,就像明朝那样灰暗的年代里,却出了一个光彩照人的唐寅,是老天爷的补偿。

元裕之是一个才气品德俱高扬的人。他是当时的文坛泰斗,多才多艺,论起来,比唐宋时的大多人都要出色。除了长于诗文、治政有声之外,他还深于历算、医药、书法、书画鉴赏、佛道哲理等学问;他的朋友遍及当时的三教九流,上至名公巨卿、藩王权臣,下有一般的画师、隐士、医师、士人,乃至僧道、农夫等,据有人考证,其有文字可据者达五百余人。所以他也可以被看作是一位社会活动家,他还是金朝最有成就的作家和历史学家,先后编成了史料价值极高的《中州集》和《壬辰杂编》。他的《论诗绝句》三十首,在文学批评史上很有地位。他学问深邃,著述宏富,援引后进,为官清正,不愧为金元大家,即使至明清,堪与他肩比伯仲者也难得罕有。

然而,这样一个大才,却始终没有获得和李白、苏轼,哪怕是陆游一样高的评价。甚至,如果没有通俗小说的传播,元好问这首词也未必见得有多少人知道,至少不会流传得这样广远。而且讽刺的是,很多人背得死熟的只是这阕词的上半阕,包括我在内。

我们汉族人,一向是以自己为重的。五千年流转下来的文化,始终都是汉人唱主角,外族顶多是个帮衬,好比莺莺后面跟着的红娘,白蛇后面站着的那个青蛇,水袖青剑舞着,也是一园花好,衬出了富贵牡丹,眼光最终还是落在别人身上。

【断肠人在天涯】

　　枯藤老树昏鸦,小桥流水人家,古道西风瘦马,夕阳西下,断肠人在天涯。

——马致远《天净沙·秋思》

　　我始终没有弄明白。为什么一个人,仅仅用二十八个字,就可以把秋意这样深刻清晰地描摹出来,下笔又是那样浅淡。

　　看上去,浑似——漫不经心。

　　枯藤、老树、昏鸦、小桥、流水、人家、古道、西风、瘦马、离人,哪一个不是寻常季节,寻常见的景物? 就是道上随便扯个农夫、樵夫,也能认得出,说得清的东西,怎见得到了马致远手里,这么组合排列一下,就通了灵窍,轻轻地挣壁而出,化身为龙了呢?

"枯藤老树昏鸦",小令伊始,由近处着笔,在一株枯藤缠绕的老树枝头,寒鸦数只,哑哑枯叫。

若你是离人,天涯道路无尽,日已暮,乡关尚不知在何处,又怎禁得,老树寒鸦的逼促,一声声叫得人心惊梦寒? 归途漫漫,牵动了乡愁泛滥,脚步沉重的离人又如何能够涉水而回?

藤、树、鸦,本是郊野司空见惯的景物,并无特别之处,可一旦与"枯""老""昏"结合匹配,一股萧瑟肃杀之气立即从字里行间弥漫开去。像一朵渐行渐近的黑云,渐渐拢住人心。

"小桥流水人家",枯涩发黄的归途中,突然看见远处有小桥流水,绕水而居的村户;天空有炊烟飘荡,随风袅袅,像游子羁客身体里按捺不住的乡魂。

长风几万里,梦魂不到关山难。

这个人,牵着那匹瘦马,走过桥上。溪水清透,他看见自己的脸,皱纹纵横如山岳,鬓发已斑白。苍老,这个从未在心里停伫的词,突兀地出现在面前,凌厉得让人无从逃避!

曾经是多么年轻的少年,策马扬鞭,以为功名理想全在远方;以为匹马单枪,凭着胸口的一股热气,一定可以捭阖天下,出人头地。

天下？何处不可以成为天下？王侯将相宁有种乎？再旷世绝代的英雄也不是这世间唯一一朵花，成开败谢，时候到了，自然有新花顶替。

好男儿都以为，自己与众不同，命里带着的福禄寿，格外要比别人重。可是，所有的壮志雄心都在时光中消磨成灰烬，才不得不认识到，或许我，不过，是一个寻常人；然后，想起那些昏黄如豆的灯光，温热的汤水，母亲温暖的手，絮絮的叮咛；妻子清亮的眼眸，纤瘦的身影。思念如雪纷纷落下，想知道，她们在家怎样？

那些赖以生存的温暖存在，曾经觉得是那么的无足轻重。从没有像现在一样，对悠闲恬静的田园生活有无尽的向往与渴望。步履蹒跚地蹀行在古道上，遥看日影衔山。落日也知道回家，那么人呢？

为什么总要等失落了，才拾起寻常的好？年轻人，不出去经历一番，又怎么能甘心平淡终老？人心的贪婪，或者说追求，如同空阔的海，无法满足。

古道，西风，瘦马。曾为情重负情浓，而今才知相思重。经历越久，想的越多。人和马，都载不动如山如海的乡愁。

夕阳西下。断送得一生憔悴，只消得几个黄昏？

断肠人在天涯。原来，翻云覆雨的痛苦，到最后也不过是心底轻轻一声碎裂。肠已断，人依旧，在天涯。

马致远的一曲小令，短短二十八字，不着一"秋"，却写尽深秋荒凉萧瑟的肃杀景象；不用一"思"，却将游子浓重的乡愁与忧思写得淋漓尽致。正所谓"不著一字,尽得风流",历来被推崇为描写自然的佳作,堪称"秋思之祖"(《中原音韵》)。

有人说马致远是一种情调。在中国,马致远并非简单代表某个古代诗人的名号,而是混同于那首名叫《天净沙·秋思》的小令,成就了一种萧瑟、苍凉的意境——马致远意境。

马致远就是枯藤,马致远就是老树,马致远就是昏鸦;而背景则是小桥,流水,人家。当然,马致远也是古道,马致远也是西风,马致远也是瘦马……

当夕阳西下,马致远还是那个远在天涯的断肠人。但天涯又何尝不是马致远?还有夕阳?

在暮色苍茫中,那个骑着瘦马,远离家乡漂泊的人身上,凝聚着典型的中国落魄文人气质——潦倒失意,惆怅无奈,鬓先秋,泪空流,等待江山都老,颓唐带愁归……

这样一幅年代久远,画在那种宣或绢上的水墨国画,具有天然的颓废之美,很适合骚客、雅士,乃至达官贵人的口味。

时至今日,马致远依然是秋风肃杀,黄尘漫漫。红日西沉时那条天涯归路,大多数中国人都想去站一站,使疲惫无羁的灵魂稍稍休憩……

《天净沙·秋思》这样的小令,更像一个朴实动人的神话,不是可以凭苦吟能够得到的。即使在马致远身上,也应该是个神话,可遇不可求,好像某一夜漫天繁星流落时,有一个仰望天幕的人,有幸沾染了整个衣襟的光辉,摇摆震颤,不可言说。然后,终于有一天,这个心旌摇曳的人,能够慢慢讲述起自己那一刻的惊艳。

《天净沙·秋思》,它像是上天感触苍生哀苦,所以借马致远这个人说出来,慰藉离人。马致远之后,秋思这盏离愁之酒,渐渐馥郁成断肠之毒,有绝世的香浓,可惜饮一口,会断肠。

我由《天净沙·秋思》想到《汉宫秋》,都是马致远的作品,这个元朝"曲状元"写的名剧。

王嫱奉了君命,抖擞精神全副銮驾地出塞和亲,也不过是个离乡别井的女子,着了浓妆、艳服,环佩琳琅,上戏台,唱一场昭君出塞。人生如戏。皇上、阏氏、单于,说到底都是戏子,都只是人生的一个过场。眼看得身姿婀娜,耳听得青史流芳,即使是一出大戏,依然躲不过台上空落落,台下各自伤。

纤弱的昭君上了马,往胡地行进。风撩着鬓发,割面地疼;怀抱琵琶作胡笳,《十八拍》悲歌不绝;大雁闻声坠落,不知是因为她的美貌,还是弥漫的哀伤?

华服下,是单薄纤弱的身躯,她无法忘却自己的汉宫岁月。一个又一个秋天过去了,她倚宫门,梦承恩。君王不至。一切,只是因为当初倨傲,没有给那个可鄙的毛延寿一点贿赂。

她不后悔。红颜绝色,本应是这世间夺目的一抹,为什么要以黄金来玷污,她不屑。

看见树叶飘落,曾经的如玉碧绿,转为枯黄。她笑,不知道自己还能挨几年？草木也知愁，韶华竟白头，叹今生，谁舍谁收？

后来，远方的呼韩邪单于来求亲，她决意出塞。从此以后两国的安宁系于她一身，像唐人感慨的：社稷依明主，安危托妇人。

忘不掉，大殿上初见他的第一面。那个端坐在龙庭的人，是她魂牵梦萦的君王。

这个男人一样看她看得痴了。她笑，像秋风一样萧瑟。人生，是这样荒凉。谁料得到他和她之间的初见，就是收稍。

陛下，斩了毛延寿又如何？我们，回不去了。汉宫苑，她冷凝地站住，把这几年积累的幽怨倾覆出来，倒于他身上。曾经属于他的人，他却亲手赐给了别人。现在，她就站在他面前，咫尺天涯的距离。再爱，也不能够接近。

汉家青史上，拙计是和亲。他的决定酝酿的悲苦，必定要他亲自承担。

离去。最后一次回眸这宫阙，和玉阶上黯然伫立的男人。

天边，汉宫月，冷浸浸，悲无声。

纵然有车如流水马如龙的队伍随驾，远方还有呼韩邪的盛大迎接，可是，别故乡，别故国，别故人，一骑红尘妃子泪，怎样的繁华如锦也掩不住，她灵魂里荡漾的萧瑟。

岂能将玉貌，便拟净沙尘。

极目黄沙，青史流芳的王昭君也只是个断肠人在天涯。

【窈窕淑女,君子好逑】

　　唐伯虎觉得累了。桃花树下,他好不容易从长睡中醒来,斜斜地撩起袖子,打了一个不大不小的哈欠。
　　梦中的美人对他盈然相顾,刚想执手交谈时,倏然消失,留在脑海中的只剩春光无限的一笑,想抓,怎么也抓不牢。
　　落花满襟袖,桃花当酒钱。

　　他站起来,爱惜地抖落身上的花瓣,施施然向林外走去。
　　"求之不得,寤寐思服。"他若有所思地念叨着——春眠,初醒后，唐伯虎突然觉得自己被寂寞击中了。梦中，那湖畔回眸的美人，如同一株青莲。在他的心里，小荷露了尖尖角。

眼下又是韶华极盛的一年。按说这时节应有不少花木争春，可是为什么每年独领风骚的总是桃花、牡丹、杏花呢？这四时更替，花落花开，也如这凋敝的大明王朝，数来数去也就那么几个才气肆意一点的人，还一个老似一个，就快和这荒荒岁月一样沧桑了。

天道人道都是一样，那么刻板无趣。

他不知道为什么总有人说自己是风流才子，还有人说他刻了一枚"江南第一才子"的印章，用来招摇过市。

还有人说，他原先有八房姬妾，最后入门的沈九娘是因为被排到老九，而称呼起来的。

真的是很无聊。其实九娘，一直叫九娘；他，也一直是他。如果风流是世俗的风流，他当不起，秦楼楚馆耗金甚多，以他的清寒之身，只得敬谢不敏了。

但若那风流是"关关雎鸠，在河之洲"似的欢娱洁净，他倒真的爱煞。他生性不喜功名，为偿老父所愿才入科场一试，结果轻松考得解元。当人人以为他前程无限的时候，少不更事的他卷入一件科场舞弊案，后来虽然脱了难，却越发绝了科举入仕的念头。连宁王招他做幕僚也不肯，一味地装疯卖傻。后来宁王谋反，他却因见机得早，没有被牵连，保全了身家性命。

他本就是轩朗豁达的人，经此一事，更是将世事名利看淡，却也越发的放任不羁,索性在苏州买了块地隐居,闲时只把青山画,卖得桃花当酒钱。

说起来,都是才气惹的祸。也真是气煞人,仿佛大明朝二百多年的活泼灵气独独被唐寅一日占得了,他是行风流,动风流,行动风流。无论诗画都有天然一股好姿态,时常惹得一拨好事之人对他品头论足。

自然,唐伯虎和桃花林外那些镇日间忙忙碌碌,埋首八股身后死的人是不一样的。他要做的学问,在这天地之间,不在那营营役役污水横流的官场。

于是,他只想在这桃花坞里画青山美人,做天地学问,终了此身。他的心意有诗为证:"若将花酒比车马,彼何碌碌我何闲。"

华府的那个丫鬟叫秋香么?昨日,他特意去打听的。想着,唐伯虎的心情像映在花瓣上的温柔晨光,明亮起来,充满着细碎的喜悦。脚步也变得轻捷。

昨日,就在昨日,他在湖畔赏春,看见华府的船。听围观的众人议论:"华老夫人诚心一片,为了阖府安康,从杭州赶来苏州还愿。"

他转身欲走,却被后面的人挤兑住了,推到前面来。不期然看见华夫人身后逶迤而行的佳人。

> 蒹葭苍苍,白露为霜,所谓伊人,在水一方,
> 溯洄从之,道阻且长,溯游从之,宛在水中央。

【窈窕淑女　君子好逑】

这是《诗经·蒹葭》中的句子。突然之间,唐伯虎非常想回到那个充满古风而又奔放的年代,他可以大声地对在水一方的意中人高歌以明心迹,放肆地"琴瑟友之,钟鼓乐之",多么地自由自在……

而现在,这个拘谨的年代,他只能站在人群中仰望他的女神降临,讷讷地,像青涩少年。

高高在上的女神也许感知到他的心,也许只是为了普降甘霖,她回头一笑,恰恰迎上他的眼。两两一照眼,他不确定她是否看见他了。他只确定自己的心动——她婀娜的身影像游弋的绿藻一样覆盖了他的眼帘。

"一笑倾人城,再笑倾人国,宁不知倾城与倾国,佳人难再得。"汉武帝的乐师李延年唱出了妹妹的美貌,更唱出了多少男子在遭遇倾国倾城的笑容时的无措和茫然。

其实,人对美一直有着无悔的追求。哪怕代价是毁天灭地也一样。

那一刻,秋香那一笑是否倾了苏州城,唐伯虎不管;他无心理会别人的死活,就算当时整个城在他眼前灰飞烟灭,也可以视而不见。私心里,他希望那是,只为他一个人盛开的笑靥,是晨曦初现天际时映入眼帘的第一抹风景。

爱在某些时候,本来就是一种自怜自赏。

她让他看见古老的《诗经》里那些句子所描绘的画面。她将它们活色生香地呈现在他面前。思绪因爱而穿越无尽时光,触及每一毫厘。

那生长在河边颜色苍青的芦苇,化作了此时眼底绿草茫茫;那晶莹凄凉的白霜,换作我看你时的眼波流觞;那萧瑟中带着寒意的秋风,吹皱的不再是秋江,而是如今烟花三月的碧波流淌。

他看见一枝芙蓉涉水而来,姿态高扬,她的风仪深深地刻在他脑海中——所谓伊人,在水一方。

现在,他要去杭州,去寻他梦中的佳人。是的,如果大家都认为他是风流的榜样,那他不妨做出点风流事来,不负众望。

"窈窕淑女,君子好逑"——诗三百的开篇就说得明白。连孔圣人也把这句话摆在众生教诲之前,说"饮食男女,食之大欲存焉"。他熟读圣贤书,圣贤既开宗明义,他唐寅又怎么忍心辜负圣贤的苦心?

他要去"求"她。

你想秋香这样的窈窕淑女,若没有好逑的君子,芳草年华,该是多么寂寞?天下女子,没有男人来求来爱,美丽容颜该有多荒芜?

为博佳人一笑,他卖身华府。他放得下身段,为了她甘心为奴。慢慢牵引,细细撩拨,惹得她芳心事可可,然后,再兵临城下,一举成功。

他娶了她。众口相传,成就一段风流佳话。唐伯虎点秋香,就像是明朝那幅主色灰蒙蒙的年画上,出水的一抹滟红,想不引人注目都难。

【窈窕淑女　君子好逑】

唐伯虎的传奇爱情,被冯梦龙写在《警世通言》里,题作《唐解元一笑姻缘》。后来,民间好事者大约觉得一笑太浅,慢慢衍为三笑,把对文士的调侃敷衍得更深更浓。明朝的士人文化凋敝如月落,唯有民的文学如漫天星斗般繁衍兴旺。冯梦龙是可爱的人,他看出唐伯虎的不羁,杜十娘的刚烈,落笔写他们,他用士的本领把民的文学记录下来。

正是有冯梦龙这样的读书人,明朝两百多年的文坛,才不至于一片晦暗。自古好的东西,如《诗经》,它的流传也是因为士和民的共同努力;因为人的意志努力,而不仅仅天意,所以我们千年后的每个夜晚才能不寂寞。

很多事冥冥间自有天意,就像秋香对唐寅的一笑,多少缘分巧合,谁料得清?不过,可以肯定的是,如果唐伯虎没有一点风流本色,君子不敢求淑女,那么,这段爱情就永远不会有机会成为传奇。

爱一个人,倘若没有求的勇气,就像没有翅膀不能飞越沧海。除非,甘心就此放你离开,否则,还是去君子好逑吧。

【雪满山中高士卧,月明林下美人来】

谈明诗,不谈高启,不免会产生徒有其表的遗憾。有明一代,在我心里都是挥之不去的阴影。

我一直觉得那是个黑暗的,刻板至畸形的时代,它既没有唐的豪壮,也没有宋的婉约,连元的野性也无。有的只是规矩和无情,朱元璋的铁血政策直杀得暗无天日,流血成河。屠刀之下,士子们心胆俱裂,小心谨慎形同被阉割。高压之下,今晚写错了一个字,说错了一句话,明晨可能就脑袋搬家。真正是朝不保夕。

唐伯虎亏得生在正德年间,若然落到朱元璋手里,涉及的又是

【雪满山中高士卧 月明林下美人来】

科考舞弊案,管你冤还是不冤,先砍了再说。唐大才子不要说全身而退,贬为小吏,死得舒服干脆点都纯属妄想。

可怜的高启,就是被朱元璋腰斩的!

有明一代,其实人才辈出,绝代才人鳞次栉比。王阳明、张居正、李东阳、解缙、徐渭、唐寅、于谦、袁崇焕……个个都是如雷贯耳的人物,连太监都出了个空前绝后的魏忠贤。而高启,单以诗文论,他是首屈一指的代表人物,读他的诗,我经常会忘记我是在读明人的诗,高启的诗文一扫明诗拘谨颓气,我所感受到的盛大气魄,连安史之乱后的唐人都无法企及。今人之所以对他所知不多,多半是因为才子薄命又遭封杀的缘故。

冬夜,室内有暗香来袭,我想起历来咏梅花者,难逃脱"疏影横斜水清浅,暗香浮动月黄昏"的影响。高启的咏梅诗,在和靖先生之外,别开生面,语出不凡。

> 琼姿只合在瑶台,谁向江南处处栽。
> 雪满山中高士卧,月明林下美人来。
> 寒依疏影萧萧竹,春掩残香漠漠苔。
> 自去何郎无好咏,东风愁寂几回开?

"雪满山中高士卧,月明林下美人来"是梅花精魂,更是此诗诗魂。此句之妙不在高启连用两个典故而意态自然,毫无斧凿痕迹,在于它所传达的意境远在文字表达之外。国人咏物远不止为咏物，为的是所咏之物，气韵志趣与自身遥遥呼应，借咏物抒胸臆，却有意将心意说得委婉，说得高明，心领神会才是目的。

高启诗中高士，指的是东汉名士袁安，袁安未入仕前客居洛阳，时年洛阳大雪，乞食者众多，众皆除雪出门。洛阳令出衙巡察民情，见袁安门前冷冷清清，雪堆数尺。众人皆以为袁安冻毙家中，洛阳令使人打开屋门，见袁安僵卧家中，便问袁安为何不出门乞食，袁安回答："天降大雪，人皆饥馑，我何苦出去麻烦别人呢？"

我认为袁安并不是死板。他的想法也不是安贫乐道可以一言蔽之，当然你也可以觉得这个人懒，死要面子，懒到宁愿饿死家中也不出门乞食。我觉得饥寒交迫的时候，他想到的是，如果我不能自己解决自己的问题，我就应该尽量避免去麻烦别人。何况在人皆饥馑的情况下，我出去乞食就是争食，那么我宁愿自己饿着，也不愿去抢夺别人的生机。

我相信这不是作态，因为他真的可能下一分钟就冻毙家中。生死之间人是有衡量的，正是这种默默的牺牲，使他拥有了高士的节操。在灾难面前，能把生机让给别人的人，是多么的高尚。

与袁安出于现实的高洁相对的，是那游于梦境的邂逅。隋朝的赵师雄醉于罗浮山，梦中遇一美人，美人淡妆丽服，举止娴雅，携一绿衣小婢，邀其对饮。美人人淡人艳，举手间有暗香盈袖。美人殷勤劝酒，小婢歌于树下，赵师雄不胜心悦，梦中又复大醉。醒来，日

【雪满山中高士卧】
【月明林下美人来】

色已萌,身旁暗香依旧,美人却不见芳踪。只见一树梅花,花落如雪,有绿禽歌于枝头,莫非美人是梅仙,绿禽就是绿衣小婢?美人去后空遗下香,酒醒相思无凭寄。赵师雄默立树下,一时心醉神驰,浮生若梦,惆怅难言。

若和自己无缘,何必借一夕之梦现身?若和自己有缘,又何必一梦之后杳无踪迹?

高启将两个看似无关的典故非常美妙地糅合在一起。使人如临其境,有惘惘的念想。高士寒卧和美人来访,都有深深值得回味称许的幽美。尤为令人向往的是,高士和美人彼此懂得,高士的冰心并不孤独,而美人的深情亦未错付。

那高士可以是袁安,也可以是赵师雄,或任何一个,那美人可以是梅仙,杏仙或人间女子美好的一个。

这世上最美好的事情是彼此懂得,最难得的是登对。你真心奉上双手捧出,要那个人看得上,还要接得住。不要我心托明月,明月照沟渠,这是多么大的讽刺!

这诗后来被曹公化入《红楼梦》里:"山中高士晶莹雪,世外仙姝寂寞林。"你看这男女之间若是不能彼此懂得了,就算双手奉上全世界,也难免是心有憾意难平。

只是,我们纠结在种种利害关系中没有勇气截然离去,不能将自己放生,也就只得说服自己接受。

【人生若只如初见】

不能与高启登对的,是那个拘谨的,不苟言笑的时代,容不得他放任,哪怕是一点点的自在,都不许存在。

> 大江来从万山中,山势尽与江流东。
> 钟山如龙独西上,欲破巨浪乘长风。
> 江山相雄不相让,形胜争夸天下壮。
> 秦皇空此瘗黄金,佳气葱葱至今王。
> 我怀郁塞何由开,酒酣走上城南台;
> 坐觉苍茫万古意,远自荒烟落日之中来!
> 石头城下涛声怒,武骑千群谁敢渡?
> 黄旗入洛竟何祥,铁锁横江未为固。
> 前三国,后六朝,草生官阙何萧萧。
> 英雄乘时务割据,几度战血流寒潮。
> 我生幸逢圣人起南国,祸乱初平事休息。
> 从今四海永为家,不用长江限南北。

他一下笔就高视阔步,气势沉雄。后人诗文,气魄少有直追盛唐者,而诗文有剑气,挥洒如太白者,更为少见,隔着三百多年淼淼光阴,高启能与他遥遥呼应。对读诗的人来说,也深感振奋。

你看这首《登金陵雨花台望大江》,何逊于陈子昂《登幽州台歌》,何逊于崔颢的《登黄鹤楼》,何逊于李白的《登金陵凤凰台》呢! 高启

【雪满山中高士卧】
【月明林下美人来】

纵览古今,气吞山河的豪兴,比前人是有过之而无不及!诗人慧眼洞悉万古苍茫后争斗不息的真相,是惋惜也是赞叹。看起来,毛泽东咏金陵的一系列诗词,指点江山,简直是从高启这里借的意呢!

虽然高启在诗中颂圣:"我生幸逢圣人起南国,祸乱初平事休息。从今四海永为家,不用长江限南北。"此言可谓不遗余力地赞颂了朱元璋一统天下的功业,可后来,朱元璋却没有因此对他手下留情。

高启获罪,是因为文字狱。文字狱多数是捕风捉影,纯粹找茬的事,我觉得你是在影射我,你就是在影射我,我想杀你,我就杀你,没什么申辩道理可言。朱元璋这个人,连人家写个"殊胜"的"殊"字也觉得人家是在含沙射影骂他歹朱。私人觉得他的神经构造与众不同,完全不能用正常的思维逻辑去理解。

据说,高启获罪是因为题了这样一首诗:

女奴扶醉踏苍苔,
明月西园侍宴回。
小犬隔花空吠影,
夜深宫禁有谁来?

按说这只是一首普通的宫词吧,内容也不黄也不色,也没什么敏感词,不过是写一宫女侍宴完毕,扶醉回宫。非常平常的宫廷生活片段,任何一个神经正常的人都不会觉得这首诗有什么问题,但朱元璋偏偏被刺激到了。

他老人家觉得,夜深宫禁有谁来?这是你该想的问题吗?我老人家的宫廷,我的高贵的私生活,你居然敢妄加揣测。不是心怀不轨是什么?如果人人跟你一样乱想乱写,那我的隐私,皇家威严何在?

草木皆兵,严防死守到这种程度,实在是让人发指啊!我不禁想那唐朝写宫词的诗人,像擅写宫词的王昌龄和酷爱写宫词的韩偓,以及偶尔写写宫词的李白啊杜甫啊,如果遇上了朱元璋,是不是齐刷刷成了刀下亡魂……阿弥陀佛……

至于红叶题诗,寒衣传情的事,更是不可能发生的事。唐朝的皇帝还有好兴致为宫墙内外的有情人做个媒,偶尔放宫女一条生路,在朱元璋手里,那不容分说,只有死路一条。

高启得罪朱元璋,祸根伏于当年朱元璋准备委任他为户部右侍郎,高启看淡世情,更洞悉伴君如伴虎的道理,固辞不赴。朱元璋勃然大怒,在他眼中天下是没有自由人的。在他的统治下,想当个山野村夫亦需皇恩浩荡。他的信条是:"普天之下,莫非王土,率土之滨,莫非王臣",我让你当官,你竟敢不当!如果人人都学你,我怎么治理天下!

高启深知江湖难测所以敛起激昂剑气,他看明君心似海所以退避三舍以求明哲保身。他去意已决,朱元璋无可奈何。他一骑轻尘离京,本以为就此斩断是非根,孰料皇帝就此衔恨。朱元璋对知识分子不近人情的反感和猜忌,近乎仇视。

本来高启回乡授徒度日,不惹事不生非,朱元璋虽然恼火,却也暂时无计可施。谁知高启应苏州知府魏观之约为新建府第写一篇上梁文,魏观不慎把知府衙门修在张士诚的宫殿遗址上,被言官弹劾。高启因替他写了这上梁文而被牵涉入案。魏观被腰斩,高启亦被腰斩。

他坐拥天下,却容不下他一纸文章。

我不知高启阖目时,是否会原谅狭隘到偏激的朱元璋,也许,他想到的会是这样一首诗:

> 大树无枝向北风,十年遗恨泣英雄。
> 班师诏已来三殿,射房书犹说两宫。
> 每忆上方谁请剑,空嗟高庙自藏弓。
> 栖霞岭上今回首,不见诸陵白露中。

这是高启悼岳飞时所作。英勇绝伦,忠义无双的岳飞,因莫须有的罪名而被冤杀于风波亭。当年他曾悼岳飞于栖霞岭上,而今,他亦死在这莫须有的罪名之下。

冤死是不冤的——世上多少六月飞霜。

惋惜吧,绝代才子盛年而亡。被腰斩的,是他的躯体,他昂然的才华。喷薄的,是他的血,更是一个时代的怨怒。

强权能够使人畏惧、屈服,却不能心悦诚服,专制即使盛极一时,掌控一切,也终将让位于公正与无私。而死亡,对每个人都一视同仁。

【当时只道是寻常】

一、别有根芽,不是人间富贵花

终于有宁静的夜,心无别念地只写他。再不是,在我的文中随手牵引的只字片语,也不是借着他的词去写杨贵妃和班婕妤。

瘦尽灯花又一宵。为了他,拼得黑眼圈再深几重,也是值得。这个男人,说他殊世难得,不因为他是相国公子,天生富贵;亦不是爱他丰神俊逸,是浊世翩翩佳公子。太多的浊世翩翩佳公子,都是无用的草包,又或者是女人心上的一道刻痕,不提也罢。

甚至,不是因为他天资聪慧,学富五车,不是因为他的词写得好。词写得好的多如恒河沙砾,负心薄幸的事照做。中国的男人们,习惯了一手鞭子一手糖地对待女人。

犹记得《世说新语》里那段凄恻动人的故事:"荀奉倩与妇甚笃,冬月妇病热,乃出中庭自取冷,还以身熨之。妇亡,奉倩后少时亦卒。"荀奉倩和纳兰容若这样的男子一样,深情为世所稀。女人,爱极了他们的绕指柔肠,如海深情。

当然,纳兰词是真的好。王国维极赞他的真,称他未染汉人习气,不好堆砌典故。《饮水词》朗朗若白云苍狗,流动无形,所以治学严谨、眼光挑剔的王老先生说他"北宋以来,一人而已"。当然,也有人看不上眼,说纳兰词失之娇媚,有绵绵深情,却写不出笔力遒健、感慨深沉、音韵铿锵的词来。并举出清人朱彝尊的《卖花声·雨花台》比较之——

衰柳白门湾,潮打城还,小长干接大长干。歌板酒旗零落尽,剩有鱼竿。 秋草六朝寒,花雨空坛,更无人处一凭栏。燕子斜阳来又去,如此江山!

又说,同是写情,纳兰并不如与他同时代的黄景仁。黄没有纳兰的福贵儿郎气,缠绵旖旎却胜过纳兰——

几回花下坐吹箫,银汉红墙入望遥。

似此星辰非昨夜,为谁风露立中宵。

缠绵思尽抽残茧,宛转心伤剥后蕉。

三五年时三五月,可怜杯酒不曾消。

——黄仲则《绮怀》

我承认黄景仁这首小诗写得极好。"似此星辰非昨夜,为谁风露立中宵"是天然妙语,承继了李商隐的"昨夜星辰昨夜风,画楼西畔桂堂东"的诗意,语意更深情。可惜他这是点滴文章,不及纳兰是以伤心作词,由始至终。

纳兰的词读一首不过寻常,但是通部词集读下来,就感觉荡气回肠,与众不同。文有文气,要如长河贯日,一气始终。能将伤心一咏三叹,悲切绵延不绝的,只有容若。王国维说他是"千古伤心人",并不是妄语。

"北宋以来,一人而已",可以说是王国维的个人偏好,难免有溢美之嫌,但他的个人之见隐隐有悲意无奈,却是明确的。这样的赞誉,对纳兰一人是称许,对宋之后整个中华的文坛,却有语尽意不尽的指责。北宋以后,战乱纷迭,南宋、元、明至清,近千年的文化凋敝如寒秋,虽有风骨却再不复盛唐之风,这是无法否认的事实。

盛,是一种昂然的姿态,诗经楚辞是盛,汉赋唐诗是盛,千金买马是盛,醉笑陪君三万场也是盛。孟浩然一句"故人具鸡黍,邀我至田家"是盛,王安石的"春风又绿江南岸"也可以是盛。

盛如春之最浓艳时,万花纷落,安心踏足其间时惋惜激烈的放纵。这样的姿态,宋之后,再无一人。元曲,明清小说,是士与民的结合,士已凋敝了,民的文学倒像繁星在月晦时都亮了,好得很。可惜称不上盛。

纳兰容若的备受推崇,自然有不能抹灭的历史原因,似一种无可奈何的出场,像他的人,虽然心羡闲云野鹤的生活,却不得不生在一个权相之家,接受礼教的束缚;有建功立业之心,安邦定国之志,然而过分显赫的家世,却阻碍了他的仕途,一生只得了个一等侍卫御前行走的虚衔,跟随着皇帝扈从出关,却不是去饮血沙场。皇帝多武士,不需要他去征战沙场。康熙最爱的,不是他的武功,是他的倾国文才。

他是郁郁寡欢的,生于钟鸣鼎食之家,效力于金戈铁马的军营,出现在波诡云谲的官场,却始终落寞得不沾半点世俗气,像他口中吟诵、赞美的雪花——

> 非关癖爱轻模样,冷处偏佳。别有根芽,不是人间富贵花。
> 谢娘别后谁能惜,飘泊天涯。寒月悲笳,万里西风瀚海沙。
> ——纳兰容若《采桑子·塞上咏雪花》

他后来渐渐弃绝了富贵之心,登龙之意。他不爱牡丹,却迷恋

【人生若只如初见】

雪花,他说,不是我刻意偏爱雪花轻灵的模样,真的是它有自清冷漫出不可言说的好处。谢道韫说,"未若柳絮因风起",伊人已逝,世人多爱牡丹富贵,谁知道你别有根芽,不是人间富贵花。

每每读这首《采桑子》的下阕,我都会觉得容若还站在秋风萧瑟的塞上,迎面遥遥是万里的黄沙。雪已落满他的双肩,那双迎着雪花的眼睛,冰雪般明亮。

"家家争唱饮水词,纳兰心事几人知。"这句话叫我想起黛玉。黛玉葬花心事,是女子的纤弱无助。容若呢,为什么也要发出"如鱼饮水,冷暖自知"的慨叹?他仿佛和黛玉有某种关联;不是有一种说法,贾宝玉的原型是纳兰容若,甚至乾隆读到《红楼梦》时也笑言,此乃明珠家事也?

不一样的男人和女人,一样的金娇玉贵;两个人,一样心事,一样高贵清洁的诗魂。世事沧桑轮转,昼夜春夏,每每看去不一样了,其实我们还停在原处,揭下面具的瞬间,面具后的脸,依然如昨。

二、当时只道是寻常

康熙二十四年暮春,容若抱病与好友一聚,一醉,一咏三叹,然后便一病不起,七日后于五月三十日溘然而逝。终年三十一岁。

容若,我来看你了。庭前的花开了,繁盛如雪,暮春的风又起了,扯碎梨花,零落无情。我已去过你诗中的回廊了。你们定情约会的地方。我希望能看见她的倩影,找到那只她常戴的翠翘。现在我来到这充满回忆的地方,听君诉,一生愁肠。

你的绝色表妹,站在阳光里的花树下,含笑不语。花落如雨,染香了她的长发,她发如丝缎,她身量未足,再过几年,不知美得如何?你以为她可以嫁给你,却选进了宫,做了皇帝的爱妃。

少年时绚美如蝶的梦,翩然而落。

你也有了妻,卢氏,高官名宦之女,和你,是一对璧人。不是不爱她的,只是当时,仍有一点心绪记挂表妹。直到,她郁郁而终。你不知道年少深爱,竟催表妹速死。你心伤难补,却凛然,古人早说"满目山河空念远,不如怜取眼前人",至此时,才明深意。

不能再辜负一个。人会由痛苦变得记忆清晰。记得那日春睡,她为自己披上衣衫的体贴。记得她也是吹花嚼蕊弄冰弦,赌书消得泼茶香的灵慧人,于是琴瑟相和,"绣榻闲时,并吹红雨,雕栏曲处,同倚斜阳"。

谁知,好夫妻恩爱不长,三年后,卢氏因难后受风获病而亡。

古之悼亡词,由诗经《绿衣》开始引而不绝,纳兰的悼亡词,是绝对可以与潘岳、元稹、苏子并举的。潘岳热衷名利,元稹风流有余,有时难免口不对心;东坡天生洒脱,他是以天地为家的自然之子,不似你隽隽深情,甘愿在对亡妇的思念中耗尽余生。

你是平常看她的画像亦题词——

【人生若只如初见】

泪咽却无声,只向从前悔薄情。凭仗丹青重省识,盈盈,一片伤心画不成。　　别语忒分明,午夜鹣鹣梦早醒。卿自早醒侬自梦,更更,泣尽风檐夜雨铃。

——纳兰容若《南乡子》

生活于衣香鬓影中的相府贵公子,不是走马章台的纨绔子弟,而是一个至情至性的人。以善良忠诚之心对待所爱,对待朋友。"一片伤心画不成",如此深情仍自悔薄情,容若啊,你要置天下其他男人于何地?

你的《饮水词》少了悼亡词会怎样?她死后的十一年,与你日夜缠绵的,不是继室,不是侧室,甚至也不是那个红颜知己——后来怀了你的遗腹子的江南女子沈宛。只是卢氏雨蝉,你纳兰容若一生最爱的女人。

丁巳重阳前三日,夜已阑,月华如水,你在晃动的烛影里渐渐睡去,白日所思夜入梦来:"丁巳重阳三日,梦亡妇淡妆素服,执手哽咽……临别有云:'衔恨愿为天上月,年年犹得向郎圆'。"醒来遂做《沁园春》——

瞬息浮生,薄命如斯,低徊怎忘。记绣榻闲时,并吹红雨;雕阑曲处,同倚斜阳。梦好难留,诗残莫续,赢得更深哭一场。遗容在,只灵飙一转,未许端详。　　重寻碧落茫茫。料短发、朝来定有霜。便人间天上,尘缘未断;春花秋叶,触绪还伤。欲结绸缪,翻惊摇落,减尽荀衣昨日香。真无奈,倩声声邻笛,谱出回肠。

这阕词在梁羽生的《七剑下天山》里成了纳兰容若和冒浣莲相识的契机。书里,在塞外,纳兰容若以马头琴弹出了这首哀歌,冒浣莲闻听之下,不禁心旌摇荡。

这种不加节制的悲伤,正是纳兰词动人心魄的地方。正所谓哀怨骚屑,中国诗学讲究的是"乐而不淫,哀而不伤",一贯节制尊崇传统美感的梁羽生,这次却借冒浣莲的口说出一番"好诗好词不必尽是节制"的道理来。书中纳兰和冒浣莲一见如故,书外,我对梁羽生也有改观。看他的小说,总觉得他正邪观念太丘壑分明,人物个性单一。然而他对诗词,看法却新鲜亮丽。

"梦好难留,诗残莫续,赢得更深哭一场"。这一句,翻出前人新意,用词浅淡,却将深情写到极致。梦醒后,想起她,心底充满不可言说的惆怅。你又在深夜痛哭一场,日日如此伤筋动骨,你怎么能不早殇?

七月初四夜,风雨交加,卢氏的忌日前一天,你终宵不眠,写了《于中好》,提醒自己明日是亡妇生辰。

【人生若只如初见】

尘满疏帘素带飘,真成暗度可怜宵。几回偷拭青衫泪,忽傍犀奁见翠翘。　　唯有恨,转无聊,五更依旧落花朝。衰杨叶尽丝难尽,冷雨凄风打画桥。

——纳兰容若《于中好》

中国的诗词真的不可以逐字逐句去解释,否则意境全失索然无味。"几回偷拭青衫泪,忽傍犀奁见翠翘。"仍是爱你这些淡语,当中有不识字人也能体会的好处。犀奁是她的妆盒,翠翘是她常戴的首饰。你睹物思人,偷拭青衫泪。翠翘在《饮水词》中一次又一次的出现,成为你们爱情的印记。

其实你几曾忘记七月初四是她忌日?如果忘记了也许还不会这样难过。忌日,你又写《金缕曲·亡妇忌日有感》——

此恨何时已。滴空阶、寒更雨歇,葬花天气。三载悠悠魂梦杳,是梦久应醒矣。料也觉、人间无味。不及夜台尘土隔,冷清清、一片埋愁地。钗钿约,竟抛弃。

重泉若有双鱼寄。好知他、年来苦乐,与谁相倚。我自中宵成转侧,忍听湘弦重理。待结个、他生知己。还怕两人俱薄命,再缘悭、剩月零风里。清泪尽,纸灰起。

夜不能寐。生活里点滴都勾起你对她的思念,担心她黄泉孤寂,恨不得有书信相传,担忧她年来苦乐,有谁可依靠?你一片痴心,可惜没有法术高强的道士替你上穷碧落下黄泉去寻觅。于是自叹两人薄命,怕结不了来生缘。一片飘扬的纸灰里,你清泪尽。

开始明白,为什么纳兰容若喜欢用梨花、金钿,因为痛失爱人的纳兰容若和失去杨贵妃的李隆基一样,都是悲伤无助的男人。

"寒更雨歇,葬花天气。"纳兰的悼亡词直刺入心的凄切,有一种伤心处,不忍卒读。

今日我又来到这花树下,来到七天前你站的地方。容若,你的灵魂若还没走远,请为我暂留,托清风传递消息,诉说前世未了的情缘。

翠翘落地,一片梨花入手心,又有风起,落花纷纷绕掩翠翘。容若,告诉我,春归何处?你归何处?

佳人薄命。才子亦薄命,出其不意就决然远离?

我最爱的是你那首"谁念西风独自凉",落寞之意不加渲染透纸而出;爱那一句"当时只道是寻常",直白隽永,点破人心。我们的缺憾是,拥有时不知珍惜,回首时爱已成灰。

秋风又起了,你在斜阳中黯然伫立。沉思往事。回忆如名剑割破喉咙,珍贵凌厉。

她弱柳般的身姿,嫣嫣的笑脸,往昔的一切已化入西风,生死之间是不可逾越的沟壑。死亡如同一场盛宴,你我都将赴约,她只是比你先行,所以挽留不住。

> 谁念西风独自凉，萧萧黄叶闭疏窗，沉思往事立斜阳。
> 被酒莫惊春睡重，赌书消得泼茶香，当时只道是寻常。
>
> ——纳兰容若《浣溪沙》

你不知道，今天，有人会把读你的词和看张爱玲的书、王家卫的电影一起列入小资的标志。可是我们爱你，容若，不是因为小资。况且小资也是一种情绪，虽然有时显得宛转骄矜，然而并不可耻，没必要觉得卑微。容若，我们爱你，是懂得你的金销玉碎的悲伤。每个人都会悲伤。可是很多人，不会倾诉。

人是懂得回忆的动物，寂寞是因为失去。只是，很多事，当时只道是寻常。

【第四辑】

一年日記

【红楼隔雨相望冷】

最近又在看《红楼梦》,这是每年都会重读的书,每次重读的感受都不一样,被触动的地方也不一样。毫无疑问,这是一本会陪着人成长的书,这也是经典的价值所在。

我是立定心意,不会专门写一本关于"红楼"的书的。安心做一个读者,读读各家之言,偶尔想起书中的诗词、情节,品赏回味,比专门写一本书,更自得其乐。

打从民国起,红学专家太多,个个角度都有诠释,考据的,索隐的,忙得不亦乐乎,以至于我经常怀疑曹公写的是侦探悬疑、百科全书还是古典章回小说？最近还有人冒出来说《红楼梦》是冒辟疆所作，搞得我只想祭起掌心雷，替曹公劈死这种胡说八道的蠢货。想标新立异博出位也不是这个闹法。

这次读到贾宝玉入住大观园"怡红院"后所作的四首四时即事诗，感觉突然和以前不同，以前觉得轻艳，现在体会到更深的未尽之意。

诗还是那个诗：

霞绡云幄任铺陈，隔巷蟆更听未真。
枕上轻寒窗外雨，眼前春色梦中人。
盈盈烛泪因谁泣，点点花愁为我嗔。
自是小鬟娇懒惯，拥衾不耐笑言频。

——《春夜即事》

倦绣佳人幽梦长，金笼鹦鹉唤茶汤。
窗明麝月开宫镜，室霭檀云品御香。
琥珀杯倾荷露滑，玻璃槛纳柳风凉。
水亭处处齐纨动，帘卷朱楼罢晚妆。

——《夏夜即事》

绛芸轩里绝喧哗，桂魄流光浸茜纱。

苔锁石纹容睡鹤,井飘桐露湿栖鸦。

抱衾婢至舒金凤,倚槛人归落翠花。

静夜不眠因酒渴,沉烟重拨索烹茶。

——《秋夜即事》

梅魂竹梦已三更,锦罽鹴衾睡未成。

松影一庭惟见鹤,梨花满地不闻莺。

女儿翠袖诗怀冷,公子金貂酒力轻。

却喜侍儿知试茗,扫将新雪及时烹。

——《冬夜即事》

此处要赞的,不是贾宝玉的诗才,而是曹公的诗才。毕竟是阔过的世家子弟,写起富贵闲逸来,清丽贵重,全无轻浮矫饰堆砌之味。

原先是我大意了,觉得这种路数的诗,旖旎绮丽,在残唐五代中比比皆是,故而不曾细品。

是如今再读了《红楼梦》,多想了几分。发现曹公虚实相济笔法的妙处,既写了小说的情节,又透露出很多旧时士大夫的生活品味和情节,是值得细品的。

这四首即事诗,是元妃省亲后回宫,下谕命贾宝玉与姊妹们入住大观园,他入住"怡红院"之后写下的。写的是他在大观园中一年四季的生活,未必全是实景,但以小说来看,是他生活细节和状态的呈现,亦算是曹公对贾府百年世家富丽气象另一种方式的补述。

(一)

书中借贾府清客之口道出,贾宝玉的诗一经流出,在京城王公贵族的圈子里广为流传,人人赞他诗才,足证贾宝玉并非没有才华,只是他的才华和用心,从来不在仕途经济上头。

我不能欣赏那些红学家灌注在贾宝玉身上的种种赞誉。他的所谓反叛,也只是对着宠溺他的人,做出种种令人失望之事。

固然他是不差的,对女性也足够真诚,这在当时是男子稀缺的品质。但他缺乏担当和远见,只是一个寄生虫而已。

我们不说他对"金玉良缘"的抵制是多么地苍白无力,即使是在小说原有(确定为曹公所写)的情节里,亦未曾见过他做过一件真正有担当的事情。无论是对黛玉、金钏儿、晴雯,还是柳五儿、芳官等。

他始终在权势和等级的庇护下生活,他厌倦它的无情刻板,偶尔做一些小小的同情和体贴之事,显示自己与众男子不同,但他又确定无疑地,无比依赖和习惯这与生俱来的一切。

比俗世男子更糟糕的是,因为与生俱来,他视作理所当然,坐享其成,甚至都没有为之努力奋斗的意愿。

拿掉他拥有的富贵,他基本上除了出家,别无出路。这才是他的悲剧。

（二）

我喜欢这四首诗,与贾宝玉这个人物无关。这四首即事诗,放在中国古代任何一个高雅的、有生活情趣的诗人的作品集里都是合适的。

它们是"士"这个阶层共有的生活品质和追求,它们可以属于魏晋,也可以属于汉唐、明清,体现的是曹公的情调品味,而非贾宝玉的。

属于贾宝玉的,只有那与书中情节相联系的,若隐若现的惆怅和清愁。

第一首写春日无眠的雨夜。我最喜欢"枕上轻寒窗外雨,眼前春色梦中人"一句,这一句暗写相思,颇有《花间集》中那些传世佳句的情味,艳而不俗。

相思虽是暗写,对于《红楼梦》的读者而言却是明写。

"盈盈烛泪因谁泣,点点花愁为我嗔。"这样温柔的笔触,写的是宝玉的心上人。爱哭的、喜娇嗔的不是黛玉,又是谁呢?

他二人青梅竹马,情意渐深,彼此都深知对方心意,却又各自纠结,不能明言。是因为婚姻之事终究需要父母之言,他俩(尤其是黛玉)对未来都没有把握,内心不安,是以时有误会,怄气争执。

他在这里默默思量,暗生惆怅,身边娇俏的丫鬟们却笑语喧闹,不肯早早入睡。写他在乐境中的独愁,却何尝不是写黛玉的孤独和隐忧。

第二首写夏日晚间他和他身边的女性,一起生活的小细节。富人苦夏,穷人畏冬,古代夏日没有多少消暑的方式,即使是富人亦无非是借助自然的方式来消夏,用风力带动水车或是在屋里放置冰盘消暑。

对富人而言,夏天是相对难过的,冬天则可以温酒围炉赏雪。而穷人害怕的是冬天,没有御寒的房屋和衣物,这是攸关生计的事情。

在贾府生活的人,或者说,得到很好的物质保障的某些富贵闲人,他们的生活状态是怎样的,在这首诗里被戏剧化地描述得很清楚——

白日里逗弄着鹦鹉刺绣,倦了就歇下,醒来之后,燃起御香,揽镜上妆,挂起水晶帘,穿着质地轻薄的夏衣,在近水有风的地方纳凉,饮茶或小酌几杯。晚间重开了宫镜,卸了晚妆。这样的情景在五代的《花间集》和宋词中屡见不鲜。

第三首写秋夜。依旧是闲逸风流的笔调,与前两首相比,多了些秋夜的沉静和从容。"绛芸轩里绝喧哗,桂魄流光浸茜纱。苔锁石纹容睡鹤,井飘桐露湿栖鸦。"——绛芸轩是贾宝玉所居的主室名,此处点出室名是有意实写,意在增加诗文与小说契合的真实感。

【红楼隔雨相望冷】

　　月光如水浸透了红色的纱窗,庭院中的石纹被青苔布满,仙鹤在上面安睡,梧桐的落叶飘落在井栏上,秋露打湿了栖息在上面的乌鸦。以鹤眠、鸦栖来反衬平日喧闹的怡红院,愈加显出秋使人静。

　　"抱衾婢至舒金凤,倚槛人归落翠花。"——于这般温静安逸中,连妩媚都变得不动声色。倚槛望月的人归来,卸下了身上的饰物,在侍女的服侍下入睡。

　　"静夜不眠因酒渴,沉烟重拨索烹茶。"——贾宝玉有时亦需出外会客宴饮。此处写他夜间因酒醉而渴醒,命侍女为自己重新烹茶,这个细节特别真实,令人印象深刻。

　　第四首写冬夜之景,清冷欲绝。"梅魂竹梦已三更,锦罽鹴衾睡未成。"一联已是幽寒。"松影一庭惟见鹤,梨花满地不闻莺。"两句则愈见清冷。松影不但是眼前实景,而且对应上联梦中的梅竹。

　　"松影一庭惟见鹤",极见清雅;"梨花满地不闻莺",深写其静。梨花满地并非实写梨花,而是以梨花喻雪花,故言不闻莺语。

　　我所深喜的是"女儿翠袖诗怀冷,公子金貂酒力轻",绮丽中见豪情,叫人过目不忘。这一句,纵不放在书中,列入唐宋名家的诗句集中,笔力意境亦是不逊的。

　　"女儿"常作"女奴"解,用汉代郑康成家婢女都能诗,日常对话动辄引《诗》语的典故,赞自家婢女识情解意,耳濡目染,亦能晓诗文,是说诗礼传家,书香门第,自有过人之处。

　　而我更倾向于认为此处的"女儿"暗指黛玉,她虽常有诗词佳句,但情怀清冷,怅然难欢。这样理解更合书中的情节寓意,对应后面的"公子金貂酒力轻",更有悲欢难辨的深意。

"却喜侍儿知试茗,扫将新雪及时烹。"则联系妙玉用陈年雪水烹茶的情节。因前几句极为清寒,此处用扫雪烹茶来转意境,转寒为暖,风雅之余,平添了生活情趣。

此时的宝玉,得与姊妹们同住,身边又有美婢环绕服侍,正是人生中一段花团锦簇、心怀畅快之时,故而曹公落笔全是闲悠。

想那贾宝玉于鲜花着锦、烈火烹油之时,何曾想到贾府已经潜伏着深重的危机,眼前这一场富贵不过是镜花水月,一朝大厦倾塌,从上到下无一幸免。

他想不到,也无法想到。因他从来不是那修身齐家的男子,治国平天下就更不用想。

他只是一个富贵闲人,被宠坏的好孩子,镇日间忙着为这位姐姐添妆,为那位妹妹制胭脂膏子,他本该是这家族寄予厚望的继承人,却有意无意地被溺爱成了"异类"——一个只知诗酒风月的"无用之人"。

身为世家子,须有提振家声的觉悟,这是题中应有之义。既然享受了家族带来的富贵便利,既然拥有这个身份,就必须有相应的付出和责任。如此当然霸道而残酷,多少人因此而困缚了一生。那皇室宗亲、王谢子弟需要服食五石散消解的,那木屐大氅的潇洒之下掩藏的,正是这种与生俱来的苦闷。

精神的叛逆、对抗和反省,固然是珍贵的,然而若无力落于实际,终归于虚无,不堪一击。这也是《红楼梦》所写最大最深的幻灭。

　　贾宝玉的人生是失败的,曹雪芹的人生是成功的——他于繁华之中寂灭,重生,自省,检点过往半生,审视整个时代。写《红楼梦》是他的重生,对曹公而言,他最大的成就,就是写了一位理想主义者的幻灭,以及时代的必然覆灭。

　　我又想起李义山所言:"红楼隔雨相望冷,珠箔飘灯独自归。"他的一生也经历过那么多的失望和失败,却留下那么多美好如梦的诗作,不被岁月所辜负。

　　珠帘晃动声音清脆,如细雨潺潺,在红尘深处隔雨相望,曾经的美好都明灭如烛,恍若隔世。

　　最后的最后,我们仍是要推倒梦之谜楼,击碎命运的藩篱,勉力独行在这世间,到那时,心中有多少力量,就可以走多远。

【雪月花时最忆君】

今年北京初雪来得早,让人雀跃。

不知道为什么,我对雪有种说不出的喜欢。

雪和雨不同,雪让人觉得清冷,雨让人觉得阴冷。雪让人觉得超脱,感受到天地浩大;雨让人觉得困缚,深感人世坎坷崎岖。

小时候,身在江南,冬季有下也下不完的绵绵阴雨,好容易盼到下雪,多半还是雨夹雪,还没有落到地上就化了,冷得要死,雪景是一点没落着,叫人沮丧得很。这种感觉就像答应给吃一顿大餐,结果来了一碗冷粥,给我恨得,恨不能摔碗就走。

雪月花时最忆君

奈何我气节不够,总是眼巴巴鼓足余勇盼到大雪降临。那一天早起简直是从床上一跃而起,上学都很带劲,奈何江南小城格局局促,一场雪下得后继乏力,气势全无,沾染了人间烟火味,看得人心绪凋零。

我现在怀疑,我爱读诗词有一半是被江南那个死鬼天气逼出来的。江南的深寒天气,暮云低沉,或许只有回到书页中,想起白乐天的一句"晚来天欲雪,能饮一杯无?"聊以慰余情。

白居易说:"琴诗酒伴皆抛我,雪月花时最忆君。"小时候,我曾无数次地想象,有这么一个人,在这样的雪夜,和我一起,温一壶酒(茶),赏一场雪。清宵尚温,月色盈门,窗外琼枝玉树,室内暗香盈盈……长大后,偶回江南,在古镇拥炉温酒赏雪,暗合了当初的念想,亦算是遂了当年之愿。

江南雪景空灵之美,最经典的莫过于张岱所记的崇祯五年西湖湖心亭赏雪之行:"大雪三日,湖中人鸟声俱绝……"见"雾凇沆砀,天与云与山与水,上下一白。湖上影子,惟长堤一痕,湖心亭一点,与余舟一芥,舟中人两三粒而已……"

张岱笔下情景入诗入画,字字精简,仿佛空山琴韵,思之令人忘俗。可这样的景致须得大雪连下三日,才有千树压西湖寒碧的效果,不是想有就能有。

我心钟爱的,始终是北方的雪,甚至是塞外的雪,轻轻松松就是"忽如一夜春风来,千树万树梨花开",又或是"燕山雪花大如席,片片吹落轩辕台",豪气奔放得一塌糊涂。

漫天大雪,飘扬而下,肃然而生静美。那雪花飘落在身上,犹如露珠滴落在灵魂上。

这种好感顺延到今日,不管平时怎么堵,怎么霾,怎么招人吐槽,一下雪,北京就成了北平,连那些奇形怪状的现代建筑都变得顺眼了。

那些静谧如岁月的老胡同,那些美成沧海桑田的宫阙楼台,依稀还是旧时风致。当古都的灵魂从笨重的躯壳中挣脱出来,依然灵气逼人,千娇百媚,美得叫人爱不释手。

近年来,故宫也学会卖萌营销了,每逢下雪就在官微上发布美得不要不要的照片,勾得观者心思浮动,去故宫赏雪俨然成了帝都的新风尚(除了故宫,我们还有天坛、雍和宫、颐和园、圆明园……大户人家产业多)。

御笔点染宫如画,江山飞絮玉万家。巍巍宫阙,皑皑白雪,两相交辉,其景本就独绝,再者,多数国人心中还是深藏着一个帝苑虐恋的梦,没有神通看见前世,也可以在想象中描摹自己的前生嘛。

既然是想象,那么身份不能太低,大家都自动忽略"全家都在秋风里,九月衣裳未剪裁"这种窘迫,也不想再提"贫贱夫妻百事哀"那样的寒苦。

故事里的人,不是才貌双全的小主,就是风流倜傥的王爷,再不济,也得是个前途无量的宫女和备受器重的侍卫,两心相许,一心一意,要舍弃荣华,活得纯纯粹粹,就算是死,也要死得轰轰烈烈,肝肠寸断。

昨夜不知雪深重,一座宫阙一座楼。雪也许是最适合用来营造梦境的,让人只看到紫禁城的辉煌,忘记了权力游戏背后的血腥和残酷,尤其是在专制的制度之下,无数被碾压的生命碎为微尘,然后,若无其事地被扬起遗忘。

都爱说人生如棋,落子无悔,说得好像我们多有勇气,多无惧无畏似的。其实,事到临头追悔莫及的比比皆是,只不过,回头路已绝,没有机会重新选择罢了。

史册清冷斑驳,纵有幸跻身为胜利者,也不过是寥寥几笔,落笔已成灰。若能参透最后都殊途同归,除却了气节和信念,又有什么值得逞一时意气,争得你死我活?

雪也是最适合掩盖尘世污垢的,所以曹公预示的《红楼梦》结局是:"好一似食尽鸟投林,落了片白茫茫大地真干净。"高鹗续写的《红楼梦》有千般不如人意,唯独"黛玉焚稿"和"宝玉辞亲"这两段是好的。

结局(第一百二十回)写贾政扶贾母灵柩到金陵,归途中天降大雪,宝玉光着头,赤着脚,披着大红猩猩毡的斗篷前来与他拜别,四拜之后,随一僧一道飘然离去,贾政认出是宝玉,还欲追赶,哪里追赶得上——"只见白茫茫一片旷野,并无一人"。

这一段离别的描写,乍读平易,实则哀伤入骨,暗合了曹公原意。若非久历世情，不能如此淡笔白描。

一场雪，举轻若重，掩盖了前尘往事悲辛，人世歧路苍凉，令人觉得天地虽无限浩大，但万般变化不离聚散无常的本质。

人生忧生忧死，多忧多扰，实不如一朝豁然放下来得痛快。只是这一朝顿悟，并非说来就来，非要等到大经历、大得失、大悲楚才能应机而至。

曾经鲜花着锦、烈火烹油的国公府也好，埋葬了无数人青春和念想的紫禁城也罢，都是这般让人心灰意冷，将浮华看透。

那一日从寿康宫看展出来，仰头看四角红墙围住的天空，庭前一株老树，晴空数点寒鸦。向晚的流光斜斜打在宫墙上，眼看着又消隐下去，这些许的暖，转眼被这如血的宫墙无声吞噬。我突然觉得异常悲凉，从心底最深处迸发出的寒意，一点点蔓延向全身。

倚阑听风雪，空庭作飞花。她的余生都在这里度过，她们的余生都这样度过，想想都惊心……

不由得叹一声，美色终归萧瑟去，待得霜雪染白头。

寿康宫是太后住的地方。大是大，也不过如此罢了，不细看陈设，十多分钟可以逛完。那些蜗居在其他宫殿的女人，处境可想而知。难道，被囚禁久了，就理所当然地淡忘了自由的滋味？

以一个古代女人的标准来看，乾隆生母钮祜禄氏（不是甄嬛！不是甄嬛！不是甄嬛！）位尊太后，母慈子孝，怎样都算是成功人士，福寿双全了。

那又怎样？

入了宫闱，争斗多少免不了，差别是有没有亲手置人死地。

被囚禁了一生，青春耗尽，无复自由，纵然成了最后的胜者，富贵已极，又有何意趣？争伐一生，最终获得一隅终老之地，独守清宫冷殿，独对暗月残星，听更漏，暗数流年，回望前事，犹如前生，这样的日子，如何能算得上称心如意？

也许是我固执，是我眼皮子浅，从不知道泼天的富贵如何迷人，所以从小到大，我最在意的，就是"自由"这事儿——自由不是想干什么就干什么，而是想不干什么，就不干什么！遵从心愿，过自己想过的生活。

朱墙登高望，飞白满乾坤。有时候，雪最容易给人"岁月清长，人生如梦"的警喻。一抬头，发现一场雪下过，仿佛又过完一生。

晚唐诗人（也是名将）高骈有一首咏雪花的名诗："六出飞花入户时，坐看青竹变琼枝。如今好上高楼望，盖尽人间恶路歧。"

联想到晚唐乱世，高骈最终被杀的经历，"盖尽人间恶路歧"真是一句令人唏嘘的感慨。大雪或可暂时遮掩尘世的罪孽，却掩盖不了心底的崎岖悲苦。

凡走过必留下痕迹，凡经历必留下印记。不管你认不认，我们终须为自己身口意的行为付出代价，这就是"众生畏果，菩萨畏因"的原因。

人间从不曾缺少罪恶，好在，也从不会缺少希望。雪以其清冷，提醒人得意莫张狂,也提醒人绝望之时,仍有无垠天地,切莫自困。

在诸多咏雪诗词中,我自幼偏爱边塞诗里的句子。犹爱"欲将轻骑逐,大雪满弓刀"这种慨然,虽比"风雪夜归人"少了一丝温情,却比"独钓寒江雪"多了一份生动,更秒杀无数文弱书生的长吁短叹,叽叽歪歪。

南宋张炎的《八声甘州》,格调苍凉,近于边塞词,也值得一说,开头那句"记玉关踏雪事清游,寒气脆貂裘",豪情雅兴,叫人印象深刻。只此一句,恍惚间又见魏晋风流,江左风华。

共有缘之人,揽江山盛景,兴起即行,兴尽而返,才是我心驰神往的状态。

人生在世,身不自由也就罢了,若连心底的豪情逸兴都不复,那真是生不如死。

骨子里,我仍是那种放浪形骸、荡游天地的人。一骑绝尘,扬鞭而去。我心所许,万山无阻,何惧前路,何计生死。

【衣上酒痕诗里字】

一到下雪天,我就开始犯酒瘾。

这个瘾,不是真的饮。我会不自觉地想起"新雪对新酒,忆同倾一杯""晚来天欲雪,能饮一杯无?"这样的话。所以干脆就这个瘾,谈谈古人诗中饮酒的意境。

除了武松这样的江湖豪客在景阳冈上连饮十八碗,或者竹林七贤、饮中八仙这些彪炳史册的酒徒以外,古人诗中,出现的关于酒的字眼,大抵是一杯、一醉,说破了,怡情小酌而已。要真是豪饮烂醉,那必然是有特别的原因。

需要稍做普及的是,唐代的酒度数都不高,口感很像今天的甜米酒,所以李白才敢放言:"会须一饮三百杯。"我以前每到西安必豪饮稠酒,边喝边吐槽,李白斗酒诗百篇,取胜的不是酒量,而是膀胱的容量。

至于,在小白白看来不擅饮酒的子美老弟,酒量更是平平了。"速宜相就饮一斗,恰有三百青铜钱。"杜甫说得豪放,却是典型的好酒无量。再想想世家公子后来半生的流离失所,还是很让人心酸的。

宋代在蒸馏酒技术出现之前,度数也不会太高,武松在景阳冈所饮的村酒,属于村家自酿,度数也不会高到哪里去。所以武壮士才能连饮十八海碗。想来那酒后劲是有的,不然武松也不敢提根棍子就站在高冈上。武松打虎虽是真本事,又何尝不是骑虎难下?

(一)

"对酒当歌,人生几何。譬如朝露,去日苦多。"即使再不谙诗文的人,亦能朗朗读出。一代豪雄的心智不似于我等凡俗之辈。曹孟德即使是在醉时,仍是沉心思索。古人言借酒浇愁,即便是纵情求醉之时,亦不曾磨损了心头灵智,那一点灵犀,仍可呼应天地。

我是不会喝酒的,何况重戒在身,也沾不得酒。只能以诗为酒,品其芳醇。话头既是从白乐天起的,那么就且来看看他诗中的"绿蚁新醅酒"是个什么酒。

新酿初成的酒,未滤清时,酒面浮起酒渣,色微绿,细如蚁,称为"绿蚁"。古人就称飘有"绿蚁"的新酒为"绿酒"。

绿酒要烧热之后,过滤再饮。所以白先生才会用红泥小火炉来慢慢加热。

比绿酒更次的是浊酒。在诗词中出现的频率更高。陶渊明、杜甫、苏轼、辛弃疾等大咖,但凡要在诗文中表现清贫自守或不如意时,多半用浊酒。

"艰难苦恨繁霜鬓,潦倒新停浊酒杯。"安史之乱后,杜甫诗中屡屡可见浊酒、酒债之语,有时候穷得连浊酒也喝不上了,那是真穷。范仲淹说:"浊酒一杯家万里,燕然未勒归无计。"那不是因为他喝不起好酒,而是因为统兵塞外,对抗西夏,以饮浊酒来表现环境的艰苦和心忧国事无心享乐。

明代杨慎写:"白发渔樵江渚上,惯看秋月春风。一壶浊酒喜相逢。古今多少事,都付笑谈中。"这位前朝宰相之子,当世最著名的才子,就算流放云南,日子也是过得相当滋润。他是特地用浊酒点出江湖野老的风致。

还有一种酒,档次和浊酒差不多,那就是开头提到的"村酒",在表现田园村居生活时时常被提及。晚唐罗隐有句云:"黄菊倚风村酒熟,绿蒲低雨钓鱼归。"

借一杯,千秋醉。若你懂得,就该知道,若没有酒香,我们的诗意，会减损多少。

　　岁月的流逝，悄然改变的，不是容颜，而是心境。不过是几年前，我想起关于酒的诗词，闪念想过的，总是那种豪情万丈的篇章，譬如："葡萄美酒夜光杯，欲饮琵琶马上催。醉卧沙场君莫笑，古来征战几人回。"

　　前几年，独走西域古道，到甘肃武威，途经茫茫戈壁，想到的就是王翰这首《凉州词》。不是不凄惶的，丝路起风，大漠如烟，我所感怀的，不是战争的残酷，不是勇者无惧、视死如归，若真能醉卧沙场，不失为快意人生；而是凉州、甘州、瓜州，这些曾经诗意盎然、令人神往的地方，如今如故人落魄，让人不忍相认。

　　那残阳如血，照亮前尘，迎面是西北大地凛冽如刀的风，我自认不是多愁善感的人，但那一瞬，心事忽然像尘埃变重，化作漫天黄沙，悲意扑面而来。

　　不久前去往洛阳，住在东山宾馆，旁边就是白园，香山居士安葬于此。我日日经过，想起他仕隐之后作的那些诗，一字一句飘入脑海，忽然就清晰如刻，心领神会。

　　他自言："自（大和）三年春至八年夏，在洛凡五周岁，作诗四百三十二首。除丧朋哭子十数篇外，其他皆寄怀于酒，或取意于琴……"

　　洛阳冷雨潇潇，对岸就是龙门石窟，因汛期而暂时封闭。但我觉得此行意已足，我已心知他当年隐逸于此的心意。这千年之前相邀的一杯，我已接过，饮下。

往事沉淀了多少甘苦滋味,世事之不可追,人生之注定迟暮,又岂是一腔少年热血,可以挽回？龙门石窟石佛矗立,凝目人间,繁华过后,俱化沧桑。

"闲征雅令穷经史,醉听清吟胜管弦。更待菊黄家酝熟,共君一醉一陶然。"——渐渐有了与他相似的情怀,若真能如他一样,乐天知命,怡然终老,亦不失为人生大幸。

(二)

不同于中唐白居易诗中的闲适温情,盛唐的诗人们常以酒寄意,侠情壮志,不可磨灭。李白的诗,自然不必多说,那是个嗜酒如命的家伙,举目望去,月影仙气,阅他诗篇,字墨淋漓,犹染酒香。

写酒的诗句,我思来想去,最最喜欢的,还是李白。不是《将进酒》《月下独酌》,而是"两人对酌山花开,一杯一杯复一杯。我醉欲眠卿且去,明朝有意抱琴来"。——携酒抚琴,把盏共酌,山中高卧,落花满襟。

以天为盖地为庐,此中去留无意的潇洒,俗人无法刻意效仿,也比酒意更令人心折。

我最不耐看人烂醉如泥,胡言失态。若真是知交对饮,薄酒入口亦是佳酿。饮要饮得恰到好处,醉也要醉得相得益彰,心在酒外,情在酒中,才是对酌的妙义。

"衣上酒痕诗里字",是晏小山的名句,尽得宋词的落拓风流,然我心更偏爱盛唐气象。那些投军塞外的文人,喝酒从不含糊,佳文既出,也是窖藏的千古文章。

　　记得那句:"功名万里外,心事一杯中。"高适一言,何其慷慨!不愧为唐代诗人中大器晚成的典范!

　　清风明月送酒,当浮一大白。我所心许的盛唐气象,连沉郁也沉郁得气壮山河。这一句大抵来自庾信的《咏怀》:"摇落秋为气,凄凉多怨情。啼枯湘水竹,哭坏杞梁城。天亡遭愤战,日蹙值愁兵。直虹朝映垒,长星夜落营。楚歌饶恨曲,南风多死声。眼前一杯酒,谁论身后名。"

　　庾信也是个才高八斗郁闷暗生的主儿,他的悲秋意,上承宋玉。都是离乡去国之人,诗名煊赫,身世畸零,个中凄楚不足为外人道,文人的纠结也难被无所谓气节的人理解……

　　想起李白的《行路难》结语亦出于此,但他说:"且乐生前一杯酒,何须身后千载名。"两相比对,恰如曲水流觞,情传至此,翻出新意,足可见唐人风采,化哀凉为慷慨,壮志不堕。

　　唐以后战乱更频,可惜,唐以后的边塞诗,新意少出,气象减衰。纵有令人眼前一亮之语,亦不过是意境相通、情怀类似而已。

　　白居易诗风一脉,中唐后传至李商隐,经五代而艳,宋初由晏殊婉转相承,这位太平宰相,富贵词人,在他的《珠玉词》里这样写道:"一曲新词酒一杯,去年天气旧亭台。夕阳西下几时回?无可奈何花落去,似曾相识燕归来。小园香径独徘徊。"

酒入愁肠,化作相思泪,亦化作清词佳句。这份能力和情怀,不能不让人赞叹怀想。

有时,我在想,为何我们就回不到"寒夜客来茶当酒"的潇洒磊落当中。你星夜来访,我温酒煮茶相待,你踏雪而归,我引月相送。

"桃李春风一杯酒,江湖夜雨十年灯。"朋友相交当以心性相投为上,而非其他。

借岁月一坛陈酒,敬新朋旧友,参透了和未参透的人,都无须惆怅,来日方长。

【梦入江南烟水路】

从江南的雨声中醒来,梦中,已过完半生。睁开眼睛,人还在原地。

想起晏小山那几句:"梦入江南烟水路,行尽江南,不与离人遇。"

尘缘如网,烟雨痴缠。那雨中潜伏的,是说也说不完的往事,被雨打湿的,是断也断不了的思念。

结夏,富春山居。在精舍打坐,读经,饮茶,习字,浮生至此,散淡而已。

檐下细雨飘零,江南的雨,星星点点,丝丝缕缕,总有极深的心思,极静的禅意。

窗外,是富春江水,群山叠翠,绿意染衣。行尽江南数千里,入眼处,总逃不开"如诗如画,烟水朦胧"八个字,于缱绻缠绵中,显出人生的契阔来。

这里曾有严子陵的钓台,黄公望在这里画出了《富春山居图》,而今,我来到这里,观山望月,却每每欲言又止。那些诗和画都消融入心,成为记忆的脉络。

见多了千篇一律的城市,看腻了面目全非的景点,我总是在想,如今的内地何处还有真醇古意的地方?我不想看见冒名顶替的仿古建筑,为此已经多年不往知名的古迹去,怕的是昨是今非,触景伤情。

一个人能有多少情怀,经得起这样的失望呢?

毫无疑问,我们有悠久的历史,却没有历史悠久的模样,在无涯的时间旷野中,天然的东西可以漫不经心地继续天然下去,天然以外的东西则任由岁月侵蚀,直至荒芜。

这样喧嚣的时代,想隐居山水之间,与世无扰,谈何容易?恐怕也只有偶尔到山明水秀的地方小憩几日的福气了。

这次的富春山居之行,计划了两年,中间因为要去别处而耽误了,延后两年的约期,在抵达的第一眼,便知是此行不虚。

入眼是白墙灰瓦,或青瓦灰砖,色调极为素淡,千竿翠竹迎客来。虽然似曾相识，但我知这不是徽派建筑，有太多人迷恋徽派民居的静雅，烟火人间，与时光共生共存相望相守的端然，一看到"白墙灰瓦"四个字，就条件反射地想到皖南。

富春山居则呈现出更古老的唐宋建筑之风，典雅清旷，庭院布局曲婉有致，深得江南园林建筑"景随人迁，人随景移"的妙义。

我是佩服当地人的，能用心营建此佳处，不负山水。即使是偶尔小住，也足以洗涤心中尘垢。

昔年黄公望云游四方，晚年结庐隐居于此，受师弟无用师所托，以古稀之年运笔作画，将心中天地托付纸上。

这一世沧桑如水流过，略过不提，剩一点残心余情，悟生命辽阔淡远，耗十载光阴画就《富春山居图》。这近700公分的长卷，潇洒磊落，是元代山水宏幅巨制，被后人誉为"画中《兰亭序》"——为元以后的历代书画藏家所珍。

与历史上那些传世之作的命运一样，名画几经易手，命途多舛。清初《富春山居图》因火劫分为两段（藏家吴洪裕欲以此画殉葬，投之以火，被吴的侄子吴子文抢出），前卷51公分，称为《剩山图》，现藏于浙江省博物馆。后卷640公分，称为《无用师卷》，现藏台北故宫博物院。

黄公望以苍简笔墨，干湿浓淡交错，勾勒出富春江至桐庐江一带的山水秀雅，秋色明艳。秋，天之别调也，我来时虽是夏日，不似画中境，亦有盎然意趣。

梦入江南烟水路

从杭州溯钱塘江入富阳,青山秀水迎人,似有旧时意,但我知,今日已看不到云烟掩映村舍、渔舟出没江流的景象,唯有这溪山深远,峰峦叠秀还可遥想一二。

山还是那山,江还是那江,然山河庄严如故,静看人世变迁,岁月却浩荡绵邈,洗劫一场场盛衰,不动声色。

再也寻不着那垂钓的、吟诗的、作画的人,亦不会有人在此哭朝代兴亡。隔世的,似是而非的感觉,让人怀念,又有惆怅,难以言说。

灵魂与这时代有间隔的人,看什么都唏嘘,旧江山、浑是新愁。

当年,轻云薄雾,总是少年行乐处。而今却是,欲买桂花同载酒,终不似、少年游。

曾经的江南,可以用来避世,可以用来安居,可以用华堂夜宴来遮掩雄心,也可以用结草为庐来对抗世俗。

曾经,最终避居到江南来的人,或多或少都有出世之心,不是不会争,不是不能争,到底还是有一两分清明。知道自己的人生不能,也不必全然从俗。退居到方寸之地,还可以得一个相对纯粹完整的人生。

江南的温柔熨帖,自古就有,要不然也不能叫人将滔滔亡国之恨,化作了麻醉心灵的轻歌曼舞,蜕成小桥流水的琐碎日常。

江南的诗意失意,也自古长存。身在江湖,心忧庙堂,人,或多或少总有放不下的一点执念和残念。偏安一隅固然少了压力,却也不免有些怀才不遇的落寞。

走在被雨打湿的青石板路上，那蜿蜒如梦的江南小道，我知道，任我把脚步放得再轻，再慢，也走不回江南旧梦中，因我亦自觉不是旧时人了。

胸中襞积千般事，到得相逢一语无。

是什么时候开始，我们成了一群面目相似的人，披着一副日渐残旧的皮囊，在别人的影子里寻找自己的生活，在红尘市井中奔走，耗损着本已无多的灵智，日复一日，随波逐流，作无谓的煎熬，不要说出离，渐渐地，连避世的清狂也消磨殆尽了。

夜雨淋沥，群山无言。过去，现在，将来，都隐匿于黑暗中，一切都指向某种未完成。

江南梦，梦江南，说到底，我们不过是给自己织了一个近乎完美的梦而已。在梦中，岁月静好，现世安稳，良人如天，佳人如玉……

而后，不断地重复着这个梦，构建这个精神的桃源，藉以抵抗现实的无力和残破。说得多了，仿佛江南就是这样美满，我们就是这样美好。

其实不是。

其实我们真正喜欢的，不是江南，而是躲在江南梦中不必醒来的状态。

至于，我们现在所走的道路，想要抵达的人生，到最后，是不是通向自己想要的未来？这个问题，有多少人深思过？又有多少人，为之真正付出努力过？

若你深入肌理，会发现，现实的江南生活比我们想象中俗气得多，琐碎得多。理想中不问世事、不理庶务、诗酒风流、潇洒度日的境界，不是每个人都可以享受。

身在江南，我时而欢喜，时而厌倦，隐隐地，厌倦比欢喜还要深。市井的局促和热闹无处不在，扰人耳目。亲朋好友之间往来，絮絮叨叨，无非是谁家孩子有出息，谁家如今不太行了，哪件事可以赚钱，哪件事需要花钱……诸如此类，逢年过节的聚会，此风更甚，让人忍无可忍。

那样的人情和世故，冷眼望去，望得到无奈、琐碎和劳碌。一群命如浮萍的人，苦苦挣扎而不自知，要拼命抓着眼前手中看得见的安全和温暖。

这是我长大之后，一定要离开江南的原因。

我只做它的过客，不做它的归人。

【身外闲愁空满】

每年的农历三月,清明之后、谷雨之前的这段时间,我都会抽时间去杭州,只为了喝一杯春茶。

绿茶实非我所爱,三泡之后,淡而无味,只能望着杯中的叶底发呆,好似美人迟暮、春意阑珊,无可挽回。

我所钟情的,乃是云南的生普、武夷的岩茶,这等峻烈不驯的茶,深山所生,古树所化,滋味百转千回,似人生丰富难测又奥妙无穷。

但许多的情结无法解释,像我这种自己打脸啪啪的,再嗷嗷叫着受不了江南的湿冷阴寒,也会选春光正好的时节,暗搓搓地跑回去,待上三五十日。

我一直固执地相信,春茶的味道就是江南的味道。春茶的迅疾,一如春意迅疾。

你走之后,江南一直在下雨,当然之前也在下,可是因为有你在的缘故,倒不觉得凄寒。

是因为你走了,我才对这时序和气温的变化敏感了吗?

我想是的。

早上醒来,天光淡淡。江南的雨天,总让我错觉是天还未明,或是一觉直接睡到了黄昏,窗外孤山朦胧,花树婆娑,恰应了"疏影横斜水清浅,暗香浮动月黄昏"之意,想林逋一生形迹潇散,不知乍醒无人之时,可曾有心事浮动。

忆及在故宫看过林逋的《自书诗卷》,在那卷轴前驻足良久,仿佛偶得故人音信,字字句句都耐人寻味。

似他这般身如老梅、自在荣枯的人,心事许是有的,只是藏得深,深到了自己都浑然不觉,似水无痕。

汪庄就是这点好,孤山在望,雷峰塔在侧,三潭印月触手可及……设计上隐然是将西湖纳入园内,成为自家的内湖,展眼就是西湖盛景,野心雅意兼得。即使外界人山人海闹翻天,园内亦是清净至极,除非是主动跳湖,绝不会有被人挤到湖里的烦恼。

那天起床后溜达到湖边喝茶,午后无人,晏小山的词跳入脑海,那阙《临江仙》的情绪和意境是如此契合彼时。

> 身外闲愁空满,眼中欢事常稀。明年应赋送君诗。细从今夜数,相会几多时? 浅酒欲邀谁劝,深情惟有君知。东溪春近好同归。柳垂江上影,梅谢雪中枝。

不觉地叹了口气,江南春色最易让人心生闲愁,而"闲愁"二字最得宋词精髓。在江南,宜读宋词,宋词温软,一页一荼蘼,犹如好梦怕人惊。

如果说,西安和洛阳是属于唐诗的,那杭州真真是一座宋词幻化的城市,两宋词中所有的清辞佳句,繁华、富丽、缠绵、磊落、沧桑、幻灭,都能在这里找到线索。那往事总在回忆中闪光,情怀亦是去而不远。

我有时晚间回到汪庄,望着暗夜中的西湖,一泓静水,朦胧绮美,似绝代佳人笼上面纱,轻盈欲飞。这城市现代化(真讨厌这个词)成这样,移步换景,惊鸿一瞥间也依稀还有当年情味,也是难得。

我早就戒酒了,其实也说不上戒,本就不爱,我喝酒比喝药还痛苦,愁眉苦脸的样子实在难看,倒是受戒之后,有了正大光明的理由对所有人说,我重戒在身,不能喝酒,谢谢。

但却仍是偏爱饮酒的诗词,一如既往地喜欢这其间的豪情纵逸,浅笑深愁。固然有无病呻吟的嫌疑,但是人生,谁没有一点无病呻吟的时刻呢?

身外闲愁空满,眼中欢事常稀。总有些时刻会无端地怅然,觉得有什么触手可及又把握不住。

叹浮生种种,不过流水落红,回首处心事纷飞,前尘如梦。

晏小山、纳兰容若这样的男人,同为宰相之子,出身相似,情怀相似,才情相近,若是生在同时,怕是要结为好友的,能把酒言欢,共浇心中块垒。

倘若是择一城而终老,最适合他们的应该是杭州。开封和北京固然都不差,却还欠了点缱绻温柔,不是那么合他俩的心性。

"浅酒欲邀谁劝,深情惟有君知。"那个下午,对着一湖春景,因着这阕《临江仙》,我不期然将一杯龙井喝出了一壶酒的意思。

杭城相聚三日,而后各奔西东。这些年来,聚少离多,已成习惯,只是偶尔还会黯然。

说是远山含黛,绿水生愁,也许只是自作多情的错觉,但总有些人是忘也忘不了,断也断不掉,却是真事。多情如小山也就罢了,洒然如苏轼,也会写:"为问东风余几许?春纵在,与谁同!……欲寄相思千点泪,流不到,楚江东。"

如果一生只爱自己,那倒是极简单的事,可我们偏偏还会爱上别人。

这就不是件简单的事了。

【行云流水一孤僧】

在杭州,我还容易想起一个人,他就是自称"行云流水一孤僧"的苏曼殊。有些人,在字里行间隔世相逢,却是入眼便入了心,再也不能相忘。

小时候,走在雨中,想起的总是"沾衣欲湿杏花雨,吹面不寒杨柳风"——心里把僧人志南骂个臭死,心说您真是没被冻惨过。如今走在西湖细雨中,想起的却总是苏曼殊的"春雨楼头尺八箫,何时归看浙江潮?芒鞋破钵无人识,踏过樱花第几桥"。

想他一袭僧衣,飘零四海,形如断鸿,柳亚子说他最穷苦潦倒的时候只能拥衾抗饿。然而,任这俗世待他再凉薄,都未损其潇洒行止、赤子心肠,这样的性情中人是我深深景仰顾念的。

苏曼殊对杭州也是特别有感情的,他在杭州时,住在当时的白云禅院,有《住西湖白云禅院作此》七绝一首:"白云深处拥雷峰,几树寒梅带雪红。斋罢垂垂浑入定,庵前潭影落疏钟。"

这么丑的雷峰新塔,还没有白娘子(还我童年!),所谓的雷峰夕照也不好看。可是因为苏曼殊,就有了不同的情味。

是因为他这首诗,我才经年住在汪庄。

苏曼殊身世畸零,自幼被家族所弃,成长过程中饱尝人情冷暖,世态炎凉。1903年他在广东惠州出家为僧。官方说法是耐不住青灯黄卷的寂寞(我猜想主要是嘴馋,汉传佛教寺庙生活太清苦,没有他爱吃的烟卷、朱古力糖、牛肉等等高端零食……这对一个吃货来讲简直不能忍)。他乘师父下山之机,偷了已故师兄的度牒和师父的两角银圆,下山云游去了。

虽然出家为僧,苏曼殊骨子里,至死都是传统寒士狂生的秉性和做派,得意时纵酒狂歌,失意时萎靡颓废。我总记得他那句:"无端狂笑无端哭,纵有欢肠已似冰。"虽然名士做派,细思却叫人肝肠寸断。

一袭袈裟,只不过是他随身的行囊,是他给自己安的身份,借以存身,割裂前尘。

这样也好。空门中少了一个有口无心的和尚,天地间多了一位锦心绣口的诗僧。

　　苏曼殊是这样妙的人，浪迹红尘，耽于青楼，频繁出入花街柳巷，看似比普通人还放荡不羁，却也能自守比丘戒。他诗中绮丽如斯，我却从不怀疑他戒体清净。

　　一度，苏曼殊对一位艺妓动了真情，与她也有一夕共枕之缘，却一宿相安无事。他诗集中许多令人心碎的句子："我已袈裟全湿透，那堪重听割鸡筝。""袈裟点点疑樱瓣，半是脂痕半泪痕。""九年面壁成空相，持锡归来悔晤卿。""还卿一钵无情泪，恨不相逢未剃时。"——隐隐写得都是这段情事。

　　红尘倥偬，往往相伴一程之后，我们只能挥手目送爱人离开，然后，藏人于忆，藏泪于心。

　　万般过眼成空，有你经过便不同。

　　佛经中有个故事，是关于阿难尊者的。他爱上一个女子，佛陀问他，你有多爱她？尊者回答说："我愿化身石桥，受五百年风吹，五百年日晒，五百年雨打，但求这少女从桥上走过。"

　　受戒是必须要守的，不守就是犯戒，而还俗退戒是被允许的，只要根本戒不失，再受亦可。所以尊者曾七次还俗，最终还是证得正等正觉。

　　佛陀为度化阿难陀和摩登伽女，以及欲海情天的无边众生，真是用尽各种智慧方便。他知道，了生死断尘缘，并非一朝一夕的事。佛说四大皆空，是教我们了知世事如幻的实相，看清自己，去除执着和烦恼,从未逼着人放弃一切,成为行尸走肉,假大空。

如果不曾沉迷,谈何解脱?不曾深情,谈何慈悲?心若无情,了悟大道又有何用?

后来,苏曼殊因不遵医嘱,病中偷食糖炒栗子(肯定还有别的),贪嘴而死,也算是吃货中的先烈。他嗜好吃糖,以及各种零食(尤其是甜食),自称"糖僧"。爱吃甜食不要紧,最多满嘴蛀牙,要命是他饮食不加节制,患了严重肠胃病也照吃不误,最后竟死于此。

翻看前人札记,苏曼殊贪吃的名声,实在不弱于他的才名。刚到上海时,他就吃去当时市价100元的糖果,现在看来也是奢侈……他平时爱吃的糖果点心也都是不便宜的那种,有一种名叫"摩尔登"的外国糖,他一次买两三瓶回去,很快就一扫而空——他的穷,显然有一半是吃穷的。若他活得再久一点,际遇再好一点,写本论吃的专著,当不输于唐鲁孙。

他死后,经南社社友柳亚子等人努力,葬他于西湖孤山北麓西泠桥畔,与苏小小相伴为邻。当时的上海《新闻报》副刊登了一首《谒诗僧曼殊上人墓》:"诗囊酒袋走天涯,文字姻缘处处家。寻得名山寄遗蜕,半依名士半名花。"倒是对他一生恰如其分的归纳。

青山溪涧云朵像永不迟暮的美人,陪伴着才子孤僧。闭目思之,埋骨杭州是最适合他的。

【也无风雨也无晴】

在中秋的晚上写子瞻,是心念所引,映着浮游月色,未落笔,先生了情。

"明月几时有,把酒问青天。不知天上宫阙,今夕是何年。"隔了千年,那北宋的月色都化碧。叫我何处去寻你这样的人?

我对苏轼的迷恋由来已久。诗词的渊源,我其实是从苏轼起步的。

幼时父亲送我的启蒙读物上,一面是画,一面是诗,是历代诗家的选辑。我记得,除了那简单得不能再简单"鹅,鹅,鹅,曲项向天歌"和"白日依山尽,黄河入海流"之外,第一首让我有诗的感觉的诗,正是他的题画诗《惠崇春江晚景》:"竹外桃花三两枝,春江水暖鸭先知。蒌蒿满地芦芽短,正是河豚欲上时。"

因生长在江南水乡,春江水暖,蒌蒿芦芽,这诗中画境,宛然眼前。衬着人间烟火,妖娆鲜明,分外入情入心。我第一次吃上河豚时,是东京的冬日,窗外飘雪,明明不是春季,我亦无端地想起这首诗。

后来,读多了他的诗词,竟应了那句:情在不能醒。他的诗词散文,不论是前期后期,我一概笑纳,因是太喜欢了,总比别人的诗读出几分心契来。

确切地说,我喜欢的,竟是他的人多一些,而诗文,只不过是叫我更喜欢他的理由。

夏天的时候,在云南避暑,云南的村居时光闲淡如水,常令我想起他那阕《鹧鸪天》:"林断山明竹隐墙,乱蝉衰草小池塘。翻空白鸟时时见,照水红蕖细细香。　村舍外,古城旁,杖藜徐步转斜阳。殷勤昨夜三更雨,又得浮生一日凉。"

词中意境堪画,笔笔写来,仿佛是合着眼前景描摹的,只是寻常之景,却分明有一种清旷自在,让人觉得神怡。

有一类人,我自知是不能评、不能判的,不能饶舌。怕只怕,未落笔,先落了俗。绝顶聪明又绝世潇洒的人,如神来之笔,逸出这世俗法度之外。

我对这样的人，固有一种无法自拔的青睐和迷恋，因知他的才华和天分是学不来的，连他性格里历经磨砺的潇洒和坚韧，亦是万中无一的。

去年八月在广州参加书展，中间有人邀我去惠州讲座，因想到苏东坡，想到罗浮山，我便兴高采烈地去了。

"罗浮山下四时春，卢橘杨梅次第新。日啖荔枝三百颗，不辞长作岭南人。"苏轼的《惠州一绝》这样写道。

这诗看得我打心眼里高兴啊！全是我爱吃的水果！全是！吃货遇到吃货就是这样心领神会。我真想抓住苏轼的手说："么么哒！你写的全是我爱吃的！懂我！爱你！"

我是自幼爱吃荔枝的人，打小看到这首诗便心生欢喜，不由得记忆犹新。今年去的时候荔枝已下市，但不妨碍我在做活动的时候，一边走神妙想着荔枝的甘味。从那唐朝倚栏远眺的绝色妃子，想到宋朝被贬谪的绝代文人。

古人说，由俭入奢易，由奢入俭难，诚不欺我！这世上很多的东西，特别是品位，真是能上不能下的。譬如，尝过了新鲜的荔枝之后，就断然不能再忍那不新鲜的、色如老妪、其味败坏的荔枝，宁可不吃，也要留存心中那一口活色生香。

自打尝过了新鲜荔枝之后，我就特别能理解"一骑红尘妃子笑"的含义。杨玉环到了吃荔枝的季节一定是由衷的欢喜、由衷地盼望啊！

而对于李隆基来说,那么深的欢喜,那么小的愿望,为着眼前人的展颜一笑,就算万里迢迢奔波,劳动民生,摧折了人马,在陷入爱情的男人看来,都是可恕的。

再譬如,你读过子瞻的诗文之后,你方知,什么豪放派、婉约派,都是后人的学术划限。于他自身,并无这等刻意的桎梏。他是不可拘限的,天资纵逸。汪洋如海,信笔由来,自成山岳。

读过了东坡的诗,再读江西诗派,就如读过北宋词,再读南宋词,虽不乏警心妙语,叫人眼前一亮,击掌赞叹,但那闲庭幽院的精雅又怎敌遨游山海的壮阔写意?

他的诗文,竟只可叹服,只能追慕,如那青天上明霞一缕,甚高远,也甚旖旎。掩卷神游,只得赞一句:千江有水千江月,万里无云万里天。

他那形同开挂的才华简直无可比拟,只能膜拜!若无苏轼,宋诗不可能全开一代之气象。宋诗好论义理,以理趣见胜,虽气象略窄,但总算在唐诗之外另辟蹊径。义理本是容易无味的,是他以才气化出生机。他的诗,"刚健含婀娜",清旷闲逸,在宋代即被奉为"东坡体",是宋诗的一种风格范式。

苏轼才既高绝,词格亦高绝。若无他宕开宋词意象,"以诗为词"还其本色,词在宋代仍为艳科,不免长期囿于市井文学的腔调,局限在闺帏行役、男欢女爱、花前月下的势力范围,脱不出于《花间集》的境界。是他让词获得与诗同等的地位,由"歌者之词",变作

"士大夫之词",气象境界为之拓深。

我自然爱他那些清平岁月的闲情小作,无端就春光绵邈,令人心如月上柳梢。但我更爱他屡经贬谪、人世磨砺之后依然持有的旷达。

譬如那首《独觉》:"瘴雾三年恬不怪,反畏北风生体疥。朝来缩颈似寒鸦,焰火生薪聊一快。红波翻屋春风起,先生默坐春风里。浮空眼缬散云霞,无数心花发桃李。倏然独觉午窗明,欲觉犹闻醉鼾声。回首向来萧瑟处,也无风雨也无晴。"

此诗平淡如家书。和《惠州一绝》一样,亦作于他流放岭南时,彼时东坡居士已将将老矣,较以往仕途顺畅时不免寥落,尚能把谪居荒凉之地生火取暖的苦事写得如此有诗意,如此生机盎然,叫人不得不叹服他的潇洒和旷达。

他自言:"心似已灰之木,身如不系之舟。问汝平生功业,黄州惠州儋州。"与许多文人雅士不同,苏轼历来是不做作的,尤其是"乌台诗案"贬谪之后,境遇一路走低,犹如在荆棘中穿行,但他始终能苦中作乐,保持悠然自得、随遇而安的心态,这对一个普通人而言尚且不易,对一个天分高绝的人,先荣后辱的名士而言,则更为不易。

"独觉"二字,暗含禅意,固然是独眠醒来的意思,又何尝不是独自觉悟的意思?

人生中,其实不断有契机能够让你审视自己存在的状态和价值。一个人,若能把握天人相应的契机,静心参悟,将一世荣辱看成一树花开,盛衰随喜,那么人世间的凄风苦雨,亦能泰然处之,坦然相待了。

想来,他亦是自得于最末那句"回首向来萧瑟处,也无风雨也无晴"的,在后来的《定风波》里,他亦用了这句作结:"莫听穿林打叶声,何妨吟啸且徐行。竹杖芒鞋轻胜马,谁怕?一蓑烟雨任平生。　料峭春风吹酒醒,微冷,山头斜照却相迎。回首向来萧瑟处,归去,也无风雨也无晴。"

读他的词,我深有感触,才华这玩意,如果不能让人活得更从容自在,如果不能让人平和快乐,那还真不如没有。

〖附录〗

【功夫应在诗外】

九思

　　我没见过安意如。半年前的一天,我在博客上偶然看到她的一篇《桃夭》,初看时文字质朴,以为是个男的,再细看另一篇《妙玉爱玲》,也就是后来录入《看张》那本书中的一篇,才发现她是个女孩子。起初以为她是张爱玲的崇拜者,因为我已经知道了她的年龄,对她对张爱玲理解的深刻很惊讶。以为不用全力是不能达到的,而用了全力,张的幽暗绝望对她应当是没有好处的。于是好为人师地

【附录】功夫应在诗外

教导她不要沉溺于张的小资世界……"所以,当时代很热闹之时,如果能敞开心灵迎接世界当是最好的。"但她随后回复,那只是为了写作,不沉溺、不膜拜,只是要费些心思罢了。很快她完成了《看张》的工作,并笔耕不辍,更让我确信了她的笔力。

那一段时间她每天录一两首《国风》,从《周南》到《召南》,从所选的篇目上,我看出了她的眼光和对诗的具有穿透性的理解力。一般说来,《诗经》名头之高妇孺皆知,是中国诗歌的源头,但从汉代以来,就没有几个真正能完全懂得的了。读《诗经》如果没有注释,将是寸步难行。大多数说自己喜欢《诗经》的,只能够喜欢《蒹葭》《关雎》等少数篇章中的少数句子罢了。真拿了"诗三百"让他读,可能只是如叶公好龙般束之高阁。她边读边解,文字如那四言诗一样,让人摇旌以梦,于是,油然而生敬佩之情。

孔子说:"诗,可以兴,可以观,可以群,可以怨,迩之事父,远之事君,多识于鸟、兽、草、木之名。"这就是中国诗可抒不平之怨,可达社会之用,可寄山水之情的思想源头。因为有了诗教,我们可以不求诸宗教的迷狂而自有生命的皈依与安逸。读诗、诵诗、解诗是我们优秀的传统。诗歌塑造了我们的诗心。但诗史三千年,多数诗歌都因年代久远而与我们的生活隔膜起来,除了极少数外,我们读诗都需要借助参考书。通过参考书我们了解字义、词义、背景等等。但参考书纷繁多样,注释也常歧义常出。除开这些不讲,光是训诂考据也要消耗太多精力,必然破坏读诗的整体美感,等到弄懂诗中的字义词义,再去欣赏,已经没有更多的心力了。

　　安意如这本也是读诗的参考书,但不是注释书。"沉吟",不是朗读,不是歌唱,而是用心去读,用心去感应。感应诗歌、感应诗人、感应诗心。安意如还是位二十来岁的女孩子,不是学问家,但她懂诗。因为她懂人,更懂得诗人。诗人都是真性情的自在人,不管是古人还是今人。但对大多数人来说,诗人都是怪人,他们不通人情世故,癫痫痴狂,常常与人格格不入。可"知我者谓我心忧,不知我者谓我何求",安意如就是其中的"知我者",是可以和古今诗人心灵相通的人。因为她自己同样拥有一颗诗心。同时她也是伶俐的人,她能抓住她感应的一切,用她清丽的文字表达出来。她读诗,但又不拘泥于诗,她首先着眼于弄懂诗人。她先看诗人的时代背景,再看他们的俯仰沉浮,还看他们的生活交游。她透过诗文体味诗的境界,掌握诗人的典故,了解诗人的生活,然后再从小处入手,以小说家的想象力和诗人的敏锐,写出了这些既有严谨的史实,也有精辟的论述,还有圆通故事的美丽诗话,让时代久远的汉字再现还原了诗情、诗景、诗事、诗史,历历在目,玲珑精致。

　　她解曹操的《短歌行》中写道:"青青子衿"二句直用《子衿》的原句,一字不变,意喻却显得深远。连境界也由最初的男女之爱变得广袤高远。他说"青青子衿,悠悠我心",固然是直接比喻了对贤才

【附录】功夫应在诗外

的思念;更值得注意的是他所省掉的两句话:"纵我不往,子宁不嗣音?"他用一种委婉含蓄的方法来提醒那些"贤才":"我纵然求才若渴,然而事实上天下之大,我不可能一个一个地去找你们,就算我没有去找你们,你们为什么不主动来投奔我呢?"经她这样对比提醒,曹操就不单是简单的深沉、含蓄,同时他那海纳百川的帝王气概也栩栩如生了。她写秦观道:我心底透出的意象里,少游这个人,应是青衫磊落,茕然独立于花廊下,抬头看着楼上的爱人,脸上有阳光阴影的文弱男子,有着暗雅如兰的忧伤。那春草清辉般的邂逅,应是他的。有时候,我甚至怀疑他眉间的愁绪,是他爱的某个女子也抹不平的。他骨子里是凄婉的,连思人也是"倚危亭,恨如芳草。过尽飞鸿字字愁",比易安的"满地黄花堆积,雁过也,正伤心,却是旧时相识"还要幽邃深长的思意,稀贵而真诚,所以隔了千年看去仍是动人。有了这样一个秦观,我们再去看"可堪孤馆闭春寒,杜鹃声里斜阳暮",又是怎样的哀婉悲切呢?她解柳永:晚年的柳永落魄潦倒,身无分文,但他的死却是轰轰烈烈、荡气回肠。相传柳永死时,"葬资竟无所出",妓女们集资安葬了他。此后,每逢清明,都有歌妓舞妓载酒于柳永墓前,祭奠他,时人谓之"吊柳会",也叫"上风流冢"。没有入"吊柳会"、上"风流冢"者,不敢到乐游原上踏青。并形成一种风俗,一直持续到宋室南渡。后人有诗题柳永墓云:乐游原上妓如云,尽上风流柳七坟。可笑纷纷缙绅辈,怜才不及众红裙。"衣带渐宽终不悔,为伊消得人憔悴"是他写出的流传千古的名句,深情宛然可绘。草色烟光残照里,我遇上柳七,也会备下清酒佳肴,共他浅斟低吟,不会让他一人把栏杆拍遍,感叹无言谁会凭栏意。这样被我们常常定格为溺于酒色的柳三变是不是会让人觉得更加意味深长呢?

我想,安意如的方法定然会令一些学问家不以为然,但我以为这的确是读懂诗词、理解诗人的捷径,因为诗本身应当是生活中的最真,功夫自然应当是在诗外的,而不仅仅在文字之中。

【跋】

【古今多少事,渔唱起三更】

少年时提笔,我热衷用儿女情长叙述大江东去。如今客过千帆,却喜欢在相对真实的历史中流连用心。这种冷静,不是无情。

如人评论王(维)孟(浩然)的山水诗,说孟浩然是"有我之境",王维是"无我之境"。我评赏诗词愿取二者折中之境,赏风花雪月时自须有我之境,融情入诗方见性情;看风云变幻,却须了然无我之境,冷眼旁观才知得失。

一旦依托于历史,那诗词方才显得深邈浩大。

犹如青史上的点点苔痕,水面的余波涟漪,诗词无声而巧妙地诉说一个个人的心事痕迹。若没有它,单凭史册间的寥寥数语,一些些剪影轮廓,我们能掌握的线索真是少之又少,岁月留下的精彩故事亦会稍显寡淡。

我从去年开始着手重写唐诗宋词,隔了近十年的时光看去,当时的文字是那么稚拙,近来重看,总是掩面……

幸而心意是真,情意是真,这些年来边走边写,阅历在变,心境亦不复少年时,唯一可以坦然说不变的,是爱诗词的初心吧。这一段旅程,好景常在,跋涉亦有艰辛。好在诗词是随人的阅历体验而幻化的风月宝鉴,时时用心不同,便时时所见不同。

从诗经时代田间陌上的歌谣开始,到民国时的残章断简,流传下来的诗篇无不带着当时特有的气质光芒,豪情逸志尽涌笔端。

你看啊!那字里行间流光溢彩,如星河飞坠眼底。曾有的繁华,山河的绮丽,人物的风流,都真切存在眼前。

当我们红尘劳碌折堕已久,心神俱疲之时,诗词是一叶载梦扁舟,载我们去向往的远方。

遥想长安折柳,月下闻笛,溪山行旅,万壑松风,思想起那些华丽王朝上空的群星闪耀,真是令人心醉心折,亦念个中波折,冷暖悲欢,那些真实人生中的层出不穷的阴谋和罪孽、欺骗和背叛、愚痴和执着,令人心伤心碎……

诗词描绘风云变幻,也写尽世情人心,由此你可以更了解古代士人的内心世界,但它不是中国文化的全部,相对于这棵盘根错节枝繁叶茂的古树,它只是令人惊艳驻足的枝叶而已。

读诗词,须得有历史的底子,而不是一厢情愿地只谈情绪。情绪是可以作假的,诗词中的细节亦是可以编造的。对此洪应明说的极透彻:"得意处论地谈天,俱是水底捞月;拂意时吞冰啮雪,才为火内栽莲。"

这也是文天祥说的"时穷节乃现",读诗词,必须了知诗人的经历和思想,知道他生活的时代背景,甚至是为人处世的细节,才能不被花言巧语迷惑。

一个薄情寡义反复无常的小人可以写出情深意长的诗句,一个被认作无良无行的人也可以发出见地真诚的妙论。文与人相符是最好,可惜多数时候未必如此。

读诗词,同时读历史,方能知人心,明人性,见出中国人思想的深远和局限。

可惜的是,大多数人,只是喜欢诗词里流淌的情绪。自怜自伤自觉美好,是一种从古到今,普遍泛滥却难以治愈的文艺癌。

你当然可以迷恋那些情绪,但不要忘了,那些美丽措辞,并不是我们要寻觅的最终答案。

这些年来,借着写作所赐予的自由,我去过很多地方,我住过江南烟黛青瓦房,见过大漠孤烟鹰独翔,我习惯了和自己对话,和许多人"对话"。幸有佛法的护持,我学会从更理性更广大的角度去探察和理解人生。

【人生若只如初见】

世间事，如露亦如电。缘起灭，应作如是观。

没有什么能够抵御时光的摧毁，顷刻兴亡过手，成败都难逃灰飞烟灭。俗世层面所有的伟大与不朽，都不过是聚沙成塔，梦中说梦罢了。

枭雄和凡夫都只是命运的囚徒，一个人一时一世的悲喜得失，与轮回流转中无尽的苦楚相比又算得了什么呢？

我们要参悟的，不只是盛衰荣辱的玄机，还有烦恼执着的根源。

多少次，我们行走在命运的迷宫中，前往一个自以为非抵达不可的目的地。匆忙到，甚至来不及停下，抬头看看晚霞，低头赏赏落花。

我们这样的时代，人们活得如此惶惑，纵是声名显赫财势逼人的人，内心亦无法坦然。连花落知多少的酣眠，清清定定的清谈小酌，亦成了不可多得的福分。

得到的屈指可数，失去的无法数算。

你看我啰唆了这么多，还不如陈与义那句"古今多少事，渔唱起三更"来得通透。在古人的意念中，寄身湖海的渔樵隐者总象征着大智大善，象征着最后的和解与平和。

人生百载，流转不息，你我皆是向死而生的旅人。

梦里不知身是客，一晌贪欢。

若有夜半钟声到客船的一刻澄明，只望这桨声渔火真的能惊破迷梦，明白"人是什么"，比计较"人有什么"更难得，也更幸福。